U0607844

有一种力量，叫文学；
有一种美好，叫回忆；
有一种感动，叫青春；
有一种生命，在鲁院！

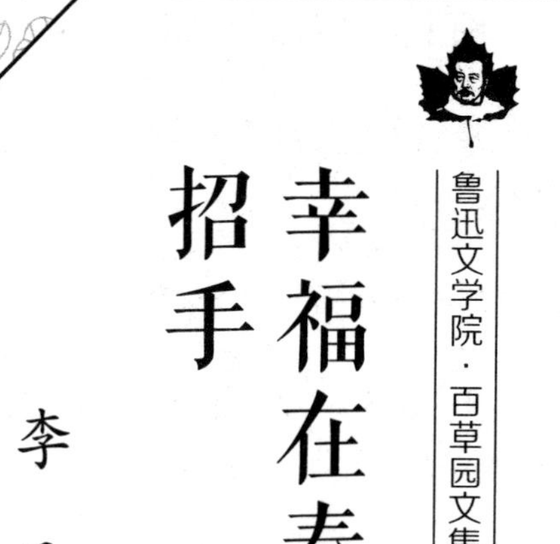

鲁迅文学院·百草园文集

# 幸福在春天招手

李民◎著

知识出版社

XINGFU ZAI CHUNTIAN ZHAOSHOU

对于一个社会小人物而言，
幸福是简单的。
他可能渺小，
但是他的内心是幸福的。
因为他阳光，因为他热爱生活。

**图书在版编目（CIP）数据**

幸福在春天招手 / 李民著. -- 北京 : 知识出版社, 2017.8

（鲁迅文学院百草园文集）

ISBN 978-7-5015-9591-4

Ⅰ. ①幸… Ⅱ. ①李… Ⅲ. ①短篇小说—小说集—中国—当代 Ⅳ. ①I247.7

中国版本图书馆 CIP 数据核字（2017）第 211570 号

# 幸福在春天招手　李　民　著

出 版 人　姜钦云
责任编辑　周　玄　万　卉
装帧设计　君阅书装
出版发行　知识出版社
地　　址　北京市西城区阜成门北大街 17 号
邮　　编　100037
电　　话　010-88390659
印　　刷　北京一鑫印务有限责任公司
开　　本　787mm×1092mm　1/16
印　　张　13.5
字　　数　280 千字
版　　次　2017 年 8 月第 1 版
印　　次　2020 年 2 月第 2 次印刷
书　　号　ISBN 978-7-5015-9591-4

定　　价　36.00 元

# 目录
Contents

# 幸福在春天招手

## 1

五间房乡派出所的女民警龚丽丽早上还没起床，就听见有人“咣咣”砸门。龚丽丽赶紧穿衣服起来，喊前院办公室里睡着的许小飞开门。喊了几声，许小飞没答应，龚丽丽就推开门察看究竟。办公室的中央对摆着几张椅子，许小飞临时在这“下榻”。龚丽丽进去，看见许小飞光着膀子缩在被窝里抽烟呢，屋子里烟雾缭绕的。龚丽丽嗔怪道：“咋又偷着抽烟？被子都烧几个洞了？吃一百把豆子不嫌豆腥味啊，一把火烧了派出所你的事可就大了。”

许小飞赶紧掐灭了烟头，不往烟上提，听一下外面的砸门声，打岔道：“一大早就来砸门，又没有啥正事，不是母驴难产就是公猪走失，这警察当得窝囊，回城跟同学们都没有办法说。”

龚丽丽皱紧了眉头说：“毕所长该来上班了，你赶紧起来整理一下。外面有报警的，你得开门接警。”许小飞一骨碌爬起来，枕头掉到了地上，猫腰捞起来，把枕头甩到办公桌上说：“钥匙在抽屉里，你先去开。”龚丽丽拉开抽屉，找到了那串钥匙。许小飞套上背心，看着龚丽丽走出去的身影，大声喊：“拴红绳的那把是开大门的！”

晚上派出所的大门到了后半夜要从里面锁上，怕有猪啊驴啊的半夜钻进来捣乱。而前半夜所长毕记本不让锁，说是万一老百姓有事报警不方便。老百姓的事情确实不少，可就是没有许小飞期待的。许小飞是响当当的警校毕业生，获得过省里的散打冠军，一身的疙瘩肉，全是肌肉块，整天在找坏人打，按说该到刑警队抓坏人，可愣是被这个毕记本所长给要到兔子都不拉屎的五间房乡来补充乡村警力。一年啊一年的，这五间房愣是啥大事都不出，鸡毛蒜皮的小事却没完没了。许小飞有点厌倦，却又无可奈何。

龚丽丽刚拧开大门，身子还没有来得及闪开，报警的李三深扑了进来，进来就喊："有人行凶了，出人命了！"

龚丽丽吓一跳，边躲闪着沾满一身泥土、嘴角还有血迹的李三深，边赶紧喊屋子里的许小飞出来。许小飞趿拉着一只鞋子冲了出来，看清楚了是李三深后，赶紧把龚丽丽护在身后。许小飞厉声问李三深："到底怎么回事？毛毛愣愣地往身上扑啥啊？"李三深脸色苍白地说："王八犊子七拐拿镰刀头砸人，还说警察也不怕。"

许小飞说："警察都不怕，反了他了，他家住哪啊？"李三深说："大王杖子沟里，把头的那家。"许小飞问："把哪个头？"李三深回答："东头呗。西头是我家。"许小飞瞅一眼龚丽丽，嘱咐说："你去把椅子摆好，地扫一下，一会儿所长来了该有把柄训我了。我得出警抓七拐去。"龚丽丽答应一声，说："你加点小心。"许小飞说："你放心吧。"李三深说："你带上枪吧，七拐有镰刀头，逮谁砸谁。"许小飞说："不用。我浑身的武艺没有地方用呢。"李三深说："七拐心狠手辣。那家伙，黑灯瞎火地把我摁粪堆里拿镰刀头砸啊。看我这脑袋砸的，一个坑一个包的，这边给砸塌了那边给砸鼓包了。"

许小飞拎着手铐子就去后院发动吉普车。吉普车很破旧，总坏。外面天冷，不好打火，"吭吭哧哧"憋了半天，也没有放出一个畅快的响屁来。许小飞朝傻等的李三深说："回屋烧壶开水烫车。死盯着我看啥啊？叫七拐给你砸傻了？"

龚丽丽手脚麻利，三下五除二，办公室就恢复了原样。整理的过程中，听到吉普车打不着火，她顺手烧了壶开水，见李三深毛手毛脚地进来，便把暖壶递过去。李三深抱着暖壶出去，一个不小心绊在门槛上，摔个嘴啃泥，暖壶“砰”的一声响，炸了。李三深被狗撵了似的哭上了。许小飞气坏了，蹦下吉普车嘴里喊：“你赔我暖壶！一会儿所长来了肯定扣我钱买。”李三深举着右手说：“你赔我手，烫熟了都。”

许小飞和龚丽丽傻了，吉普车也顾不上启动了，连忙找纱布要给李三深包扎。毕记本一脚门里一脚门外看到了，大喝一声住手。龚丽丽吓了一跳，说：“我给他包上，暖壶碎了把他烫了。”毕记本瞅一眼李三深，训斥道：“三深子，死冷的天，你不在家给塑料大棚敞帘子，跑派出所作妖闹猴，想干啥啊，把暖壶还给整碎了。”

毕记本训斥着，拉着李三深到了水池子边上，放足了水冲洗。李三深龇牙咧嘴喊疼，毕记本说：“离心大老远呢，娇气啥？”龚丽丽憋不住笑了，毕记本回头看一眼许小飞：“咋回事啊？不看着暖壶，就这么一个暖壶，老牌子了，现在你就是再买，也没有这样质量的。毛手毛脚地拎着手铐子干啥去？”

许小飞讪讪地把手铐子收起来，说：“李三深报案，七拐拿镰刀行凶，差点出了人命。我这着急出警，吉普车打不着火，想烧水烫车。”李三深挣扎着附和：“就是，七拐他不是人，拿镰刀头砸人，还说警察也不怕。”毕记本乐了，说：“你还是烫得轻，咋呼啥啊。还有你们俩，这烫伤不能包扎，包上肉就保不住了。龚丽丽，你去王兽医那屋里借点獾子油，给李三深抹上。养几天就没事了。”

兽医站在街道不远处，龚丽丽不大一会儿就拿着一个小瓶回来了。她先没给李三深抹药，而是拿着獾子油瞅毕记本。毕记本就说：“咋了？”龚丽丽说：“王兽医把一整瓶都拿来了，说叫你给钱，不能老借，借完半瓶剩下的卖给谁用啊。”毕记本挥手，骂王兽医：“这个小抠，阎王爷还能欠下小鬼的账？”毕记本骂完回头又开始数落李三深：“三深子啊，你说你也是，跟自己的连襟闹就闹呗，狗皮帽子没反正，不都是亲戚吗？你说打哪头论吧？从你媳妇这论呢，他是你一担挑。从你们村子里老李家论，你们还是老表亲。你说，你跑派出所血呼呼的吓唬谁啊。你可劲挣命吧，派出所十几年的老古董一个活生生的大暖壶叫你摔了，还烫了自己的手爪子，你这就是灾。行了，这回灾出了，这瓶獾子油就白送你了，赶紧回去，该吃饭吃饭，该敞大棚帘子你就敞大棚帘子。这几天要降温，你们家大棚里的黄瓜可刚开花，没有温度，不借着太阳光，你还想坐果吗你？”

李三深气呼呼地说：“所长，那七拐不能白打我吧？你看这脑袋，他把我摁粪堆里一顿镰刀头，下死手砸，一点亲戚的意思都没有。我今天非得把他整大狱去。”

毕记本低头摊开一本笔记本写着什么，也不看李三深。李三深不走，执拗地站着等。许小飞走也不是，留也不是，偷眼看龚丽丽，龚丽丽在收拾碎暖壶。许小飞咳嗽一声，小声问：“所长，我不知道他和七拐是亲戚，还抓不抓人了？”

毕记本拿笔往桌子上墩，说：“这是人民内部问题。抓人能够解决问题吗？李三深不在这吗，酱打哪咸，醋打哪酸，咱一步一步来。心急吃不了热豆腐，拎着了李三深的瓜秧，我就不信找不着他七拐那瓜蛋。”

许小飞吐一下舌头，不再说话。毕记本说：“三深子，你媳妇小凤又因为你妈吧？你说你妈也是，土埋半截的人了，整天跟儿媳妇磕打牙。说吧，这回因为啥？你从头到尾给我说说。”

李三深翻了半天白眼，说：“我妈就说了她一句，小凤的脾气也忒爆了，抱上孩子就回娘家了，我拉半天都拉不住。她非要回娘家搬救兵打败我妈。你说我妈就是不对，那也是我妈啊，我当儿子的咋办？我不能上去就扇我妈一个脖拐（耳刮子）吧。这不嘛，小凤回去一个礼拜了，我去往回领。还给老丈人拿不少东西，酒啊罐头啊，大包小包的。开始他们家也没说啥，该做饭做饭，该给我酒喝还给我酒喝。晚上吃饭前吧，我老丈人打电话把我大连襟和大姨子叫回来了。说是陪客，其实是给我设的鸿门宴。这酒喝半道，这个一句那个一句，七嘴八舌地就不说好听的了。尤其是我那大姨子，说我妈是养汉妈。一句话就把我说急眼了，我抬脚就把酒桌子给踹翻了。”

毕记本朝李三深竖大拇指，说：“行，看不出，你小子还挺有钢（东北方言，意为有男子汉气概）。”

李三深听到表扬，继续讲：“我大连襟吧，不爱喝白酒，就爱喝啤酒。喝一瓶多就上厕所，隔十分钟去一次，隔十分钟去一次。我踹桌子的时候，他正好去厕所了。临去厕所前，他还抱着我脖子说咱哥俩的感情深一口闷呢。回来听我大姨子一句话，感情就跟我闷没了，上来就薅住我脖领子一顿抡。我往外跑，他追出来把我摁粪堆里一顿镰刀头，专往脑袋上砸啊。你看，这边砸的坑，这边就鼓出包来了。"

毕记本合上笔记本，说："事情我都知道了，这事呢，派出所给你解决。你也是啊，咋还没整过七拐这腿脚不好的人呢。"李三深点头，说："我体格不好，也没七拐心狠，他敢下死手。所长，那成，我回去给七拐捎信，叫他准备好被褥蹲笆篱子吃窝窝头。"毕记本说："你先敞大棚帘子吧，太阳都快出来了。一会儿呢，许警官去找七拐。"

李三深刚走出门去，毕记本就对许小飞说："你开吉普车把小凤接回家去。"许小飞答应一声，走到门口又站住了，说："不是抓七拐吗？咋又改接小凤了？她们家都是女人，你一嘴我一嘴的，我能接回来吗？"毕记本摇头，说："你就不会动动脑筋啊，你抓七拐有啥用啊，矛盾进一步升级，还没有解决最根本的问题。知道解决这件事情的关键是什么吗？"许小飞摇头，表示不知道。

毕记本斩钉截铁地说："是婆媳矛盾。解决好小凤和老婆婆的矛盾才是这起案件的关键，只要小凤接回来，其他问题迎刃而解。"许小飞瞅龚丽丽，憋不住，"扑哧"一下就笑出来了。龚丽丽不敢笑，正好电话响了，赶紧跑过去接电话。

电话是县公安局打来的，要召开全县乡镇街道派出所所长会议，说有重要任务传达。龚丽丽接完电话向所长毕记本汇报了。毕记本瞪一眼许小飞，嘱咐："去小凤婆家娘家调解矛盾一定要注意态度，不要高高在上。有啥动向及时向我汇报。还有，注意荒土梁子村那帮打麻将的老娘们，看住她们点，最近老感觉她们不对劲，是不是又要出去装尼姑骗钱啊。对了，冬天来了，上厕所你得注意点，勤拿那木杆子捅捅蹲位，别越摞越高，也不是啥好东西攒着干啥。去年冬天，李局下来检查工作，去了一趟咱的厕所，回去就说咱的厕所'满屋尽是黄金屎'，把咱一顿埋汰。”

许小飞拧长眉头，又不好反驳什么，拿着车钥匙，瞅了瞅毕记本说：“出警没有问题，你又没有手机怎么向你汇报啊？”毕记本说：“我借龚丽丽的手机。”龚丽丽咧嘴，马上表态说：“还借啊？”很显然，毕记本不是第一次借手机用了。毕记本说：“工作需要嘛，年轻人觉悟要高点。”龚丽丽说：“我姑妈生病住院了，这几天手术，手术前要打电话给我，我接不到怎么办？”

毕记本想了想，说：“要不这样，小飞你去县局替我开会。家里的事情我来管吧，这样呢，我就不用借手机了，小凤家的事情我不出面还真不好整。”许小飞很激动，“啪”一个立正，说：“毕所长，我一定光荣完成任务。你就放一百八十个心吧。”

许小飞朝龚丽丽扮个鬼脸，吐一下舌头出去了。龚丽丽欲言又止，皱紧了眉头。

来到这偏远的五间房乡派出所，龚丽丽老大不乐意。这段时间，也有好几天没回家了。原来龚丽丽并不在这个派出所上班，是临时借调过来的。五间房乡的农民要统一更换新身份证，龚丽丽的工作干得很出色。两个月办完以后想回去的时候，才发觉中了两个男人的招了。许小飞和毕记本都向上级汇报，表扬龚丽丽如何能够吃苦耐劳，业务过硬，强烈要求龚丽丽留在这继续借调半年，说还有外出打工的农民工过年前后才能回家来办理身份证。

龚丽丽无可奈何，阴差阳错留在了五间房乡派出所。

许小飞前脚刚出门，毕记本就开始跟龚丽丽说起许小飞的不好来。毕记本说：“看见没，扳不倒儿赴宴——不是个稳当客，屁大点的事情就稳不住了。我敢保证，这小子去县局就敢自称他是所长，夺权篡位是早晚的事。”

龚丽丽躲不过去，派出所就一间办公室，三个人天天在一起，想不听也不成。

## 2

大王杖子离派出所不远，李三深家住西头。他家的塑料大棚就在院子外面，看塑料大棚草帘子还盖着，毕记本骑着自行车没站脚，没有进门去惊动李三深，径直奔村东头七拐家来了。

对于五间房乡十五个村、六十八个自然屯的情况，毕记本基本都能够倒背如流。谁家和谁家有亲戚，谁家和谁家有矛盾，毕记本心知肚明。他抽屉里有一大摞本子，没事的时候就在上面写写画画的，记录本上记载的都是老百姓的真实情况。他手里不离笔记本，又姓毕，“毕”字又跟“笔”谐音，所以人们就习惯叫他外号“毕记本”。久而久之，连许小飞和龚丽丽都想不起来毕记本真正的名字叫啥了，只知道姓毕。

毕记本对于老百姓起的这个外号不以为然，平日笑呵呵的。其实，毕记本从到五间房乡派出所开始，就一直做副所长。以前这个派出所的所长，现在都是市局的副局长了。本来想提拔提拔老伙计，往市里调动调动。这样，也离城里的儿子家近了。可是，毕记本死活不同意，说不愿意进城里生活，干啥都不方便，尤其是在儿子家的厕所拉屎，坐着拉，根本拉不出来。

后来，毕记本的身体不好。上级综合考虑后，觉得毕记本在家乡这块地方干得得心应手，就叫他在这干到退休算了。再后来，也陆续调过来一些民警，都不愿意跟毕记本搭伙。原因很简单，不管你是普通民警，还是正所长，到了五间房乡派出所，你都得听毕记本的。不为别的，毕记本在这一亩三分地上有他自己广泛的群众基础。

毕记本进了七拐家，进门就喊租车。七拐腿有点残疾，走路拐来拐去的，在家养台残疾三轮车，平时农闲的时候拉脚挣钱。他听见有人喊，屁颠地拐了出来，发现是毕记本来了，知道上了当，抹头拐回去不赶趟了。毕记本皮笑肉不笑，说：“国有国法，家有家规，你七拐犯了事不去派出所自首，还安安稳稳地坐在家想对抗到底呢？”

七拐一听就慌了，说："三深子真不够意思，亲戚里道的还真报警了？毕所长啊，那什么，我们俩是一担挑，闹着玩的，我是擂了他几下子，没使上劲。"毕记本支上自行车，不进屋，去猪圈看肥猪："这猪挺肥啊，能杀五指膘。唉，你啊，一失足就成千古恨了，按照治安管理处罚条例规定吧，你得来年开春回来了，这猪肉你是吃不上了。"

七拐一听就蔫了，脚下发软，眼前发飘，说话都不利索了。七拐媳妇推门出来，拼命拉毕记本进屋喝水。毕记本也不客气，说："有绿茶吗，泡上一壶，骑车子渴了，我洇洇嗓子。"七拐媳妇忙不迭地泡茶，七拐搓着手也跟在后面拐了进来。毕记本坐在炕沿上瞅七拐，也不说话，七拐被瞅得发毛，心里没底。挺了一会儿，七拐哭了，说："毕所长，你看还有啥法补救一下吗？"

毕记本接过七拐媳妇递过来的茶，说："行了吧你，挺大的老爷们，挤啥尿水子啊。你还在这干啥，赶紧去敞塑料大棚的帘子啊。"七拐愣了，瞅瞅媳妇，又看看毕记本，摸着脑袋说："我家没塑料大棚啊。"毕记本嘴里喝一口热茶，说："三深子家不有吗，胳膊叫你拿镰刀头砸的不敢动了，敞不了大棚的草帘子，一股急火才去派出所报警的。你要是天天给敞帘子撂帘子，大棚没损失，告你的事情不就好说了。我给你劝说劝说，架不住三句好话，他三深子的心就是石头，也得被你感动化了。"

七拐媳妇赶紧踹了七拐一脚，说："毕所长都告诉你了，你还愣着干啥，赶紧去啊。"

七拐感恩戴德，拐几拐就拐出了院子，去村西头李三深家的大棚敞帘子去了。

毕记本绷住不笑，也不走，就是闷头喝茶。一壶喝没了，再续一壶。七拐媳妇头上见了汗，说："你看，毕所长，叫你操心了。大老远的，还得叫你跑一趟。"

毕记本慢悠悠地说："弟妹，咱上沟下梁地住着，谁不知道谁能吃几碗干饭啊。咱有啥说啥，不是我当大哥的说你，你的嘴真得管管了。你说，你妹子小凤家的家事，这也不是咯叽一回了，是不是呢，去年腊月就闹过一回。闹完了，人家两口子还是两口子。人家白天吃一锅饭，晚上睡一个被窝，隔一层差一层，‘姐俩做媳妇——各顾各’，老话讲得没错。你这么明白的人，十里八村谁不夸你明事理啊，咋就转不过这个弯呢。人家婆媳有点小矛盾，不解决也就罢了，你还横一杠子，叫七拐上去一顿镰刀头，砸的这是哪门子事啊？你这纯粹是没病找风寒，吃饱了撑的抓蜈蚣掰腿玩。”

七拐媳妇不住地扇自己的嘴巴子，说：“都是我欠啊，他妈养汉也不该我骂的啊。”毕记本往地上吐口吐沫，说：“呸，还养汉妈，真不长记性啊。你赶紧收拾收拾，再去一趟荒土梁子你娘家，把小凤领回来。”

七拐媳妇抹了眼泪疙瘩，想走又站住了，说：“这事我也不好办啊。我妈这人死犟死犟的，我也说不听啊。也怪李三深那养汉妈……不，也怪李三深那不养汉的妈，她听算卦的胡说八道，骂我妹子的话太伤人了。”

毕记本放下茶杯，喝饱了，打了个水嗝，问：“咋骂的？”

七拐媳妇说：“她说小凤生的孩子长得不像他们老李家人。他们老李家的孩子，小时候的小鸡鸡都有点歪。你给评评理，不像老李家的孩子，那我妹子生的是谁的孩子？没有这么说话的。好话我们也说了三千遍了，小凤那养……那老婆婆只听算卦的话，不听别人的。我妈家教严，我家姐几个没有出过伤风败俗的事情，往我们家脑袋上扣屎盆子的事情高低不中。”

毕记本点头：“她是骂得不对。这样，你回娘家劝劝你家老太太老爷子，就说小凤的婆婆要是想通了，人家来接人，就放人。”见七拐媳妇点头，毕记本下地就走。到了院子里，甩腿上自行车，说：“你该劝还得劝，小凤老婆婆的事我来管。”

七拐媳妇望着毕记本的背影，心想，看你怎么管。

毕记本骑着自行车晃荡四十多分钟上了柏油马路。老远看见一辆拉红砖的拖拉机，紧骑几步，双手抓到了拖拉机后面的车耳朵，美滋滋地被拖着往前走。“拖”了二十多分钟，到了门头沟小学。那有一面红旗招展着，毕记本松了手，骑车下便道，学校后面就是郝秀才家了。

郝秀才姓郝，五十多岁，因为会写文章，不爱干农活，才得了这么个外号。郝秀才年轻的时候在县文化馆当过临时工，开始是看大门，后来耳濡目染，他就跟那帮老师学习写作。最辉煌的那几年，他还光荣地加入了县作家协会。因为会舞文弄墨，乡亲们就叫他郝秀才。郝秀才对文学的热情很高，曾经想在五间房乡成立文学社，后来因为农村种地忙，没有几个人愿意跟他探讨文学艺术，这事就泡汤了。郝秀才脑瓜子好使，主要写报告文学。说是报告文学，报告的成分要远远大于文学的成分，据测算，报告与文学的比例大约是八比二甚至是九比一。

其实，人就是命运。你不信命不行，咋挣你也挣不过命。郝秀才身上就充分体现了这一点。本来很好的前景，报告文学报告的基本都是有钱的企业家和那些当官的人，普通老百姓是没有资格被报告也没有资格被文学的，郝秀才曾经有一段春风得意的阶段。有人偷偷告诉郝秀才，他写的文章很大气，那些文章领导们很喜欢，决定要破格录取他。郝秀才很高兴，觉得自己要时来运转了，在文章的标题上就更加下功夫。比如他写过这样的文章，《八千里路云和月——记人民的好干部五间房乡荒土梁子村村主任郝大炮》；比如他还写过这样的文章，《大爱无言鬼才出——记碾子沟公路管理局局长李登山二三事》。眼看着就要有人给郝秀才转正了，结果先是郝大炮被法办，接着是李登山被双规。细心的人们认真盘点了一下，郝秀才写过的领导几乎都没有啥好下场，写一个倒一个。这话一传出去，再没有人来找郝秀才写文章了，郝秀才的好事自然遥遥无期没有人肯提了。

郝秀才从文化馆出来，干过很多工作，给派出所也没少惹麻烦。先是搞传销，卖保健品，有一次还去派出所卖过，还要在派出所发展下线。结果，下线没发展成，上级来指示，定了传销的性质。郝秀才无法抵赖，派出所就把郝秀才一顿批评教育。毕记本不让郝秀才回家，让他跟自己在派出所种菜，天天摆事实讲道理。侍弄辣椒茄子，挑水浇地，直到郝秀才说我再不做了，毕记本才算放了他。

从此郝秀才就一个猛子扎进了茫茫人海中去，好几年没个动静。

前年，市局给县局打电话，县局给五间房乡派出所打电话，说叫派出所领人。许小飞去领的，领回来的是郝秀才。毕记本一看郝秀才就憋不住笑了，郝秀才一身唐装打扮穿戴整齐，头发留得很长，仙风道骨的样子，看来在外面混得不错。一打听毕记本才知道，郝秀才这些年四处游荡，专给一些城市的老太太算卦来挣钱。这次据说在海南岛算卦把一女大学生给算到床上去了，被女大学生的男朋友逮住报警，郝秀才就被遣送回来了。

几年不见，应该刮目相看。毕记本留郝秀才在所里吃饭，问他有啥打算没有。郝秀才说，在外面这些年呢，见识不少，人情世故也悟透了很多。这次回来准备改邪归正，继续从事自己的老本行文学艺术创作，再不给政府添麻烦了。他还保证，肯定要写积极向上的文章，一定用优秀的文艺作品感染人教育人启发人。毕记本不咋懂这些，顺嘴问他准备写啥。郝秀才说，先整一本关于六爻八卦的书，想在广大老百姓中间普及一下。听得边上的许小飞和龚丽丽一愣一愣的缓不过神来。

毕记本实话实说，说他从事文学创作不合适。郝秀才斜着眼睛看毕记本，说："那你看我适合干啥？"毕记本就给郝秀才指点了迷津。毕记本说："我有个老舅常年做干豆腐，他是二十家子人，那地方的水质好，一样的黄豆，在二十家子做干豆腐和在别处做出的干豆腐，质量不一样。二十家子的干豆腐薄，能有窗户纸那么薄。还筋道，味香，绿色纯天然。就凭你郝秀才一世的英明，我觉得你适合做干豆腐的产业。"

龚丽丽赶紧端了暖壶出去打水，那时候的暖壶还没被李三深摔碎。龚丽丽抱着暖壶在院子里就笑，许小飞出来问咋了，龚丽丽说："没事，没事，咱所长太有才了。"

叫龚丽丽和许小飞大跌眼镜的是，这郝秀才还真听了毕记本的话。实地考察以后，竟然真的做成了干豆腐产业。别说去县城，就是市里，甚至丹东大连海城盘山一带，都有郝秀才的干豆腐在热销。

去郝秀才家走访，毕记本有他自己的打算。毕记本进郝秀才家的院子，就见郝秀才正忙呢。有工人往车上装干豆腐，都是纸包装箱的。毕记本看着高兴，发现屋子里还有一漂亮的姑娘在接电话联系业务。毕记本觉着眼生，问郝秀才这个姑娘是谁。郝秀才嘿嘿一笑，说是海南的大学生。毕记本嘴里啧啧地赞叹，说："你郝秀才艳福不浅，我告诉你啊，想啥的话必须合法，不能胡来。"

郝秀才咧嘴嘿嘿笑，说："毕所长，你是我的财神爷，在你的一亩三分地上，我可不敢胡来。小惠啊，给所长拿十斤干豆腐。"名叫小惠的海南大学生就答应着去拿。毕记本听了听，一嘴的东北话，不是海南的口音。郝秀才就说："老家是大北梁的，在南方念书。我们是他乡遇故知。"

毕记本看了看干豆腐，共十斤分两包装的。他拿了一包，怕走时忘了拿，就先夹自行车后座上了。郝秀才坚持叫他拿两包，说："你大所长的恩情我是拿干豆腐换不回来的。要不是你指点我，我还真找不好自己的位置呢。"毕记本大咧咧地笑，说："我眼光差不了，办事办不成，看人看得准着呢。就这干豆腐的产业，别人整不了。思路都太正，不如你，心眼歪。"

郝秀才脸一红，说："你这是表扬我呢，还是骂我呢。"毕记本哈哈笑，说："最近你还写啥新作了吗？"郝秀才摊手，说真忙，闲暇的时候写几句诗歌，练练书法。毕记本没听懂，问："是书还是法？"郝秀才补充道："就是毛笔字。"

进了郝秀才的办公室，办公桌上摆着郝秀才的墨宝。毕记本拽过来看了，墨迹还没干呢，是郝秀才新写的诗：春天满园关不住，一只红杏何太急。毕记本觉得眼熟，却又想不起来在哪看过。瞅郝秀才，叫他解释。郝秀才很得意，说："这句诗的意思就是说春天来了，春天满园关不住，一只红杏真着急，想开。"毕记本皱眉，说："那就叫一只红杏真着急，还'何太急'干啥？"郝秀才正色道："那不行啊，'何太急'懂吗？"毕记本摇头，表示不懂。郝秀才说："何太急，相煎何太急，这是有典故的。"

毕记本乐了："怪不得嘛，还是你郝秀才有才。那照你这么说，我也会作诗。不信我给你做两句。毕记本想了想，就顺嘴说，悬崖没路不要走，迎风撒尿泼一身。"郝秀才琢磨琢磨竖大拇指说："通俗易懂，深入浅出，果然好诗。这么着吧，我给你写下来，明天送你派出所去，挂墙上。”毕记本一拍桌子，说：“拉倒吧你，拍我马屁也不想好了词。你啊，天生就是卖干豆腐的，根本不适合搞艺术。还练书法，有钱就想附庸风雅。今天找你来，我也不兜圈子了，你不是说要报答我吗？那就给你个机会，这样，明天中午你去给小凤的老婆婆算一卦。”

郝秀才的苦瓜脸拉得挺长，为难说：“我都多少年不干了。再说，卖干豆腐这边我也离不开啊。”毕记本笑眯眯地瞅着郝秀才，不说话。郝秀才继续辩解：“我说的都是真的。”毕记本说：“允许你再重操旧业一次，都构建社会主义新农村呢，大喇叭天天喊，你觉悟必须得跟上。就一次，你去把小凤和三深子的儿子，那长得不歪的小鸡鸡给说歪了，这事就算你立功了。”郝秀才挠着头说：“这难度可有点大。再说了，不知道是哪个算卦的给算的，凭我这道行能算过人家了吗？吃哪碗饭都不容易，别破了江湖的规矩。”

毕记本不容郝秀才再说什么，说：“你是有文化的骗子，连海南的女大学生你都能够骗得了，对付农村一土老太太你不在话下。”

毕记本甩腿上了自行车，带着五斤干豆腐扬长而去。

## 3

晚上许小飞没回来。龚丽丽打电话问了，许小飞说时间晚了就不回去了。龚丽丽耳朵好使，听到了电话里面歌舞升平的嘈杂声音，就明白许小飞这是跟一帮同学喝酒 K 歌去了。她就说所长到现在也没有回来，然后赌气挂了手机。

毕记本一直没有回来，却等来了毕记本儿子的电话。龚丽丽说：“今天不是我的班，不是所长的就是许小飞的，我凭啥不能回家要在这守着啊？”电话里面毕记本的儿子很客气，说：“我爸爸叫你早点把大门锁上。我把他接城里来了，医院大夫要他做一下复查。”

放下电话，龚丽丽气不打一处来，瞅着空荡荡的屋子生气。兽医站的王兽医乐颠颠地推门进来，龚丽丽不爱看他，就说毕所长不在，獾子油的钱你找他要去吧。王兽医把一包东西放在办公桌上，说："小龚啊，你们所长拿干豆腐顶獾子油钱了。你们派出所有秤吗？咱分分干豆腐。"

龚丽丽抬头看了那包东西，是干豆腐。龚丽丽就说："王叔，我不要，你都拿去吧。"王兽医摇头，说："那可不行，该咋是咋。毕所长捎来的时候都说了，留给你二斤半，顶账给我二斤半。你们派出所我记得是有秤的。"龚丽丽无可奈何，拿眼角往外屋扫，王兽医就顺着龚丽丽的目光一路跟着扫出去，果然见到一台大秤。那台大秤是后营子七眉毛家的，因为七眉毛家的猪拱了邻居家的菜地，拒不包赔，毕记本把七眉毛家收购山货的大秤给扛回来了做抵押。哪里想到，七眉毛自己又买了一台大秤，这台秤人家不要了。邻居还来派出所来找毕记本，毕记本没有办法，自己掏了五十块钱给包赔了白菜钱。从此，这台大秤就摆在了派出所。平时有不少老百姓来派出所称东西，粮食啥的还好，主要是来称猪仔什么的太麻烦，嗷嗷叫，满屋子都是猪毛味。许小飞嫌烦，偷着把秤砣给藏起来了。王兽医拿了干豆腐过去，量了半天也没有出结果，他不知道咋读取斤数，只好向龚丽丽求救。龚丽丽满肚子的气被他来回折腾消了一半，便让王兽医把干豆腐拿进了办公室。

接下来，龚丽丽教王兽医怎么分干豆腐。她问好了是五斤一包，一人一半。接下来就查干豆腐的张数。总的干豆腐张数除以二，就是每人应该得的张数。因为每张干豆腐是一样重的、一样大的。王兽医觉得有道理，便仔细查了起来。龚丽丽不让他用手摸，说："查完了，你都摸过了，属于我的干豆腐我还吃不吃了。"王兽医觉得很委屈，说："我是大夫。"龚丽丽说："你是兽医。"王兽医就不高兴了，说："小龚你不能歧视兽医。你们派出所谁有个头疼脑热不是我给你们拿药的啊？"龚丽丽说："我没有歧视兽医。你要非要查的话，你就拿筷子夹。"王兽医拿了筷子滑稽地夹了一大气，说："要不这样吧，小龚，我就从中间一劈，这边是我的，那边是你的，吃亏占便宜也没有外人，警民共建不在乎一张半张干豆腐，你说是吧？"

送走了拿着干豆腐的王兽医，龚丽丽笑了起来。

许小飞半夜回来了，"咣咣"砸门，龚丽丽听出了是许小飞，故意不开。许小飞等不及了，爬上铁大门往里跳，铁大门顶上全是尖，"呲啦"一声把上衣刮了条口子。许小飞顾不得，怀里抱了一大摞白纸直奔办公室。看龚丽丽抱膀等在那，他皮笑肉不笑朝龚丽丽打招呼。龚丽丽说："你不是不回来了吗？"许小飞大咧咧地往椅子上一坐，说："那帮孙子不叫我走，没办法，人气太旺，拼命追捧。丽丽，你咋还不睡？"

龚丽丽叹口气，说："睡什么睡，就知道你会回来，不得给你开门吗？"许小飞笑了，说："你别逗了，故意感动我，我砸半天门了，你愣是在屋子里站着都不去开门。"龚丽丽说："我没有锁门，一直等你回来呢。"

许小飞摸了摸自己刮破了口子的上衣，不信，转身出去，大门从里面真没锁上。不但没锁，都没插。许小飞回到办公室目光里就多了丝温情，说："这扯不扯，知道这样我就不跳大门了。丽丽，你对我真好，我下辈子当牛做马也报答不了你的大恩大情，你看把我这衣服刮的，这是新发的警服啊。"龚丽丽到底忍不住哈哈笑起来，笑得弯了腰，捂着肚子揉，火气就烟消云散了。

许小飞看到了办公桌子上放着的干豆腐，顺手拽过来，拿起一张，卷吧卷吧就往嘴巴里塞。龚丽丽止住笑，过去抢，说："冰凉的，你不是在城里花天酒地吃的山珍海味吗？"许小飞一边吃一边说："别提了，那帮孙子逮住我就一顿灌，一肚子二锅头和青岛淡爽，不顶饿啊。"龚丽丽皱眉头，猫腰从抽屉里端出一碗泡好的面来。许小飞见了，猴急地夺了，秃噜秃噜地吃起来。

龚丽丽起身说："你吃吧，吃饱了就赶紧睡，毕所长不回来了。"许小飞嘴里含着面条，含糊不清地问："他干啥去了？听你说他不回来了，我不放心才赶回来的。"龚丽丽说："他儿子给接走了，连派出所都没进，捎回来干豆腐就走了。说是去医院复查。"

许小飞听完，惊喜地说："真去医院了？哈哈，谢天谢地。咋去的这么是时候呢？"

龚丽丽不满，打个哈欠说："人家上医院你幸灾乐祸什么啊，无聊。"许小飞"咕咚咚"喝口热汤，说："是这么回事。今天我去县局开会，上级布置打拐行动。从别的乡镇可都挖出拐卖儿童的事来了，就咱五间房乡没有。你说，咱多没面子啊。我前一段就想查这事，毕所长愣是说没有。怎么会没有呢，别的乡镇能有，凭啥咱这就不能有。我看就是毕所长独断专行，捂着这天大的案子不去办，一味追求安定团结的大好局面。嘿嘿，正好他不在，我明天就办这事。"

龚丽丽瞅着许小飞拿来的白纸，问："拿这玩意干啥？该不是你想写大字报吧。"许小飞瞅龚丽丽，不说话，只坏笑。龚丽丽说："爱写你自己写，你也不是所长，我可不听你的。"龚丽丽转身出去回屋睡觉去了。许小飞垫饱了肚子，来了精神，翻出来毛笔就刷刷地写了起来。

龚丽丽早上起来，闻到了院子里一股墨香。一想，许小飞一晚上一定战果辉煌。知道他在睡懒觉，所长今天又不能回来，没有人骂许小飞，龚丽丽也清净了耳朵。她去开大门，却发现大门开着，许小飞在院子里扫地呢。一把大扫帚呼呼生风，把院子扫得尘土四起。龚丽丽喊："许小飞，你干什么啊？发什么神经。"

许小飞扫一脑袋汗水了，说："必须饱满。"龚丽丽没听懂许小飞说的饱满是啥意思，用手挡着尘土。说："别扫了，都冒烟了。"许小飞觉得有道理，回屋端洗脸盆出来，"哗哗"往地上泼水，地上尘土飞扬，一盆水没管事，许小飞再回去端两盆水出来，"哗哗""哗哗"地泼。

龚丽丽打开办公室，发现一桌子的白纸都叫许小飞给写成了标语。内容都是宣传打击拐卖妇女儿童的，措辞特别严厉。龚丽丽仔细看了看，办公室里收拾得挺干净，一个烟头都没有。龚丽丽打趣，说："许小飞，太阳从西边出来了吧。你还真以为你是所长了，跑这过官瘾来了。"许小飞抱着自己的本子一屁股坐在毕记本的办公桌前，说："严肃点，咱们必须做到所长在与不在都一个样。"龚丽丽瞪一眼许小飞说："我下个月就回城了，等毕所长回来我就跟他说。"

许小飞顿了一下，说："那你跟毕所长说去，你一天没走，就得认真对待工作。现在我要办公了，我具体部署一下这次五间房乡打拐专项攻坚战的内容。成立打拐小组，你和我一组，你是副组长。”龚丽丽皱眉头，说：“你就闹吧，没事找事吧你。”

正说着，进来两个妇女。龚丽丽认识，前不久，她们刚被处理过。她们晚上去城市街头张贴小广告，被抓住拘留了七天。一个胖的大嫂进门就埋怨：“往院子里泼水干啥，都冻成冰了，摔我一个屁股墩。”瘦的大嫂看到了桌子上的标语，就说：“许警官，就这个价，我们没多要。”

龚丽丽瞅许小飞，说：“你叫她们俩去贴标语？”许小飞点头，说：“是啊，她们干这个有经验。”龚丽丽点头，说：“行，我是开眼界了，你不愧跟毕所长干了这么长时间，他的衣钵你全都继承来了。还花钱雇人贴标语，你哪来的钱？”许小飞满不在乎，说：“外屋那不有一台大秤吗？拿秤给她们。”龚丽丽说：“那大秤是毕所长的。”许小飞说：“都搁这么长时间了，他早忘了。”

瘦大嫂抱了标语，胖大嫂就开始推那台大秤。许小飞说：“你们等着，我去后院沙坑里给你们拿秤砣。我也得去各村看看，每条标语必须要贴到醒目的地方。”

龚丽丽无可奈何，电话响了，是毕记本打来的，问许小飞回来没。龚丽丽说：“回来了，正烫车要去打拐呢。”毕记本说：“打什么拐，不准叫他胡打，我回去再说。”龚丽丽放下电话，见许小飞的吉普车拉着两个妇女和那台大秤飞快地开了出去。龚丽丽纳闷，今天的吉普车咋这么快就打着了火，这才注意到，办公室里早烧好了水，还多了一只新暖壶。

龚丽丽就跟毕记本汇报，说：“拦不住了。毕所长，你快点回来吧，许小飞八成真想谋权篡位了。”



## 4

一天下来，许小飞的战果辉煌。写完的标语全部张贴完毕。天还没黑，就有群众来派出所举报了。许小飞显得格外兴奋，喊龚丽丽回办公室，说初见成效了，群众的积极性和热情被带动起来了。

许小飞准备好了本子，拿起圆珠笔，往毕记本的椅子上坐。他环顾四周，克隆毕记本询问案子时候的样子。张寡妇坐下，悄悄地问龚丽丽："姑娘，是不是举报有奖励？"龚丽丽摇头，说："不知道，你听谁说的举报有奖励。"张寡妇说："不是说给大秤吗？"龚丽丽说："派出所哪里有大秤，没有的事情。"张寡妇嘀咕："都传开了，举报有功，分一台大秤的。"

许小飞清清嗓子，说："介绍一下具体情况吧。"

张寡妇说："我不认字，叫我家丫头给我念你贴的大字，才明白是抓劁猪匠子的。"

张寡妇这么说，叫龚丽丽想起来了张寡妇和劁猪匠子的恩怨。去年，劁猪匠子劁死了张寡妇家新买的一头小猪。那头小猪三十二斤，一斤四块八毛钱，一共花了一百五十三元六毛钱。当时是派出所出面调解，劁猪匠子不愿意包赔，拖了半年才算给张寡妇补偿上了。从此，张寡妇和劁猪匠子两家就有了矛盾。

许小飞显然很兴奋，问："劁猪匠子有啥不正常的举动吗？"张寡妇看看屋子里没有外人，就压低声音说："昨天晚上他劁猪回来很晚，我听到他屋子里有孩子的哭声。你们想啊，他光棍一根，哪里来的孩子？这里面肯定有问题，你们赶紧去查吧，孩子都哭半天了，我看他跑出去买猪肉馅包饺子呢，那么大的孩子还没有断奶呢，能吃饺子吗？你们再不去解救，孩子就该出事了，他还不得把孩子转身卖出去啊。一个孩子少说也得万八千的，他得劁两年的猪仔才能挣回来呢。"

许小飞有些激动、也有些紧张，说："果然立竿见影，丽丽，你给我烙几张饼，我先吃了。"龚丽丽说："你不赶紧抓人去，还有心思吃饼。"许小飞说："看你说的，我吃饱了养足了精神，晚上给他来个出其不意，重拳打击。"龚丽丽说："我上班呢，哪里有时间烙饼。我不去烙。"许小飞一拍桌子，说："这也是工作的一部分。你不烙饼是吧，那张姨你会烙吗？"

张寡妇说：“会，只要你们警察为民除害，这饼我烙。”

天擦黑以后，在张寡妇的带领下，许小飞开着吉普车出发了。

许小飞前脚出去，所长毕记本回来了。进门就发现大秤不见了，问龚丽丽：“咱的大秤呢？”龚丽丽挺为难，想不说也不成。就狠狠心说：“叫许小飞送人了。”毕记本点头，问：“往院子里泼水干啥，整得像溜冰场似的。”龚丽丽说：“许小飞泼的，怕有尘土。”

毕记本再次点头：“今天晚上你回城吧，许小飞值班。”龚丽丽说：“不回去了，跟我妈打电话了。听说你去医院复查去了，查得怎么样？”毕记本说：“没啥事，我这体格杠杠的，医院就是没病给你找病，照相化验什么的，都是程序。”龚丽丽挺高兴，说：“没事就好。对了，王兽医把你的干豆腐拿回来了。在厨房搁着呢。”毕记本一听急三火四地进厨房，一边埋怨一边说：“你咋不吃？我切了吧，晾上。”

毕记本把干豆腐切完摊在一张报纸上，端着往外面放。这个时候，许小飞的吉普车开回来了，很夸张地进院子。车灯很刺眼，毕记本腾不出手来遮挡。许小飞兴奋地趴窗子说：“毕所长，打拐有成绩了！”

接着，许小飞就熄灭车灯，抱着“成果”下来了。毕记本凑过去看了看，吓一跳，是个孩子。许小飞说：“昨天去开会，专项打拐会议，回来我就马上落实，到劁猪匠子家逮回来一个孩子。”

进了办公室，许小飞把孩子放办公桌上，开始手舞足蹈地讲述抓捕过程。许小飞顺着张寡妇的指点，天一黑悄悄接近了劁猪匠子家。听见里面真有孩子的哭声，许小飞跳进院墙进行抓捕。哪里想到劁猪匠子警惕性很强，许小飞也没有料到他家还有后门。劁猪匠子从后门逃跑，许小飞紧追不舍，眼看着劁猪匠子上了院墙了，许小飞急中生智，大喝一声：“警察，举起手来！”

这一声断喝还真管用，劁猪匠子吓得甩下一团黑乎乎的东西就滚落到墙那边去了。许小飞躲避不及，一下子抱住了那团黑乎乎的东西。抓到手里才知道是包着被子的孩子。孩子“哇哇”地哭，许小飞没法再去追捕劁猪匠子，只能站在墙头上朝黑乎乎的远方做了一番思想工作，主要是晓之以理动之以情，见不起啥作用，就抱着孩子回来了。

毕记本点头，看孩子睡得香甜，说："虽然有些冒失，但一俊遮了百丑，算你立功了。"许小飞很兴奋，说："我马上就向县局报告，用实际行动践行科学发展观。"电话一拨通，许小飞就眉飞色舞地汇报起来。还是刚才这段话，只不过是再说一遍。

县局很高兴，局长亲自做出指示。许小飞怕记不住，大声喊话："陈局啊，你等等，我做一下笔录。"许小飞捂住话筒，瞅龚丽丽，"丽丽，赶紧给我做一下笔录，陈局指示。"

孩子醒了，开始哭闹，龚丽丽过去抱孩子，边悠荡嘴里边说："没看我忙着吗？"

许小飞看见了毕记本在地中间一直站着，赶紧说："毕所长，你给记下来。"毕记本手脚麻利地扯张纸条，拿起了笔。许小飞朝着话筒说："陈局，你指示吧，我听着呢。"接着，许小飞就一五一十地学，毕记本就一五一十地记：

一、干得好，提出表扬。二、尽快落实劁猪匠子的下落，查明孩子的来历。三、妥善保护好孩子，不能出现任何差错。

毕记本记完，把纸条递给了许小飞。龚丽丽把哭闹的孩子也递给了许小飞，说："我去睡觉了。"毕记本瞅了瞅手表，说："明天我还得回医院检查，还有一项没查呢，今天晚上我回家住去了。"

许小飞抱着孩子在屋中央站着，觉得不对劲，紧几步赶到俩人的前面，把门口堵住了。

龚丽丽和毕记本一起说："你想干啥？"许小飞着急了，说："你们不能就这么走啊。"



## 5

五间房乡派出所就在乡政府的院子后面，背靠大山，风从山上下来，第一时间就向派出所扑过来。毕记本跟乡政府交涉过，想把派出所挪前院去。乡长却说："人民警察就得顶着困难上。你们一挪，那就得把妇联的办公室换过来。叫你自己说，全乡的妇女查体戴避孕环啥的，都得在这个房子里，天冷受得了吗？冻坏了广大育龄妇女同志，你忍心吗？"

毕记本被噎得没了词，只好继续和西伯利亚的冷空气亲密接触。

外面的冷风呼呼响，一个十个多月大的胖小子，就趴在五间房乡派出所的办公桌上"哇哇"大哭。许小飞彻底傻了，这可是现实版的《宝贝计划》，却远没有电影里的好玩。龚丽丽打开孩子的被子，发现孩子尿了，里面的衣服湿漉漉的能拧出水呢。龚丽丽给孩子快速脱掉小衣服，用毛毯包上孩子。许小飞找出电暖风开始烤衣服。

毕记本低着头喝茶，不说话。桌子上是那张陈局的三点指示。许小飞哭丧着脸，专心烤衣服。龚丽丽说："孩子的大腿根都淹了，红红的，咋整啊。孩子一动，肯定疼。"毕记本说："找痱子粉，要不这一晚上孩子都不用睡觉了。"许小飞说："上哪整那玩意去啊？"

毕记本说："我来给你烤衣服，你去商店买。"许小飞起身往外走，走出大门又回来了，跟龚丽丽说："丽丽，你借我一百块钱行吗？"龚丽丽说："你连十块八块钱都没有啊。"许小飞说："我不买白纸写标语了吗？"龚丽丽说："我前天还看见你有五百多块钱呢，不能五百块钱都买了大白纸吧。"许小飞不好意思，说："那天晚上吃饭喝酒 K 歌都是我买的单，花没了。"

龚丽丽点头，说："你不是说你人气旺吗，你同学都拼命追捧吗？"许小飞压低声音，辩解道："都是女同学，我咋好意思叫人家买单。"龚丽丽赌气摸出五十块钱来，说："你开工资就还我，上个月还欠我三十呢，一起还我。"

许小飞拿了钱，不一会儿就把痱子粉买回来了。给孩子上了痱子粉，换上烤干的衣服，孩子还哭。许小飞瞅毕记本，说："所长，你说咋办吧，我听你指挥。"说着，许小飞就把自己的本子从毕记本的办公桌上拿了回来，殷勤地给毕记本擦了几下桌子。

毕记本推让说："还是你来吧，我看这事你处理得很好。出警迅速果断，汇报也及时全面。我就不掺和你的这次打拐行动了。"

许小飞说："别啊，你是所长，这是不变的真理，是不是啊丽丽。"龚丽丽点头，说："所长，你就原谅许小飞吧，他是立功心切，这孩子老哭，咋整啊？"

毕记本说："许小飞，你赶紧抱着孩子在屋子里悠。"许小飞抱着孩子悠来悠去。这么一悠，孩子真就不哭了。只要停下来，孩子马上还哭。毕记本回到自己的座位上坐下，打开面前的本子，慢条斯理地说："孩子哭，不外乎两个原因。一是冷，二是饿。"许小飞点头，说："有道理，那咋解决呢。所长，不能叫我这么悠一晚上吧。"

毕记本说："我知道你没事，你有武把超（有本事，有武术），得过全国冠军呢。悠吧。"

许小飞小声嘀咕："那不是一个劲。这么悠，时间长了，世界冠军也没辙。"

毕记本说："冷咱不怕，我看见龚丽丽宿舍有热水袋是吧。"龚丽丽赶紧点头说是。毕记本就叫龚丽丽把热水袋拿过来，灌上热水，试探着塞孩子的身边。这样一来，许小飞的重量又增加了。许小飞说："丽丽，你有没有小点的热水袋，这个估计能灌八斤水。"

毕记本说："整个屋子的温度显然是不行的，所以，明天上午，咱们派出所就得提前把过冬的煤拉来。许小飞，明天上午你哪也不用去了，孩子也不用你管，煤运来以后，你用手推车往后院推。"许小飞点头，说："几吨啊？毕记本说，拉五吨，要平庄的块煤。"

许小飞咧嘴，说："不能再找人帮我推啊？"毕记本说："你要是不愿意推煤，你就哄孩子。推煤不哄孩子，哄孩子不推煤，尊重你的选择。"许小飞想了想，说："我推煤。"略一停顿，许小飞又说，"另外还给我推煤钱吗？我记着单位是有这笔钱的。"毕记本笑了笑，说："一吨十块，五吨五十。"许小飞很高兴，说："我正好可以还丽丽。"毕记本接着说："我那大秤钱呢？你拿去送人了，我正好扣下算了。其实，我那大秤能卖六十，不多要你那十块了。"

分析落实完第一条，毕记本继续分析："孩子饿咋办呢，得喝奶。这黑天半夜的咋整啊，你看我们三个谁能有奶啊？"

毕记本和许小飞一起看龚丽丽。龚丽丽胸部高耸着，瞧见俩男人一起瞅自己，脸“腾”地就红了，下意识地往回收胸：“你们有病吧，瞅我干啥啊？”

许小飞说：“我现在就去把劁猪匠子给抓回来，叫他供述罪行，然后顺藤摸瓜，把孩子送他亲妈那去，他亲妈应该有奶水。”毕记本摆手，说：“抓劁猪匠子那么容易？大前年，闹‘非典’的时候，劁猪匠子去浙江温州打工，跨越几个省份一路狂窜，多少人都没堵住他。你黑天半夜说抓就能够抓住啊？还有，他劁死张寡妇家的猪崽子，你花了多少时间才逮住他的？年轻人别冲动。现在最关键的是要解决奶水问题。有了奶水，孩子不就不哭闹了吗？然后咱再想办法腾出手来逮劁猪匠子。”

许小飞点头，说：“所长，你说咋办吧，我听从指挥。明天推煤的钱我也不要了，以后县局开会，我是再也不去了。”

毕记本看看墙上的钟，说：“别说那些没用的，走吧，开车去小凤家。”

龚丽丽说：“上小凤家干啥去？”毕记本说：“小凤的孩子刚一岁多点，还没断奶呢。叫她帮咱奶奶孩子。”

吉普车打不着火，气得许小飞使劲拿脚踹。毕记本抱着孩子出来，说：“你就没有点耐心啊，别看车是哑巴物，可也通着灵性呢，你平时不好好对它，它到了关键时刻就不给你玩活。你在家看家，我和龚丽丽去吧。”许小飞说：“我也去吧，事是我引起的，我得负责到底。”毕记本呸了一口，说：“这是咱派出所的光荣，你还想一个人独揽成就啊。”

黑暗里，龚丽丽掐了一把许小飞。两人相视而笑。

在小凤家，孩子吃上了奶水，马上就变得安静了，像头小肥猪一样拱在小凤的怀里美滋滋地喝着。毕记本在边上使劲夸小凤的奶水好。

小凤是今天下午被婆婆接回来的。婆婆态度的大转变，叫小凤一家始料不及。先是小凤的大姐回到娘家说小凤的婆婆会来接小凤回去。大家都不信，没有想到，到了下午小凤的婆婆真的来了。来还没有空着手，给亲家公买了好酒，还亲自给小凤赔礼道歉，抱着大孙子一顿没头没脑地亲啊。

谁也不知道是毕记本安排郝秀才去给小凤婆婆算卦的。矛盾解决了，全家皆大欢喜。小凤心里纳闷，偷着追问李三深和姐姐是怎么回事。这才知道是毕所长从中做了调解。小凤姑娘一直感激毕记本，她跟李三深结婚就是毕记本做的红媒。事情其实很曲折，先是小凤跟同村的一个男孩恋爱，自己的父母反对这事，小凤想不开，就跳了水库。毕记本赶到，进行了人工呼吸，小凤的命才算保住了。父母也不再反对婚事了，小凤的那个男朋友却不干了。说毕记本嘴对嘴地"呼吸"了小凤，双手还在胸上压了半天，就悔婚了。小凤万念俱灰，幸亏毕记本从中做工作，这才度过了那段难关。毕记本知道李三深在城里承包刮大白活，小伙子长得不错，还会过日子，就给撮合到一起去了。

所以毕记本连夜来求小凤帮奶孩子，小凤就答应得很痛快。

## 6

整整一上午，许小飞推着小煤车健步如飞。龚丽丽抱着孩子几次出来喊许小飞休息一下，许小飞都坚决不听，脑门上都跑出了汗水。龚丽丽气不过，进屋跟毕记本说："累死人不偿命啊。"

毕记本嘴里"咦"了一声，说："龚丽丽，你这话不对啊，推煤是许小飞自己愿意的。我可没逼他去，不但不逼他，我还处处为他着想。他拉完屎收拾不了，都是我给他擦屁股。今天早上张寡妇来找我来了，说许小飞答应也给她一台大秤的，叫我这当所长的给她做主。我是好说歹说，给劝回去了。"

龚丽丽瞅瞅怀里的孩子，说："这孩子咋办啊？总不能老去人家小凤那吃奶吧。一次两次行，天长日久谁都不愿意。"毕记本点头，说："你说的是，不过，你看小凤胸前的衣服都湿漉漉的，奶水足着呢，她家孩子吃不完，都流出去也浪费了。俗话说得好，好奶不流他人田，小凤不是外人。"龚丽丽感觉好笑，顶毕记本一句，说："我没有你观察得那么仔细。”

毕记本脸也不红，哈哈笑了，说：“行，我帮助许小飞推煤去。平时你跟许小飞关系也不咋着啊，叫他干点活我看你老大不乐意了。”龚丽丽知道自己情绪有点失控，说：“我是为这孩子着急。”毕记本摸了摸孩子的小脸蛋，逗弄孩子笑。说：“这孩子也不知道叫啥，我得给起个名字。龚丽丽，你给参考一下。你说叫狗蛋咋样？”龚丽丽正给孩子温冲好的奶粉，说：“不怎么样，这是名字吗？狗蛋猫蛋的。”毕记本说：“你知道啥，赖名好养活。”

奶粉是小凤给拿回来的，原以为小凤身子瘦弱，奶水会不够。李三深老早准备了奶瓶子和奶粉，没有想到奶水足着呢，奶瓶子和奶粉就没有用上。人家小凤白送，毕记本还不收，说：“你们也是花钱买来的，派出所不能白拿老百姓的东西。”执意叫许小飞掏钱买，许小飞从龚丽丽那借来了一百块钱，花了八块钱买了痱子粉，剩下的都掏给小凤了。

许小飞表现积极，主要就怕叫他悠孩子。这几天，许小飞严重睡眠不足，都是被这孩子给折腾的。许小飞想好了，只要晚上能够睡个囫囵觉，白天累点苦点都成。许小飞这几天折腾得小脸蜡黄，看着叫人心疼。龚丽丽给许小飞蒸了一碗鸡蛋糕，一眼没照顾到，都叫毕记本给喝光了。

毕记本站在门口看挥汗如雨的许小飞，啧啧地夸：“表现不错，再有两吨也难不住你。”许小飞说：“成，再来几吨煤都成，打拐这案子，我真办不了。那劁猪匠子根本没跑远，就在附近村子劁猪呢。可是，他跟我兜圈子，就是差一步，逮不着他。我知道所长的主意多，你给我指点指点，你指哪我就打哪，非抓住他不可。太恨人了。”

毕记本说：“那你先歇一会儿，咱开个分析会，具体部署一下。”许小飞一听很兴奋，说：“我再卯把劲，就差几推车了，我推完，咱利索地研究。周密部署，非把劁猪匠子抓到不可。”

孩子喝着奶粉，屋子里新生了炉子，温暖如春。许小飞洗了脸，认真地拿一个笔记本做记录，找不着笔，跟龚丽丽要。龚丽丽忙着抱孩子，抢白一句："你就拿耳朵听吧。"许小飞点头，说："也好。毕所长，我觉得要想取得这次打拐行动的胜利，最主要的就是吃苦耐劳。通过这几天的劳动锻炼，我觉得我经受住了锻炼。"毕记本竖起大拇指，说："许小飞，不是我夸你，你真进步了。去年叫你推几推车煤，你看看你当时的态度，脸拉得像长白山一样长。养兵千日，用兵一时，国家培养我们干什么，就是要我们在需要的时候顶上去。就是在需要我们推煤的时候推煤，需要我们悠孩子的时候去悠孩子。"

龚丽丽说："我觉得你们的会议开得太形式化。捞干的说，孩子在这呢，你们俩大爷们谁都不管，晚上我得给换尿布。尽快把事情落实了，我这个礼拜还没回城里呢。"毕记本不乐意了，说："龚丽丽，这就是你的不对了，我们必须要在思想上达成一致。不能我说东，许小飞说西。一个派出所和一个家是一样的，没有主事人不行。"

许小飞不住地点头，说："丽丽，你别跟着掺和。等抓住劁猪匠子，破了打拐大案，我替你值班。"毕记本咳嗽几声，用问询的目光看着许小飞："你觉得这个案子该怎么尽快落实呢？"许小飞说："我没啥别的办法，就是想，这孩子放咱派出所丽丽给好好照顾着，千万别生病生灾，砸在咱手里可就坏菜了。然后毕所长您，开着这吉普车，拿着大喇叭出去嚷嚷去。"毕记本问："啥意思呢？"许小飞说："你想啊，你最能喊了，出去造声势，整得他无处可逃。他就得往回跑，起码得回家拿衣服啥的吧？那我就在他家蹲守，弄两箱方便面，一箱矿泉水，我就躲他家屋子里守株待兔。"

毕记本想了想，说："他劁猪匠子光棍一个人，掉井不挂下巴，吃粮不管穿。你得猴年马月才能蹲守成功。我看这孩子可挺能吃，一袋奶粉一会儿就'滋嘎嘎'喝没了。叫你拿钱，你到处哭穷。叫我拿钱，这孩子也不是我抱回来的啊。"

许小飞低头，说："别哪壶不开咱提哪壶了，我就这点办法了。我也不是没出去转，是真抓不着这劁猪匠子，他反侦察能力太强。"

毕记本说："北梁的韩小东他老妈，平时就爱保媒拉纤啥的，不图别的，就图保媒能弄点罐头蛋糕啥的。我寻思着吧，晚上我去一趟她家，拎点罐头蛋糕，叫她给劁猪匠子保媒。"

许小飞正接过龚丽丽递过来的一杯热水想喝呢，一听毕记本说这话，杯子一歪，就把水给洒了出来。许小飞顾不得烫，说：“所长，你是咋想的呢，他拐卖儿童，还拒捕逃跑，害得我吭哧吭哧推煤车。你还给他保媒说媳妇，美得他大鼻子泡都得出来吧。”

毕记本看龚丽丽，龚丽丽点头，说：“毕所长，我明白你的意思，你这叫使美人计调虎回山。有个问题就是，上哪去找他保媒啊？”许小飞附和：“就是啊，要是能够找到他保媒，咱不就直接抓人了吗？”毕记本说：“他老姨不是大王杖子的吗，叫媒婆去他老姨家保媒，劁猪匠子他妈死的时候，嘱咐过自己的亲妹子，一定要帮助劁猪匠子说个媳妇。这事她不能不管，咱们满天飞找不着劁猪匠子，他老姨就能够给咱找着。”

许小飞激动起来了，说：“有道理，我咋就你看没有想到呢。可是，韩小东他老妈手头也没有合适的女人，她咋去给保媒啊。”

毕记本“啪”一下拍桌子：“问题的关键就在这。人媒婆要讲究信用，没有谱不可能去说媒，咱派出所不好拿办案来介入。可是，咱能够找人配合。”

龚丽丽和许小飞一起问：“谁能配合？”

毕记本斩钉截铁地说：“张寡妇。别乐，举报劁猪匠子的事情，劁猪匠子并不知情，咱们给举报人保密呢。我看张寡妇和劁猪匠子挺般配的，她主动这么一提，媒婆信，劁猪匠子的老姨信，劁猪匠子也得信。”

龚丽丽叹息一声，说：“分析得天衣无缝，只有一点，张寡妇跟劁猪匠子仇人一样，她怎么会同意？”毕记本嘿嘿笑，说：“这你就不懂了，为了惩治劁猪匠子，咱就得好好做张寡妇的工作，叫她以大局为重，我看她一定能够答应。许小飞，你去一趟张寡妇家，叫她来一趟派出所。”许小飞摇头，说：“我不去，她见我就跟我要大秤，我上哪给她整大秤去啊。”

## 7

许小飞拗不过毕记本，只好去找来了张寡妇。张寡妇还对大秤的事情耿耿于怀，许小飞深刻检讨了自己，说："大秤的事情以后可以考虑，当务之急是先把劁猪匠子给抓住，现在派出所需要你的配合。"张寡妇一听要抓劁猪匠子，点头同意来派出所商量对策。张寡妇因为那头劁死的猪，一直在寻找报复劁猪匠子的机会。平时从街上走，遇到劁猪匠子就多看几眼，想从他身上找到可以报复的理由。

事情完全按照毕记本事先预想的那样在有条不紊地进行着。

晚上是张寡妇和劁猪匠子见面的时间。毕记本和许小飞做好了布控，只要劁猪匠子一进入预定地点，就马上实行抓捕。临要去的时候，张寡妇打退堂鼓了，说啥也不去了。毕记本气坏了，吓唬张寡妇："不去咋办，三十六拜都拜了，就差一哆嗦，不能不去。"张寡妇说："他被抓住会不会判刑啊，他出来以后报复我咋办?"许小飞说："叫他把孩子的事情交代清楚就没事了。"张寡妇还是不放心，说："这样吧，你们俩不能见面就逮人，他一下子就能看出是我害他的。等我们说完话以后，我走出门，你们再抓。"

毕记本点头同意，说："这个办法好。叫他看不出来，咱还把案子给办了。"

做好了思想工作，商量好了抓捕方案，张寡妇这才镇定下来了。收拾一下，天一擦黑就去找韩小东他妈，然后走三里地到了劁猪匠子的老姨家。毕记本和许小飞都没开车，时间算计好了。毕记本事先放出风去，要去城里的医院检查身体，坐上大客就走了。许小飞也假装下班回城的样子，搭七拐的三轮车走。两个人出了五间房乡，到了没人的地方先后下车。七拐被许小飞闹愣了，说："讲好的去城里，咋不走了?"许小飞说："这是机密，你照样往城里开车，开到城里再回来。"

七拐气坏了，说："我有病啊。你打车不去了，我白跑玩啊。"

许小飞说：“你少啰唆，叫你去你就得去。钱我还照样给你。”

毕记本和许小飞碰一下头，下了公路，抄了近道就往劁猪匠子老姨家赶。十里多地，两人都累够呛。许小飞说：“所长，咱们是不是出来得远点了。二里地足够用了，他劁猪匠子还手眼通天啊。”毕记本说：“以防万一，咱们在明处，他在暗处，咱得更加小心。”许小飞捂着被冷风吹红冻疼的耳朵，说：“我咋感觉调个了呢，咱是警察啊，咱还得躲着他。”

劁猪匠子一直观察着派出所的动向呢，看到毕记本和许小飞真走了，也看到张寡妇出村了，等了老半天，才向老姨家溜达过来。这些天，劁猪匠子像惊弓之鸟，东躲西藏，劁一头猪换一个地方，许小飞开着吉普车几次跑空，就是抓不着他。

老姨前天捎信来，说要保媒，是张寡妇。劁猪匠子的心思就活了，他想，莫非上次劁猪劁死了她家的猪，自己包赔了损失，这张寡妇就暗生情愫了。劁猪匠子的脑子飞快地回忆，他也觉得自从两家闹了那次纠纷以后，张寡妇瞅自己的眼神不对。自己从街上过，张寡妇都要盯着看。有时候都走出很远了，发现张寡妇还站在身后瞧自己。有一次，劁猪匠子故意又回来了，给了张寡妇一个措手不及，他发现张寡妇表情极不自然，眼神很慌乱。现在这么一主动提亲，劁猪匠子断定张寡妇是真的相中了自己。也是呢，自己大高个，双眼皮，还有劁猪的手艺，在张寡妇眼睛里不是白马王子吧，也得是那白马先生。张寡妇长得不差，可是不差也是寡妇。自己条件是不好点，可是不好也是处男。想到这，劁猪匠子就对张寡妇的感情深信不疑了，对自己也就自信起来。

劁猪匠子特意说好了要晚上跟张寡妇见面谈谈。这样，可以躲避派出所万一来抓捕。为了这次见面，劁猪匠子特意洗了澡，理了发，还跑到城里的商业城，给张寡妇买了一条花头巾。

院子里有大黄狗，门口有劁猪匠子老姨望风，里面的见面气氛很温馨。毕记本和许小飞在院墙外进不去干着急。转来转去，毕记本发现房子东边有厢房，上面是一堆玉米棒子，两人就爬了上去，往玉米棒子中间一猫，两人潜伏下了。商量好了暗号，只要张寡妇出门走没影了，这边就下手。假如劁猪匠子跟着张寡妇一起出来，就暂时不动手，跟踪一段再抓捕。

张寡妇镇静了一下，还是大方地打量了一下劁猪匠子。这一打量，发现劁猪匠子仪表堂堂。劁猪匠子也多了无限的温情和礼貌，倒水，沏茶，拿苹果，还笨拙地给苹果削皮。张寡妇慢慢就忘了是来卧底来的了，劁猪匠子问话，就跟着答话。劁猪匠子拿出那条花头巾，张寡妇的意识就有点混乱了。虽然结过一次婚了，从来都没有感受过的温暖涌遍了张寡妇的全身。前夫不知冷也不知热，赌钱喝酒打人，骑摩托车掉进了大沟里，再也没有回来。为了孩子，张寡妇一直不敢再找男人，她也对男人失望了。劁猪匠子的一番举动叫张寡妇有点懵了。

劁猪匠子表白说："其实，我心里早就对你有点想法了。只是怕你不得意我，就没敢提。别看我不像过日子的人，其实我心细着呢。这些年攒了几万块钱呢，我想开养猪场，去镇上的饭店收泔水，掺上饲料喂，成本低，赚头大。"张寡妇说："那你咋不去做呢?"劁猪匠子难为情起来，说："就我一人，日子过得没滋没味的。我去收泔水，家里没有人看家。早些年没说上媳妇，是因为我妈的病。谁也不肯要个瘫痪的婆婆，我一赌气就没说。等我妈没了，我岁数也大了，就这么着耽误了。"

张寡妇深情地看了劁猪匠子几眼，想不到这个外表粗俗的男人，心肠是这样柔软，重情重义的男人就在眼前，张寡妇的心思动了。劁猪匠子说："你真看上了我，我就煞心好好跟你过日子，再也不破罐子破摔混日子了。酒我不喝烟我不抽，麻将我也不打了，我说到做到。这条纱巾，我先从城里买来的，你别嫌礼物小。我看你春天上地里干活，每年脸都吹爆皮了，围上就好了。"

张寡妇接过那条纱巾，眼泪在眼圈里滚了几个来回，忍住不掉下来。

他们在屋子里聊的时间一长，房顶上的风大风冷，许小飞冻得哆嗦着扛不住了，说："干啥呢这是，卧底咋这么投入啊，我都冻筛糠了。"毕记本说："情况大概有变化，我咋听里面说得这么热闹呢。

还滋吧地炒上菜了。”

劁猪匠子的老姨也进屋了，留张寡妇吃饭。张寡妇没聊够，一起吃了饭。劁猪匠子往张寡妇碗里夹了两片肉，张寡妇才激灵一下缓过神来，想起自己是来干啥来了，这饭就吃不下去了。她心神不定，告辞回家。劁猪匠子披着大衣要往外送，张寡妇百感交集，知道自己这一走，心爱的劁猪匠子就该被绳之以法了。

门一响，毕记本捅一下许小飞，提醒他注意了。出来的几个人小脸红扑扑的，显然是刚吃完热乎饭。许小飞的肚子就条件反射一样“咕噜噜”叫了起来。

张寡妇的眼泪快掉下来，到底没控制好，突然问了劁猪匠子一句：“冤家，那孩子你到底是从哪整来的？警察要来抓你来了。”

劁猪匠子听张寡妇这么问，马上愣住了，警惕地瞅四周。

毕记本在房顶上说：“坏了，张寡妇叛变，假戏真做了。”许小飞说：“咋办？”毕记本“呼”地站了起来，大喝一声：“劁猪匠子，你被包围了。”

张寡妇推一把劁猪匠子说：“你快跑，他们就两人。”劁猪匠子拔腿就往大门外狂窜。许小飞一看，真急了，冻了好几个小时，不能叫他跑了。这一跑，不知道啥时候抓住他呢，再说，派出所那孩子时间长了咋办啊。许小飞一个飞跃就跳下了厢房，毕记本直挑大拇指，佩服许小飞的轻功武艺。许小飞在玉米堆里趴的时间过长，一个姿势大腿压麻了，冷不丁往下一跳开始没感觉，跳到半空中觉得事情不好。可是，人在半空中，想收脚也来不及了。于是，许小飞就像一枚炮弹一样坠落下来，“扑通”一声掉狗窝上了。狗窝上搭建的木头石棉瓦不结实，“哗啦啦”断了碎了，许小飞“妈呀”一声，姿势难看地摔进了狗窝。

许小飞奋不顾身的举动，惊毛了劁猪匠子。他一溜烟就淹没在夜色里了。

毕记本在房顶上跺脚。他朝着狗窝喊：“真没用。”看到张寡妇还在院子里，毕记本有了主意，大声喊：“张寡妇私通罪犯，关你大狱，赶紧举起手来！”

铁大门“咣当”一声重新开了，劁猪匠子回来了。他豪气冲天地朝毕记本说：“跟她没有关系，要杀要剐你们朝我一个人来吧。”

张寡妇再也抑制不住，“哇哇”地哭了起来。

毕记本长舒了一口气，朝劁猪匠子喊：“给我找个梯子，我下去，上面太冷了。你跑吧，你跑得了和尚跑不了庙，张寡妇今天你算摊上事了，罪过不轻，你俩商量商量一起去派出所自首吧。”

劁猪匠子把梯子竖上了厢房，毕记本不下去，说：“等我一会儿，我腿也麻了。”

许小飞捂着屁股趴在狗窝里呻吟：“毕所长，快给我叫120，屁股全是血，狗窝上有钉子。”

## 8

许小飞这下扎得不轻，“哎哟”着捂屁股。只能趴在宿舍的床上，这样也不能闲着，还得哄那“缴获”来的孩子。

毕记本在办公室很快查清楚了孩子的来历。据劁猪匠子交代，这个孩子是那天劁完猪往回走的时候，发现一辆摩托车有两人鬼鬼祟祟的，见到劁猪匠子突然出现，吓得丢下孩子就跑了。劁猪匠子捡起孩子抱回家，是动过卖给别人的念头，可是还没有来得及找下家，就被张寡妇发现举报，被许小飞连夜追捕。因为怕自己说不清楚，他就拼命逃跑，一直不敢露面。

劁猪匠子的交代，叫张寡妇眉开眼笑。知道劁猪匠子没啥大事，跟毕记本继续要大秤。毕记本说：“你私通劁猪匠子，把人民警察的屁股扎出了血，你还敢跟我要大秤。我告诉你，你们结婚的时候必须喊我去喝喜酒。”

孩子的来历还是没有调查清楚，毕记本如实向县局做了汇报。陈局表扬了毕记本，并帮助联系孤儿院先进行收养。案子并入打拐系列案，由县局成立专案组进行清查。五间房乡派出所算是胜利圆满完成了任务。

许小飞半夜起来，瘸着腿捂着屁股给孩子冲奶粉，一不小心，奶瓶子掉地上摔碎了。毕记本气得训斥许小飞，许小飞赌气要去城里买。却屁股受伤根本没有办法开车，龚丽丽就把两人拦住，说："你们天天吵个啥劲啊。不用你们管，反正明天孩子就该送走了。我用大碗冲奶对付一下吧。"但是这么喂奶孩子不习惯，嗓子都快哭嘶哑了。看没人，龚丽丽就狠狠心，把自己的上衣撂了起来。小家伙拱了几拱，就扎进了龚丽丽的怀里。龚丽丽一阵害羞，伸手从后面解开了乳罩的带子，把自己的乳头伸到孩子的嘴里……

许小飞和毕记本生了一顿气，先是因为摔碎了奶瓶子，后来是千年谷子万年糠的陈账。最后说到这次行动，毕记本觉得许小飞是吹牛，根本没有武功，要不咋会从房上直接掉下来。许小飞辩解说是因为腿麻了。腿麻自己没感觉到，抓人心急，就跳下去了。要不，一房高根本没事。

正辩论时电话响了，许小飞就近接过来，是毕记本的儿子找毕记本。许小飞正来气呢，瞅着毕记本不动声色说："不在。"毕记本的儿子在电话里哭了，许小飞一愣，仔细听了。毕记本的儿子说："你先别跟我爸爸说，复查结果出来了，他得的是肝癌晚期，你得帮我们把他糊弄到医院来化疗，医生说癌细胞扩散快的话，再有一个月就扛不住了。"

许小飞木雕一样呆在那了。许小飞慢慢放下电话，毕记本还在指责他。许小飞就哭了，说："毕所长，是我错了，我年轻不懂事。那秤砣是我藏起来的，干豆腐也是我吃的，吉普车打不着火也是我故意的。我保证以后不再摔奶瓶子了，一定好好学习，天天向上。"

毕记本纳闷，说："你小子搞什么鬼啊，这么快思想就进步了。"许小飞点头，说："嗯，我顿悟了。"

两人一起去宿舍看孩子。龚丽丽也累了，孩子嚼着乳头睡了过去。这一切，许小飞和毕记本都看到了，对望一眼，两人啥都没说，慢慢退出去了。

# 9

第二天一大清早，毕记本的儿子开车来接毕记本了，说医生还要复查。毕记本不耐烦，骂道："这啥医院啊，挣钱还追着没完了。我不去，没看所里很多事情处理不了吗？"

许小飞劝："毕所长，你放心去吧，孩子的事情我来处理，我开车跟丽丽一起送孩子去。"

毕记本打趣："你屁股的伤还没好呢，该换药了吧。你逞什么强啊。"许小飞说："没事，毕所长你抱一会儿孩子，叫丽丽给我换药。换完药我就去送孩子。"

毕记本接过孩子，逗孩子玩。许小飞跟着龚丽丽回宿舍了。毕记本觉得不对，喊也来不及了。抱着孩子跟进去，在门口等。不一会儿，龚丽丽拿着药棉花出来了。毕记本生气了，说："这个许小飞，就是不注意影响。这人素质实在是差，江山易改，禀性难移。这是未婚女同志能给你做的吗。"龚丽丽低头一笑，说："毕所长，我还是跟你实话实说吧，我跟许小飞登记结婚都半年了，一直没有办仪式呢，想等我们一起调回城里再办。"

毕记本张着嘴巴，结巴了，问："你是说……你……你们是两口子？"

龚丽丽点头。

毕记本一拍大腿："你看这扯不扯，其实，许小飞同志总的来说，各方面都不错，是个有为青年。"龚丽丽笑了，说："我都习惯了你们俩来回地掐。毕所长，我有个想法，想跟你说。"毕记本红着脸说："你说。"

龚丽丽看着孩子，说："我和小飞想，这孩子暂时就放在咱派出所里吧，都待熟悉了，弄孤儿院去，我们也不放心。"

毕记本点头，说："我这就打电话说这事。我也舍不得这孩子，可像我孙子小时候了。"

毕记本捏住孩子的脸蛋，说：“今年打春早，正月初四就啃春萝卜了，等那个时候孩子就能抱出去玩了。对了，我又想好了一个名字，这孩子叫幸福行吗？”

龚丽丽亲了一口孩子，说：“这个名字好听，比狗蛋猫蛋好。等几天，幸福就会在春天向我们招手了。”

毕记本抬头，发现走出宿舍的许小飞满脸是泪水看着这边。毕记本就骂一句：“给屁股换药，还挤啥尿水子，完蛋玩意儿。”

他看向龚丽丽，马上觉得不妥，在龚丽丽面前又表扬一句：“也成，有情有义，是个有为青年！”

# 幸福开门的声音

## 1

天还没大亮，李朝阳就躺不住了。怕惊醒了老伴王淑芬，他轻轻地掀开被子欠起身子。一晚上，老伴总是要起来几次拿药端水。老式的暖壶坏了不保温，晚上睡下灌的热水，半夜的时候就温吞吞的不热了。老伴不想将就，去灶间烧了开水端来。外面很黑，风像饿了几天几夜的猪仔一样，扯着院子里的枣树杈子哼哼唧唧地叫。看着老伴起早贪黑地伺候自己，李朝阳心里不忍。

这个病闹腾有一阵子了，也不是啥大毛病，就腰酸疼，酸唧唧地疼，滋啦啦地疼。开始以为是凉着了，老伴就买了热水袋，晚上灌上热水给放在腰部暖上。可没啥起色，还老起夜，出去还挤不出多少尿来。王淑芬就劝李朝阳在屋里解手，还特别为他准备了尿盆。别看李朝阳身子骨不怎么金贵，人却挺讲究的。他年轻的时候做过十八年的生产队长，大小也是乡村干部，挺知道自重自爱的。孩子们小的时候，李朝阳晚上从来不在屋子里解手。几十年了，李朝阳还保留着这样的习惯。王淑芬怪他逞强，李朝阳不理会，逼得急眼了，就说在屋子里尿不出来。

李朝阳慢慢下地，老伴的一双手在被窝里摸出了李朝阳的鞋子。

李朝阳这才知道，其实老伴一直没睡，一直都在关注着自己的一举一动。老来伴老来伴，这话一点不假。李朝阳叹口气，说：“这病咋这黏糊呢，还不下身了。”

王淑芬坐起来，披件棉袄，劝慰老伴：“得病容易去病难，老胳膊老腿的，好得哪有那么快。这回啊，我就做回主，进城，到大医院那瞧瞧，顺便看看孩子们，粘豆包也蒸了，孩子们都得意这口。”

李朝阳叹口气，知道这次是不能拗着老伴的意思了。带带拉拉的症状也持续了一阵子，不是以往的伤风感冒。李朝阳心里有数，身体出现的不适越来越叫他感慨岁月不饶人。老了，身上的零件都不好使唤了，李朝阳想得开，知道人早晚都得有那一天。李朝阳这辈子知足，方圆几十里，上沟下梁，十里八村你拿几两棉花去访（纺）一下，年轻的时候不托人不送礼，完全靠的是为人处世的品性，连续做了十八年的生产队长，想不当都不行。前几年，李朝阳真不想干了，孩子们都在城里安家立业了，把出风头的事情让给年轻人，这才是明智之举。可是乡里不干，老百姓也不同意。选举就僵在那了，乡里的刘书记都着急了，亲自来家里搬李朝阳出山。李朝阳有言在先，说好了再干两年，这才使事情得到了圆满解决。

每次想起这事，李朝阳脸上都掠过一丝满足的微笑。这是老李头一生的风光，比起村子里的其他人，李朝阳不知道要幸福多少倍。从小光着屁股长大的娃娃，数李朝阳混得风光体面。刘树清的老小子疙瘩长相、口才都不在李朝阳之下，脑瓜子也好使，当初一起争老伴王淑芬。王淑芬也动摇过，还被疙瘩亲过一次脸蛋。想起这事来李朝阳就庆幸自己的命好。王淑芬脾气烈，被疙瘩亲过脸蛋以后就执拗地认为啥都是疙瘩的了。疙瘩那年学成了木匠活，每年过年回来都穿得浑身上下溜光水滑。眼瞅着跟王淑芬水到渠成的事情，谁承想一场意外使事情节外生枝。疙瘩干木匠活时从房上掉了下来，脑袋摔到脖子腔里去了。

王淑芬坚持了挺长时间才嫁给了李朝阳。李朝阳那时候就是村干部了，他以德服人，志在必得。事实证明李朝阳是好样的，得到了村子里最好的女人，过上了叫村里人羡慕的好日子。

鸡窝在院子枣树下，那只芦花大公鸡平时很守时，天蒙蒙亮的时候就“喔喔”地叫起来。王淑芬看李朝阳不想再睡了，穿衣起来要下地。进城要准备的东西不少，城里人稀罕乡下的特产。豆包啊小米啊都必不可少，城市里不是没有这些玩意，只要有钱啥都能够买得到。现在做买卖的人聪明着呢，没有琢磨不到的事。春天的时候榆树钱儿、刺槐花、杨树叶都能拿到街上卖钱。现在的买卖人，都成精了。可是再成精也没有自己家出产的实惠，再说了，孩子们得意这口，也不是为钱，为的是家的味。这话跟村子里的乡亲讲不明白的。只有远离家乡的人，心里才知道那味是啥样的滋味。

李朝阳的腰痛缓和了一下，因为想到了年轻时候的恋爱，李朝阳的心里就溢出了无限的温暖来，有时候这股温暖会冲淡病痛的滋扰。新婚的那几个月，李朝阳一直不去亲王淑芬的脸蛋，这叫王淑芬耿耿于怀，觉得李朝阳是小心眼，不去亲疙瘩亲过的地方。男人啊，都是一样的心思，李朝阳也不例外。李朝阳是负责的男人，对王淑芬好这是有目共睹的事情。两口子生了两个儿子志文、志武，都是念书的好料，相继在城里娶了媳妇安了家。本来不打算叫老闺女雅美念书考学，一个姑娘家念书也没啥用处。可是，这丫头从小就受哥哥们的影响，读书用功，门门功课考第一。考师范的头一年，赶上雅美闹毛病，差三分没考上。村里有媒人给雅美介绍对象，李朝阳不是糊涂的爹，知道尊重女儿的意见。李朝阳就跟雅美说了，咱家的情况摆在这了，你要是想念书，爹就是砸锅卖铁也得供你。你不用哭天抹泪的，爹不是糊涂人。雅美也很干脆，咬牙说爹，那就砸锅吧。赶明我有工作了挣钱还爹一口好锅。

转年雅美就考了全市第一。也赶上这丫头命好，市里缺优秀的老师，毕业直接就分配到四中做老师了。现在都做到了副校长的位置，当正校长是早晚的事情。各方面的素质都在那摆着呢，李朝阳对雅美的前途一百个放心。

盛豆包的大缸在房后，背阴的地方放的豆包不坏。老闺女雅美想给老两口买台冰箱，李朝阳和王淑芬死活不同意，都说乡下买冰箱根本用不上，夏天把易坏的食物吊到井里，十天八天都不会变质。冬天有大缸，往房后没有太阳的地方一放，啥东西也不坏。冰箱派不上用场，还费电，一天平均一个电字，走一个电字就是五毛来钱。不是省不省的事情，关键是钱得花在刀刃上才对。吃不穷穿不穷，算计不到才受穷。老话讲的理不差。

王淑芬早晨煮了小米粥，转身到柜子里的竹筐摸了几个鸡蛋。鸡蛋是家里的笨鸡下的，营养价值高。早饭必须要吃的，要坐一上午的车进城，还要提着大包小包的东西。没有力气不行，不吃点顶饿的也不行。

家里的事情，前些日子就谋略好了。托娘家的侄子和媳妇看家，米啊面啊的济着人家吃。这一走，最多也就十天八天的。老两口算计了，下午就能够看上病。看完病抓完药，大夫要是打针的话，那就开药回来打。在医院住着一天一宿钱也不少，不能浪费。先去雅美家住两天，再去志文家住两天，最后到志武家，来回一个星期就足够了。

李朝阳心里还有一件事情没说，说了怕老伴怪自己小心眼。李朝阳不心疼粮食被妻侄子一家吃，李朝阳心疼柴禾垛里的柴禾。那些柴禾都是李朝阳亲手从山上打回来的，高的是荆条柴禾，好烧，但不能总烧。平时，要掺上庄稼秸秆、碎柴禾、树叶子，炕不冷就不用那样没有节制。不是小气舍不得，柴禾在乡下是啥？是老爷们对女人的爱。你说，自己家的女人烧火做饭一天三遍不容易，细算起来，一年就是一千零八十多次摸灶火坑。一辈子的数目就更惊人，活六十岁的话，那就意味着在灶火坑里蹲十几万次，你看哪家的娘们造反不给老爷们做吃做喝的了，都是任劳任怨的。柴禾给准备妥当点，叫她们干活顺手舒坦点，应该！

## 2

第四人民医院在雅美家附近，以前老两口来过。那次来是雅美的女儿胡懿可阑尾炎住院，王淑芬不放心跟李朝阳一起来医院看望孩子的。

李朝阳听雅美说过，第一人民医院最权威，可是价钱也最贵，一般都是高干大款去得多，不是为普通人民服务的。这家医院硬件好，专家多。听说有个骨科大夫一天就接诊十例患者，看病拿手，但从不多接，听说有个局长去洗浴中心洗鸳鸯浴的时候把尾巴骨摔骨折了，甩给大夫一万块钱，人家都没答应破坏规矩，到底是叫局长等到第二天排队挂号才给看专家号，这谱可大了。第二人民医院最出名的是妇产科，这个城市里有钱有势的人家都去那生孩子。这个据说更离谱，只要产妇家属肯花钱，人家派出一个团队几十人陪着你生孩子。产房里有专门的乐队伴奏，产妇听着音乐就把孩子生出来了，一点都不疼。第三人民医院还是不说了，这个医院主要是治疗一些下半身得的病。咱穷人得不着那样的病，不关心就对了。

比较一下，还就数第四人民医院是给人民看病的。有好事的做过一下对比，同样弄断一条腿，在第一人民医院和第四人民医院接好的价钱就不一样。第一人民医院三万接好这条断腿的话，在第四人民医院八千挂点零头就能够整利索。那生孩子的对比就更不能听了，一样的女人，一样的肚子，第二人民医院和第四人民医院在价钱上就反差极大，据说生孩子伴奏那地方生一回得十万八万呢。王淑芬一直感慨，十万八万生个孩子，哪里是生孩子啊，整个在生宝贝蛋，在生金疙瘩。生儿子志文的时候，王淑芬去后院的柴禾垛拿柴禾，刚一猫腰就觉得病了，肚子往下坠。王淑芬“哎呀”着趴在柴禾上起不来了，李朝阳也没有经验，吓得小脸蜡白，不知道咋整。出去喊老娘婆接生吧，还不放心柴禾上趴着的王淑芬。抱着王淑芳走吧，中间还有一捆柴禾。也是年轻力壮，情急之下李朝阳扛着一捆柴禾，柴禾上趴着王淑芬，就这么在村子里边跑边喊叫，愣是把老娘婆给喊出来了。

你想想那场面得多壮观啊，柴禾上趴着快生孩子的媳妇，李朝阳把声势造得相当大，儿子志文高调出生了，乳名“柴生”。直到志文在城市的工厂上班，才不叫这个乳名了。这事都是李朝阳年轻时候的“杰作”，王淑芬每次想起来内心都一阵温暖。就像现在看着李朝阳在那个机器下检查照相，王淑芬的眼睛里流出的都是柔情。窗外的阳光很耀眼，王淑芬的身上被阳光舔着，很舒适，暖暖的光线像李朝阳的大手一样能够给人踏实的感觉。王淑芬的目光有些迷离，许是冬日里久未见到这样的暖阳。在王淑芬的心里，希望老伴这样听话已经很久了，倔强了多半辈子的老头子，是到了该歇歇的时候了。这么些年，虽然没干出啥惊天动地的大事，可是李朝阳不着闲。就是不做村里的村干部了，李朝阳仍然很忙碌。李朝阳是待不住的人，不会猫冬，也不会撩闲。有时候贪黑在地里干活，王淑芬做好饭菜在家里等。这些年村子里很多人家都盖了大门楼，改了铁大门，雅美回来说自家改铁大门的钱她出，李朝阳不同意。李朝阳有自己的理由，院门子是铁的，感觉冷冰冰的没有温度，这人家过日子过的是人情，不知冷暖不行。虽然是谬论，但李朝阳的脾气谁都拗不过。王淑芬也没勉强，院门是木头的，门板很陈旧，可是声音很熟悉。“咯吱吱”一响，那就是最好听的动静。别人开门开不出李朝阳的动静，那种区别只有王淑芬的耳朵能够辨别得出。

门一响，那股熟悉的男人味道就装满了院子，那是幸福开门的声音。

全部检查下来，大夫把王淑芬独自叫到了办公室。大夫的话很简短，说：“给病人办理住院手续吧。”王淑芬从暖阳里缓过神来，惶惶地问大夫老伴到底得的是啥病。大夫解释半天，王淑芬听不懂。还是跑到走廊里喊来了李朝阳。王淑芬说：“大夫喊你呢，你有文化，我听不懂大夫说的啥尿毒症。大夫，我老伴当过村干部，他能听得懂。”大夫瞅了一眼李朝阳，无可奈何地摇摇头。一般情况下，这样的病都是要跟患者家属沟通的。

李朝阳也搞不懂自己的尿里怎么就有“毒”了，不过这段时间自己身体的反常还是跟以往不一样的。王淑芬很关心这个，心里也惦记着早点去老闺女雅美家，就跟大夫商量：“大夫，有毒咱就消毒解毒，给开点消毒解毒的药，我们拿回去自己吃。尽可能别叫我们住院了。”

大夫解释半天，李朝阳和王淑芬也没有听明白具体是怎么回事。大夫在诊断书上写的字各个张牙舞爪扬胳膊蹬腿的，识文断字的李朝阳也没辨认出几个来。这医院住不住啊，老两口在走廊里嘀咕半天。

王淑芬从观察到的种种迹象判断，这个年轻的大夫是在故意夸大病情，目的是叫老伴住院多花钱。李朝阳却觉得不像，那年轻的大夫笑是笑了，可是谈病情的时候是认真的，还说必须要血液透析，要不就来不及了。来不及了是什么意思呢？李朝阳的脸色一沉。正想着大夫已经不耐烦了，追问："你们到底住院不住院？"王淑芬看了李朝阳一眼，怯怯地说了声："不住。"李朝阳补充一句："开药回去打行吗？"

没有人给老两口开药，回去打针吃药人家也不同意。老两口犹豫了半天，肚子饿了就在大厅里吃带来的煮鸡蛋。王淑芬去打热水的时候，李朝阳借机钻进了病房。这里住着的都是血液透析的病人，跟李朝阳得的是一个病。

王淑芬打水回来，见李朝阳的脸色有些不好。赶忙问发生了什么事情。李朝阳叹息一声说："老婆子，可能事不好。"王淑芬的声音颤了，说："老头子你别着急，慢慢说，我马上就给孩子们打电话，咱听大夫的话住院吧。"李朝阳摆手说："别打电话，孩子们都忙。这个病是费钱的病，那两个屋我都走了，打听明白了，一个礼拜得做两次血液透析，一次得四百块钱呢。一个礼拜下来就得八百块钱，一个月三千二百块钱啊。这还不算其他的费用，想下来还远不止这个数。"

王淑芬有些反应不过来，这跟抢银行有啥区别啊。一年算下来，这就得四万块钱啊。王淑芬问："咱在自己家里透不行吗？"李朝阳说："我问了，咱家里没有合适的家什，人家有专门的机器。"王淑芬叹口气："咱招谁惹谁了，好好的血里咋就有毒了呢。这个病咱老百姓也得不起啊。老头子，你放宽心，咱不还有四万块钱吗，病得了咱就治，老天爷饿不死活家雀，车到山前必有路。"

李朝阳说："你叫我先想想。"

# 3

眼瞅着天擦黑了，李朝阳和王淑芬也没有找到公用电话。原来这附近小卖部里就有电话，打长途才三毛钱一分钟。可是现在小卖部都不见了，都盖了挺高的大楼，还没竣工呢，楼的外面包着大网兜。打听了几个人，人家都指了指路边上的电话厅，李朝阳和王淑芬进去看了，却不知道怎么打。问路过的人才知道，这是无人看管的“挨西”电话，得买张卡。王淑芬嘀咕几句，什么“挨西”“挨东”的，明明记得电话就在门口北边的，啥时候挪到西边了啊？

打不成电话，老两口也没有打车。知道离雅美家不远，老两口就轮换着背带来的大包小包。大的包里是冻的粘豆包，都是大黄米的，豇豆馅。老豇豆是秋后新打的，煮完做馅香着呢。志武最得意这口，以前过日子紧，年年腊月淘米蒸粘豆包的豇豆馅都不足，没有办法，王淑芬就往豇豆馅里掺高粱米。数是凑上了，可是豇豆味就不那么浓了。孩子就是孩子，吃不出来。但有一回志武发现了粘豆包馅里的高粱米，问王淑芬是咋回事。王淑芬瞅一眼李朝阳说：“你爸吃高粱米饭的时候，饭碗洒了。一碗高粱米饭都洒豇豆盆里了。”

这件事情蒙混过关以后，王淑芬和李朝阳就在一起笑。笑了老半天，李朝阳突然不说话了。李朝阳的神情很严肃，王淑芬感觉到了老伴的神色不对。李朝阳说：“以后我一定叫你们娘几个吃上豇豆馅的粘豆包，一粒高粱米都不掺。”李朝阳是个爷们，这些年为了这个家风里来雨里去，自己省吃俭用的，就像老母鸡一样，翅膀底下护着这帮孩子。以后的每年腊月，王淑芬就再也没有往豇豆馅里掺高粱米饭。

虽然电视上老说今年是暖冬，可是节气在那摆着呢。太阳一下山——不是下山，城市里哪有大山，城市里的“大山”就是那些高楼，戳在那，有山的高度，却没有山的形状。这还不说，高楼根本没有山的温度，山是跟老百姓贴心的。楼呢，一层一层，对门都不认识，楼是跟老百姓隔着心的。太阳躲进高楼的后面，冷气突然从地底下冒出来了。呼啦一下子，寒冷就包裹住了整个城市。

王淑芬心疼老伴，这样的病到底严重到啥程度，王淑芬猜不出。可是这样费钱的病不应该自己的老伴得。家里的四万块钱不是给啥血液透析预备的，家里没有这个计划。这次来城里，惦记着大儿子家房子的事情。志文往家里打电话说孙子要买楼，钱不够，老两口就在一起商量了，能帮多少就帮多少，这次进城也是来给孩子们把把关。置房子置地，那都是大事。

李朝阳坚持不住院，王淑芬拗不过。事情就僵在了那，老两口在医院的走廊里最后商量了一个折中的方案，等去完孩子们家以后再回来做透析。大夫还是那个大夫，对这样的决定有些惊讶。盯着李朝阳的糙脸看半天，最后说："你们有儿女啊？"

这是什么话？王淑芬不爱听，对大夫的问话感觉有些不舒服。大夫很忙，戴着一副眼镜，很帅气的一个男人。"我们怎么就没有儿女呢？不但有，各个还都很有出息呢。"李朝阳说。

李朝阳从来就不服老，刚强多半辈子了，这个犟脾气改不掉的。人哪能没有脾气呢，尤其是男人，就应该有脾气，有点"钢"，啥事不能像个软柿子，咋捏都捏不出一个甜酸来。从医院出来，李朝阳抢过了大包，里面的豆包很重的，王淑芬夺几次夺不回来。李朝阳的理由很简单，这点小病小灾的算个啥，挺一挺就过去了。男人是啥，是女人的依靠。有男人在，就看不得女人受苦受累。

李朝阳走得很快，大步流星地往前。这是李朝阳的一贯作风，干啥都不愿意落后。王淑芬在李朝阳的身后跟着，看着李朝阳的背影被灯光拖得瘦长，不知道怎么心里就涌上了一种担心。这种担心以前是没有过的，王淑芬一直相信李朝阳的身体健康，在王淑芬的心里，李朝阳是铁打的爷们，处处都透着精神气。可是现在，走在这灯红酒绿的街上，王淑芬开始纳闷这种莫名的担忧情绪是怎么来的。

城市的灯火没有不一样的地方，一亮起来都是一个面孔。在这样的灯光下行走，乡下人是最容易迷路的。李朝阳和王淑芬费了挺大的劲才算来到老闺女雅美家的楼下。李朝阳放下大包说："就是这，开始我记得是有棵树的，树没了，老不好找了。”

雅美家小区最早是有树的。这里是老城区，原来都是棚户区。很多年的历史了，生长着很多老树。后来城市棚户区改造，闹得轰轰烈烈的，改天换地了一样。李朝阳以前来的时候就端详过，料定这树是活不长的。不是为别的，城市里站着的一棵树，身子不舒展，脚下都是水泥，冷冰冰的，脚迈不开，巴掌大的地界，憋屈得慌。树心里也着急啊，这是过的啥日子。树有根，土里的根活得旺盛，地上的那部分才会精神。就像人投错胎一样，这棵树也长错了地方。城里的人多忙啊，他们谁会在乎一棵树的感受啊。在乡下就不同，乡下的人会关注一棵树的成长。树长在城市，就没有了活下去的乐趣。周围的味道不一样，树闻着难受。

李朝阳想到了树会死掉，却没有想过这棵树死得这么快。树没了，周围却建起了很多一模一样的楼房来。楼房都板着面孔，没有办法辨别哪家是自己的闺女雅美住的。懿可这丫头早就嚷嚷想姥爷和姥姥了，这下好了，过一会儿就能够看到孩子了。

李朝阳和王淑芬互相搀扶着上了五楼。王淑芬敲门，门里很快就传来了一个声音：来了，来了。说着来了，一个扎着围裙的小女人开了房门。王淑芬愣了一下，不是外孙女懿可，也不是老闺女雅美。那女人很年轻，手里拎着一棵没有剥完的大葱问：“你们找谁？”

李朝阳和王淑芬这才缓了过来，连忙说：“对不起，对不起，我们走错门了。”

返回楼下，老两口互相埋怨起来。怎么这么大意呢，互相都提醒了，千万别走错了，千万别走错了，怎么就真的走错了呢。李朝阳拿出记着雅美家楼房号码的纸条再次对照一下，没错啊。

那刚才？

王淑芬和李朝阳再次背着包包敲响了房门。这次开门的是姑爷胡大发。胡大发刚洗完澡，头发还是湿漉漉的。开门看见是李朝阳和王淑芬，先是一愣，接着就惊喜地说：“爸妈，你们咋来了呢？咋不事先给我打个电话，叫雅美去接你们。”

王淑芬乐了，刚才没敲错门。大发也意识到了刚才的误会，把李朝阳和王淑芬让进屋子，喊厨房里忙活的那个女人。那女人不出来，大发就进去拽了出来，介绍道："爸妈，这是我老姨家小表妹六儿。六儿，这是我岳父岳母。"

六儿摘了围裙，眼睛横扫了李朝阳和王淑芬两眼，点了一下头，算是打了招呼。大发说："爸妈，你们还没吃饭吧？六儿，你多做俩菜。对了，六儿，刚才我老姨打电话来说叫你赶紧回去呢。我来做饭吧，你赶紧回去，回去晚了老人该着急了。"

大发不由分说开始解六儿的围裙，拉着她就把她塞出了门外。

王淑芬感觉有些不好意思，想叫这姑娘在家吃完饭再走。她跟李朝阳嘀咕几句，李朝阳虽然没有说话，可是自打进屋以后，短短的几分钟时间，李朝阳对这个姑爷的表妹没有好感。那种眼神，好像这里是她家一样。想到这李朝阳才意识到还没有看到老闺女雅美。李朝阳就问："大发，雅美呢？"

大发收拾着屋子里凌乱的东西，乱七八糟地收拾一大包，都丢进卧室了。大发说："爸妈，雅美最近忙着呢，学校老有事，你说我不叫她当这个校长，非不听。"王淑芬向着姑爷，帮腔："雅美就那个脾气，大发，你可不能惯着她。这孩子老任性了。"大发瞅一眼李朝阳，说："爸，咱爷俩晚上喝两盅行吗？"李朝阳说："行，来点白的吧。对了，雅美和懿可不回家吃饭吗？"大发说："我出去买点熟食，顺便给雅美打个电话问问。懿可在学校住校呢，有晚自习，明天我就叫她回来陪你们二老。"

王淑芬嘱咐："别花钱买熟食了，你爸和我也吃不多少。"大发说："大老远来一回，得买点我爸爱吃的猪头肉，我们爷俩都挺长时间没喝酒了。对了，妈，你不是爱吃粉肠吗，我们小区外面熟食店做的粉肠特别好吃。我现在就去买。"

大发下楼见六儿抱着膀在楼下小跑取暖呢。六儿见大发下楼就打着冷战说："你还知道下来啊，想冻死我啊。"大发说："你咋还没走？"六儿听大发这么说，急眼了，说："大发，你还有个远近吗？你前妻的爸妈来你还这么热情，我在你心里算什么啊？我家在这我往哪走，你倒给我拿件厚点的衣服啊，你想冻死我啊。"大发赶紧抢先一步捂住六儿的嘴巴，嘘声说：“姑奶奶，你小点声好不好。我跟雅美离婚的事情，老太太和老爷子都不知道呢。你给我捅漏了我怎么收场？”

六儿甩开大发的手，噘着嘴巴说：“那也没有你这么狠心的，这大冷的天就把我给推出来了。你知道吗，这外面冷得都透心凉了。你关门的那动静，叫我的心‘咯噔’一下。你咋这没良心呢，我给你暖被窝，我给你炒大葱，处处为你着想。你就不管我死活啊。”大发拉着六儿到僻静处说话，劝道：“六儿，老太太和老爷子来得太突然，你想啊，他们要是知道我和雅美离婚了，肯定不能答应，在这一闹一折腾，事情就麻烦了。你赶紧出去躲几天，等他们走了你再回来。”

六儿扭着身子说：“不，我就不。你不叫我进屋，我就冻死在这，我在这冻干巴了，叫全世界的人都来看我这冻死的小女孩。”

大发抱过六儿说：“乖，别赌气了，你听话。最多两天，老太太和老爷子住不长。”

六儿说：“两天，他们不走我也回来。还有，你再亲我两口。”

大发左右瞅瞅没人，亲了六儿一下，六儿说：“不行，我都冻筛糠了。”大发还没有反应过来，六儿就使劲箍紧了大发的身子，两人就在楼拐角的黑暗里亲吻起来。

## 4

雅美的手机开成了振动。雅美不喜欢这个时间接电话，尤其是大发打来的电话。

其实，在发现大发出轨之前雅美并没有怀疑过。学校的事情很多，女儿懿可的学习还得抓，懿可这孩子一点都不随自己，生性叛逆顽皮。成绩总是叫人提心吊胆的，眼瞅着要升高中了，还不上不下的叫人揪心。考不上重点高中，就等于白费。其他学校的教学不行，升学率也不高。雅美在意这个，又不想靠关系给懿可办过去，只能靠懿可自己的真成绩。偏偏懿可不争气，这次模拟考试又是全班第十四。第十四的成绩不把握，雅美必须对女儿加强管理。

大发不在意懿可的成绩，他只知道自己的生意。以前还跟自己炫耀挣来的钞票，后来渐渐知道雅美是鄙视这样的行为的，大发的心里就没有了成就感。但雅美做梦也不会想到自己的男人会背叛自己，直到她目睹了她不该看到的一切。

女儿懿可其实早就提醒雅美了，懿可有一次对雅美说："妈，你得与时俱进，适应我爸。"雅美掐一把懿可："黄毛丫头，你知道什么啊，大人的事情你别瞎掺和。"

是啊，懿可还是个孩子，她说的话都很天真，叫自己去与时俱进适应大发，这是怎么一档子事啊。当初雅美可是作为人民教师嫁给大发一个普通工人的。日子最难的那几年，懿可还小，要房子没房子，还赶上了大发下岗，还不都是雅美一个人的工资支撑着这个家。雅美没有嫌弃过大发，一心操持着这个家。自己的男人现在是有了自己的事业，生意做得有了起色，可是哪一点离开过雅美了呢？做生意最初的本钱，哪来的？雅美凑的，雅美张罗的。

可是，后来发生的一切，都印证了懿可的话是正确的。大发开始的种种不正常迹象都没有引起雅美的足够注意。直到有一天中午，雅美临时回家取资料，打开家门的时候发现大发和六儿睡在一起，雅美当场就晕了过去。雅美受不了那样的场景，这两个人的放肆给雅美好好上了一课，雅美接受不了这个事实。从此大发碰一下雅美的手，雅美都条件反射一样弹回手来。雅美恨不能马上就把大发碰过的手拿刀切掉。

离婚吧，大发没有别的选择。雅美不是死皮赖脸的女人，也忍受不了他们如此肮脏龌龊。雅美把床单都扯掉扔了，还不解恨，双人床也给锯掉了，都换新的，雅美不想闻到一丝陌生女人的气息。这是雅美的领地，雅美在意这里的整洁干净。雅美知道六儿的底，六儿不是白领，也不是大家闺秀，六儿在海鲜市场卖虾爬子，一个月一千，没有提成，可是六儿每个月挣的钱不少。六儿卖海鲜都成精了，秤上能找人家，价钱上也会宰人家，嘴巴甜得像抹了糖精，不吃饭能把顾客送出去二里地。有俩钱以后更加俗气，前胸的开口低得惊心动魄，一天能够装进去十万八千个男人的眼珠子。大发的眼珠子也装进去了，不但把眼珠子装进去了，还把大发的心也装进去了。

开始的冷战是怕孩子懿可接受不了。雅美找了个合适的机会，还是跟女儿说了。懿可从学校回来，不瞅大人的脸色，只管往自己的嘴巴里填好吃的。雅美示意大发说，大发吞吞吐吐，懿可划拉饱了以后抹一下油光的嘴巴，说："爸妈，你们在搞什么？没事我可吃完饭上网去了，都憋死我了！"

雅美呵斥一声："懿可坐下！"大发没有办法，就说："懿可，你做好思想准备。我们告诉你一个事，想征求你的意见。你妈要和我离婚。"

雅美皱了一下眉头，纠正道："不是我想和你离婚，是你逼着我离婚。你干的那点事，当着孩子的面我都没有办法替你说。"大发只好点头说："好好，总而言之吧，我们要离婚，想听听你的意见。你别光吃。"

懿可终于严肃起来说："离婚好啊，我们班里的同学爸妈离婚的可多了。你们这么一离婚，他们就不敢再跟我吹牛了。说说你们谁给我钱，我十八岁之前你们都得负责，谁也别想推卸责任不管我。我可懂法律，谁要是不管我，我就起诉谁。"

离婚最担心的事情没有发生，女儿懿可支持大家分道扬镳。这叫雅美有点郁闷，按照懿可的话说，心里巨堵。这什么世道啊，男人吧花心学坏，女儿这才多大，她不但不规劝爸妈复合，还只关心她的利益是否蒙受损失。雅美不想在这个家里多待一分钟，这个原本属于自己的温馨干净的家，早都在那个中午在雅美的心里轰然崩溃了。雅美嫌弃这地方的污浊，连空气都不想呼吸，雅美感觉自己置身于一个闷罐里面，呼吸不畅，想尽快离开这个地方。

双方没有什么纠葛，懿可的生活费用暂时由大发负责。雅美开始的意见是双方各负责一半，大发心里还是感觉愧对雅美，就坚决提出要是不能叫他负责，这个婚高低不跟雅美离。雅美就不再争了。双方还约定，离婚这个事情不能跟乡下的爸妈说，就是城市里的两个哥哥家也尽可能不要说。老人不容易，对离婚这件事情想不通，闹出个一差二错就不得了。

雅美有时候也反思自己，是不是自己哪里出了错。雅美也跟大发吵过，也跟大发闹过，自己的学历、知识、相貌、气质哪样不比那个卖虾爬子的六儿强呢，自己哪点不好了呢？大发被逼问急了，大发的回答叫雅美发了很长时间的呆。大发说："对，你是有文化，你是有知识，你还有地位，你是淑女，可是我是男人，你考虑过男人的感受没有？在这个家里我活得一点尊严都没有。"雅美反驳说："我什么没迁就你，你怎么没尊严了？"大发说："你说得好听，我整天就活在你的影子里，咱家你就是女皇，神圣不可侵犯。什么都听你的，不嫌外人笑话，连两口子亲热你都制定了计划，一周就周五晚上一次，在你面前我还算是什么男人。行，李雅美，话赶到这了，我就实话告诉你，六儿是很多地方不如你，可是六儿有的，你没有。你永远都没有，这辈子你都活不明白。"

雅美委屈的泪水掉了下来。亲热的时间是跟大发商量过的，大发也答应过的，不同意可以提出来啊，怎么就都成了自己的错误了呢？结婚这么多年了，孩子都长大了，这么大岁数，一周一次在一起还少吗？雅美想不明白大发所说的尊严是什么。

离婚半年以后，雅美就跟高中的同学梁海生接触上了。梁海生现在是大夫，前年也跟前妻离婚了，有个女孩归了前妻，听说前妻带着孩子去了新西兰。他们是在校友会上遇见的。雅美对梁海生原来的印象就不错，其实雅美心里一直喜欢医生这个职业，乡下的爸妈年龄越大，雅美的这种看法也越坚定。人老了难免有个病灾，家里有个懂医术的特别方便。梁海生很幽默，言谈举止也颇有绅士风度。两人好了半年，梁海生提出来同居。雅美犹豫了很久，下不了这个决心。

懿可在学校逃课，雅美被气得半死，满城追踪懿可也没有找到。最叫雅美生气的是，找到懿可的人是六儿。也就是说，懿可已经接受了六儿这个后妈。雅美后悔当初离婚的约定，大发负责懿可的全部生活费用和花销，不懂得控制懿可，要多少钱都给。经济资源一盘活，懿可就无法无天了。雅美加大了对懿可的管理强度，严正跟大发交涉了一次，大发勉强同意懿可花钱要有节制。大冬天的一折腾，雅美就病倒了，幸好有梁海生的照顾，雅美在医院里得到了无微不至的照顾。

雅美第一次感觉到了自己的孤独。走在大街上，看到的是那么多快乐的面孔，可是谁又能够走进别人的内心呢，谁都无法洞悉他人的秘密和心事。养病的这些天，雅美想了很多。雅美突然特别渴望有个家，有个人对自己可以呵护一下。这个人就是梁海生。

雅美洗澡的时候手机就开成了振动，大发第一次打进来的时候，梁海生就看到了。梁海生没有理睬，见手机响个不停，顺手把手机塞到了枕头下面。雅美在卫生间磨蹭了很长时间才披着浴巾出来，走过自己心里这道坎，雅美做了很大的努力。她与梁海生并没有登记结婚，同居在一起是梁海生提出来的。双方在试婚。雅美当初听到“试婚”两个字的时候心惊肉跳了一下，这个词汇怎么会跟自己连上关系呢。生活就是这样，什么事情都有可能会发生。谁都无法预知未来，谁都无法逃避它的给予。既然不能免俗，就只好接受。无非有两个结果，如意和不如意，太在意结果，就会影响过程。

这是梁海生说的，整个过程，梁海生都很认真。雅美一直很紧张，中途的时候，他们的枕头被掀到了床下，雅美看到了手机再次振动，那个号码雅美熟悉得很。是啊，这个号码是雅美拨打过无数次的。为这个号码牵挂过，为这个号码揪心过，可是现在呢，那个号码就在崭新的床单上振动着，而自己赤身裸体与另外一个男人在一起，而且还……雅美突然感觉人生就是一场虚无，什么是你的，什么不是你的，所有的一切，多么重要，又多么无足轻重啊。

雅美顺手关了手机，跟梁海生重叠在一起。

雅美是听着梁海生的轻语睡着的，梁海生讲自己的童年，还讲了今天下午的事情。在医院里什么样的患者都能够遇到，比如一对得了尿毒症的患者，一看就是乡下的，他们居然打听血液透析机器能不能租回乡下去。雅美歪着头在梁海生的怀抱里笑了，梁海生说：“笑死我了，忍半天没忍住。”

雅美迷迷糊糊地嘟哝一句：“不听你讲了，你都累死我了，困，明天是周六，正好可以睡个懒觉。”

## 5

大发一直在给雅美打电话。雅美先是不接，后来干脆给挂了。大发猜测雅美是生自己对懿可不加监管的气。打发走了六儿，他赶紧在熟食店里买了猪头肉和粉肠，油炸花生米也买了半斤，又跑马路对面买了新烤的鸭子。这个熟食店里也有烤鸭卖，只是没有马路对面的那家新鲜。他知道岳母王淑芬喜欢喝杏仁露，就买了一箱。

大发想好了，跟雅美离婚了是不假，可是老太太和老爷子对自己不错，这么多年像心疼亲生儿子一样对自己。最早跑长途贩卖海鲜的时候，没有钱买棉裤，不保暖，大发每年冬天都穿王淑芬亲手做的棉裤。看着是笨重点，可是暖和、厚实。老人来城里投奔自己了，就必须好好招待。

茶缸子里盛上热水，杏仁露放热水里烫一烫，王淑芬喜欢这股子温热的杏仁味道。李朝阳爱喝几口高度的小烧酒。大发家里早就预备了最好的酒，纯粮食酿造的，酒不上头，喝时啥样就是啥样，没有后返劲。李朝阳和王淑芬的兴致都很高，只是盼望着早点见到懿可和雅美。大发拎着很多东西回来，解释说懿可上学不能回来，雅美呢，在学校加班，手机没电停机了，估计今天晚上也不能回来了。

大发还是很会调节气氛的，张罗着做菜。王淑芬清点一下买来的熟食，说差不多了。大发不答应，大发说还没有青菜呢，正好冰箱里还有新买的油菜。大发最喜欢吃王淑芬做的菜了，尤其是粉丝炖油菜，油菜不焯水，洗干净了直接炖，一股淡淡的油菜水味，大发喜欢吃。王淑芬就亲自下厨房做起来，一边做一边埋怨雅美和懿可在外疯跑不回家。

大发在做饭的中途接了六儿的三个电话，开始六儿说要回来拿衣服，大发在阳台上低声打发了。隔五分钟六儿打电话来说没有带钱包，大发再次到阳台上耐着性子低声说：“姑奶奶你去洗浴中心去吧，明天我去给你送钱。”没过十分钟六儿的电话再次响了，大发有些急了，进了卫生间关上门骂道：“六儿，你诚心的是不？我告诉你，你再跟我捣乱我就对你不客气。”电话里的六儿马上软了，说：“发哥，对不起，我就是想你，晚上抱着你睡觉都习惯了。”

大发的自豪感一下子就上来了，六儿这么一叫，大发就真有了周润发似的潇洒。说真的，大发也想六儿。六儿不但虾爬子卖得好，跟大发在一起过日子也表现得好。大发就说：“六儿，哥也想你，你得体谅哥的不容易，是不是？哥也不是木头，过去我岳父岳母对我那么好啥说道都没有。我得知恩图报，要不是你个妮子勾引我，就冲我老岳父和老岳母，我都忍了。”六儿吃吃地笑，大发听得出她的冷。六儿说：“吹吧你。好了，我不打扰你了，别忘了来接我。”

大发从卫生间出来，李朝阳就关心地问：“雅美咋说？”大发知道李朝阳听到了自己接电话，赶忙掩饰自己刚才的自豪感。连忙说：“雅美的手机还没开机，要不这样，大哥二哥家也离这不远，我打电话给他们，叫他们过来一块吃饭。”

王淑芬说：“电饭锅太小，焖的饭不够，叫他们从外面买点馒头。”

电话都是大发拨的，李朝阳只管接。先是志文家的电话，接电话的是一个女孩子尖细的声音。李朝阳一愣，听不出是谁的动静。就问：“你是谁。”那女孩子也不含糊，反问：“你是谁啊？”李朝阳不高兴，这孩子真没大没小的，就说：“我找李双我大孙子。”电话那头的女孩子就乐了，说：“你才孙子呢，你占谁的便宜啊。‘晚’告诉你，‘晚’知道你是谁，你就老蛤蟆，上回你就装，骗‘晚们’呢。”

李朝阳把电话递给大发，说打错了，整出老蛤蟆来了都。大发接过电话，问：“你找李双家里人说话。”那女孩子哈哈笑起来：“大墩，你跟老蛤蟆组团忽悠‘晚’是不。少跟‘晚’装，告诉‘晚’，在哪个酒店干呢？”

大发无奈挂了电话，说：“号码没错啊。”李朝阳说：“那给志武打。”大发点头，拨通了志武的电话，李朝阳接通，里面一片喧哗。

接电话的是志武，志武只管说："大发吧？这不哥几个正喝着呢。有事一会儿我打过去。"李朝阳赶紧说："志武，是我。"电话那边的志武听不到，有人敬酒的声音传了过来。志武说："大发，哪天我去看你，我家雅美就那脾气，看谁的面，你也不能太计较。咱哥俩见面再说，我这有局。好了，我挂了。"

李朝阳拿着电话发愣。大发问："二哥咋说？"李朝阳摇头："喝着呢。放一堆葡萄屁，没容我空说话。大发，你跟雅美闹意见了？"

大发愣一下，尴尬地笑："爸，你听谁说的？没有的事情。"李朝阳点头："嗯，雅美是不懂事，可是这么些年她对你啥样，你也知道，互相迁就点。"大发赶忙说："爸，我知道。雅美挺好的，就是工作起来不顾家了，这不非要当校长吗，就得好好干工作。"

电话刚放下，铃声再次响了起来。这回是志文家打来的电话，是李双。李双问："老姑父，找我爸？"大发说："刚才谁接的电话？你爷爷奶奶来了，在我家呢。叫你爸妈来我家吃饭，你也来吧。"李双说："爷爷啊，叫他接电话。"

大发把电话递给李朝阳，说："爸，你的大孙子，你接吧，我去帮我妈做菜。"

李朝阳很高兴，接过了电话。李双的嘴巴很甜："爷爷，你来咋不给我打电话啊，我好去接你。"李朝阳挺开心，跟大孙子聊了起来。

但是晚餐没有谁赶回来，焖一电饭锅的大米饭只吃掉了一个尖。王淑芬用筷子把电饭锅里的米饭搅散，要不粘成坨，明天热的时候不容易打开。李朝阳和大发先是喝了一小杯白酒，喝得尽兴。爷俩商量再来点。于是在王淑芬的监督下，爷俩每人再倒了半杯。李双在电话里说了，那女孩子是他的女朋友。这个消息是叫李朝阳决定再来半杯白酒的重要理由，老儿子大孙子，老爷子的命根子。孩子一眨巴眼的工夫就大了，就有了女朋友，过日子过的就是人丁兴旺，添人进口这是最大的喜事，比啥都好。

大发被李朝阳的情绪感染，心里突然涌上一股愧疚来。在雅美面前，大发感觉到的是压抑的气氛，是伸不开腰的那种压抑。在六儿面前是放松的姿态，内心放松，身体也放松。六儿叫大发挣脱了束缚，他可以为所欲为去展现自己，哪怕是龌龊，六儿也纵容喜欢。而坐在两个老人面前，这一切都不重要了，雅美的不好似乎也不那么不好，六儿的好似乎也不那么好。这是一种什么感觉呢，大发说不清楚。大发的爸妈去世早，在他心里是真把岳父岳母当作自己的爸妈的。这种莫名的愧疚，叫大发不能自持。他觉得自己辜负了老人的期望，跟雅美离婚的事情就没有办法跟两个老人提起了。

两个人都喝多了。王淑芬想提医院的事情，李朝阳几次都制止了。大发把老两口安顿好，坐在自己的房间里不断地拨打雅美的电话，雅美的手机一直是关着的。大发失眠了，一直坐到天亮。

## 6

梁海生没有去医院，两个人凌晨醒了一次，梁海生当然不会放过机会，缠绵了一回再次睡去。等再睁眼，已经是中午了。雅美懒懒地想起身，梁海生还是拦住了。说他去叫外卖，问雅美想吃啥。雅美摇头，说："随便吧。"

他们的确是累了，也饿了。

说好了二十分钟就能够收到外卖，十分钟没到门就急促地响起来。擂门声很重，"咣咣"直响。梁海生有些生气了，气得胡乱裹上睡衣，蹬着拖鞋把门打开了。梁海生朝着门口站着的大发吼："我要投诉你！"大发往屋子里瞅了瞅，睡眼惺忪的雅美正要去厕所。身影从门缝里一闪，大发就发现了，赶紧喊："雅美，雅美。"

雅美的脸一下子就红了，尴尬地看着站在门口的胡大发。

梁海生扒拉一下胡大发，问："喂，你一个送外卖的认识我老婆？"

大发看着雅美一头扎进了卫生间，回答梁海生："当然认识，以前她是我老婆。雅美，你爸妈来了，在我家呢，怎么办？"

大发开着车，快到小区门口的时候，雅美轻声说："停车。"

大发把车子停住，在这之前，雅美没有说过一句话。大发的眼睛里布满了血丝，一直在冷嘲热讽。雅美忍着，盘算怎么接待好爸妈。真是要命啊，昨天晚上真应该接大发的电话。

大发说："老爷子和老太太来得太突然，我也没有准备。寻思给你打电话一起想办法。我打了七八十个电话，发了六十多条短信息，你忙着在床上干事业，就是不接我的电话。我一上午挖窟窿盗洞地想办法啊，到底找着这小子的窝了。"雅美说："你说事就说事，跟人家打什么架啊？"大发急了："我看那小子就生气，这都几点了，还缠着你在床上干那事。知道我着的急吗，我一晚上都没合眼，我合计早晨我得给老爷子老太太把闺女给叫回来。这还是礼拜天，我怎么撒谎？他一晚上都天地任逍遥了，害得老子给他老丈母娘做吃做喝的。"

雅美皱眉，说："大发，咱不说难听的话行吗？我跟谁在一起是我的自由，你动手打人是不对的。"大发说："我就揍他两拳怎么了，他睡我老婆我还一个屁不放谢谢他啊？"雅美急了，说："胡大发，你别太过分了，我不是你老婆了，咱们都离婚了。"胡大发也大了声音说："李雅美，离婚的老婆也是老婆，你跟我过日子的时候，你有过这么一回吗？你拍拍自己良心，你们也没结婚呢，就不顾他人的感受跑一起那啥。"雅美推开车门就下来了，说："胡大发，你也不是啥好货。要不是你跟虾爬子那样，我能家不像个家吗？我李雅美哪点对不起你啊？"

雅美迎着呼呼的冷风哭了起来。

半天，大发开了车门子，出来劝雅美上车。雅美坚持不上车，也不走远。大发过去拽，雅美看一眼路过行人很多，甩开了大发的手，再次进了车里。

两个人进了车里再次吵起来。

雅美说："我愿意吗？我快乐吗？你还埋怨我。"胡大发说："你要是能够原谅我一次，咱们也不至于离婚。昨天晚上，我陪爸妈吃饭，心里堵得慌，好好的日子咋就过成这样了。"雅美恨恨地顶大发一句："你还满肚子委屈了，你带虾爬子到我的床上偷腥吃，我这辈子都不能原谅你。”大发拍着方向盘吼：“你一晚上把那个眼镜大夫都整得跟大眼灯笼似的脱相了，我也不能原谅你。”雅美瞅着大发说：“我们是离婚以后的事情，你们呢？你们那叫出轨，叫没脸，叫无耻！胡大发，你也知道吃醋了，行，这就是报应，你也知道我当初的感受了？”

大发气得开了车门出来，出来以后觉得不妥，进去还得争吵，愤怒之下一脚踢翻了马路边上的护栏。有民警赶了过来，喊：“你干什么？”胡大发说：“我爱干什么就干什么。”民警正色到：“毁坏公共财物要赔偿你知道吗，把身份证拿出来。”大发拒不接受检查，两个人就扭到了一起。雅美怕事情闹大，赶紧开车门出来拉架。

好说歹说，雅美交了罚款才把大发弄到车上来。两人突然都不说话了，大发的手背不知道怎么弄的，出了血。雅美默默拿出纸巾来，递过去。大发接了，按在流血的地方。他们都长舒了一口气，感觉像是卸下了一个大包袱。

雅美说：“开车去接懿可，事情还得继续瞒着爸妈。”

## 7

下午的聚会进行得很热闹。

大发一直主张去饭店聚餐，懿可第一个响应，雅美征求爸妈的意见。李朝阳不同意，王淑芬也不愿意去。不是为了省钱，而是还有另外的理由。李朝阳和王淑芬喜欢在家里吃饭，守着一大家子人，吃饭香。李朝阳说得好，在家里吃的才叫饭，像儿子志武那样一天好几遍的吃，吃的是局。风光是风光了，吃完也就拉倒了。

外孙女懿可很乖巧，搂着王淑芬的脖子一顿亲。李朝阳高兴，两口子喜欢几代同堂在一起的快乐。昨天晚上和今天上午见不到雅美和懿可的不悦也就冲淡了。雅美想跟爸妈解释，李朝阳制止了。李朝阳说：“雅美，工作要紧是对的，可是家也得管。家里就大发一个人，一个老爷们，吃饭就得将就。做女强人是风光，可是你得想想大发的不容易。”

雅美听爸爸这么说，脸红了一下，看一眼大发，大发理直气壮的样子，似乎忘了已经离婚的事实。在厨房忙着做菜的空当，雅美低声提醒一句大发，别忘了自己的身份。但大发张罗得挺积极，李朝阳爱吃火锅，就在家里吃。老式的铜火锅都压了箱底，雅美不同意在家里吃，是因为讨厌炭火，怕在屋子里中毒。懿可也不愿意在家里吃，觉得去饭店比较爽，有服务员伺候，有消费的价值。

大发很细心，以前没用完的木炭也留着，很快就张罗好了各种调料。酸菜要自己切，大发的手艺不错，这一手都是以前练的。雅美上班，大发就大包大揽了家里的家务活。酸菜丝切得细，是得有过硬的手艺。这一点，大发很合格。酸菜劈下菜帮，拿菜刀背轻砸一下，左手平展，摁住菜帮，右手的菜刀平着移动，薄薄地片下一层，再片一层，本来就很薄的菜帮，一般的家庭主妇能够片两刀，大发能够片三刀。动作娴熟，手法也快，片好的菜帮摞起来，切出的酸菜丝很细。冻豆腐、粉丝、肉丸子、五花肉、大虾、胡椒粉这些东西都得准备。

铜火锅很大，在楼道里生火怕邻居们有意见。大发抱着火锅下楼，外面的风大，炭火很快就生起来了。王淑芬怕冻着大发，喊懿可给拿了大衣下楼披上。趴在窗口往楼下看，大发仰头喊：“妈，你关上窗子，等不冒烟了，我就端上去。”雅美有些不知所措，离开这个家一年多了，原本熟悉的家对她来说变得有些陌生，干起活来也生疏了，甚至有时候会走神。大发切酸菜的时候，雅美有些恍惚，那样的场景，雅美太熟悉了。一个走进自己生命和生活里的男人，怎么就匆匆成了过客呢。这一切熟悉而又陌生，像电视剧里的情节一样俗套却又叫人无可奈何。

王淑芬一直夸赞这个能干懂事的姑爷，夸得雅美的脸上有些不自在。雅美中途给大哥和二哥家打了电话。大哥腿脚不方便，正在张罗买楼，说就不过来了，等哪天接爸妈去他家里住。大嫂起早就出去做买卖了，李双和女朋友一直黏在一起，也来不了。二哥志武答应得挺痛快，来的时候却只有二嫂艳茹一个人。艳茹说志武一会儿就到，却直到吃饭了也一直没有到。大发打电话过去问，志武就说临时有个饭局，喝几杯再过来，叫别等他了，先吃。

艳茹打扮得很入时，现在她主要迷恋两件事情，一是股票，二是瑜伽。进屋以后她说的也主要是围绕着这两件事情，当然也没有忘记把自己那份粘豆包和小米装好。王淑芬和李朝阳听不懂股票的跌停猛涨，不知道怎么插嘴。艳茹很爽快，当场就跟李朝阳保证，只要公公肯出两万块钱，交给她来操作，股票一定能够大赚。李朝阳当然不能掏钱给艳茹，艳茹就觉得很委屈，觉得自己的孝心没有派上用场。就说："爸妈，你们啥时候想明白了，就把钱交给我。有钱不能放银行里，那不是理财的正路，利息才几个小钱。我最近看好的一个股票，板上钉钉能够涨。机不可失，时不再来，过了这个村可就没有这个店了，到时候想买后悔药都没有地方去买了。"

看公公和婆婆对股票不感兴趣，艳茹就转过头来跟雅美说瑜伽。而且马上打电话给一个地方，说是瑜伽会馆，跟自己如何熟悉，非叫给雅美办张贵宾 VIP 的卡。雅美拗不过，只好说现在已经在另外一家会馆办了会员证。艳茹就不吱声了，一门心思对付火锅里的酸菜粉丝。

懿可今天格外活跃，端着酒杯敬姥姥和姥爷，然后敬二舅妈艳茹。雅美几次夺酒杯都无效。李朝阳乐呵呵地说："咱家喝酒是遗传，孩子多喝几口没有关系。也不是在外边，怕啥。"懿可受到了鼓励，还开始敬雅美和大发。大发很配合，端着酒杯直往雅美这边凑，雅美避开。懿可答应雅美和大发不把离婚的事情说漏，是每人收了一百块钱的。现在的孩子真是不得了，这才多大啊，就这么物质。雅美真想揍懿可几巴掌，大发苦劝，乖乖交上了二百块钱。

酒席吃到中途，大发叫艳茹给志武再次拨打电话。志武在那头说马上马上，也不知道这是啥马，都快结束了，志武也没有赶到。大家只能放慢了速度等等志武的慢马。雅美出去打电话给二哥，才知道志武结束了一个应酬，从包间里出来，正好遇到一老同学在隔壁喝酒，于是又被拉进去了，看来一时半会儿结束不了。

回到酒桌上把情况说了一遍，艳茹就提议别等了，咱们共同敬老爷子一杯，祝愿老爷子身体越来越好。大家都在响应，王淑芬偷眼看李朝阳，老两口的眼睛里就都掠过了一丝惆怅。李朝阳早上就嘱咐了，得病的事情不能说，孩子们都乐乐呵呵的，全家难得的一次团聚，不能因为得病影响了气氛。日子还长着呢，以后慢慢渗透。

收杯酒还没有喝完，门就急促地响起来。懿可跑去开门，进来两警察，问："是胡大发的家吗？"懿可一点也不惧怕，问："你们谁啊？找我爸干啥？"警察说："有个案子需要胡大发配合，跟我们去派出所走一趟。"雅美的心"咯噔"一下，不知道大发究竟犯了什么事。这几年大发在外面赚的钱越来越多，雅美却不是很清楚这些钱的来路。警察在门口一吵吵，屋子里吃饭的艳茹脸色就变白了，说："你们先顶一会儿，我看见警察心就突突，我去那屋躲躲。"

谁都不知道艳茹想躲什么，扎进卧室就没出来。王淑芬胆子小，手里的筷子先掉了，急着去捡筷子的时候，把酒杯碰倒了，"咕噜噜"地滚到地上，竟然没碎。王淑芬的心稍安了一些。屋门口的懿可开始挡着不叫警察进来，这丫头的胆子不小。警察出示了证件，懿可挡不住了，就朝屋子里喊："爸，你快跑！"

大发笑了，站起来对李朝阳说："爸妈，没事，我出去看看。"李朝阳不放心，说："大发，你真没做违法乱纪的事情？"大发笑得很平静，说："爸，你看我这么多年了，我就从来没有干过违法的事情，脚正不怕鞋歪。肯定我生意上的朋友出事了，叫我去公安局捞他们，这种事情每年都有。反正我也吃好了，我跟他们去一趟。"

大发走了，雅美的心悬了起来。

艳茹从卧室里出来，懿可对二舅妈胆怯的表现很不满。懿可说："二舅妈，你肯定干坏事了，咱屋子里数你的脸色不对。"艳茹气得瞅雅美，指责："雅美，你看看你家孩子，咋这么没大没小的。我不愿意见警察，有啥不对了，警察找的人都没有好人。"

见全屋的人都看自己，艳茹赶忙闭嘴。

# 8

雅美在派出所里见到了大发和梁海生。梁海生的嘴唇被大发揍了两拳，肿起老高，瘀血了。嘴唇磕在了牙齿上，里面也磕破了。梁海生开始没把大发放在眼里，直到真动起手来才知道这个胡什么大发的厉害。梁海生的体力也受到了影响，十几个小时水米没打牙，有点打晃，被大发两个“电炮”打过来趴在地板上起不来了。

要不是雅美拼死护卫，大发还不住手。更加叫梁海生气愤的是雅美收拾一下后，竟然跟着胡大发下楼了。半个小时以后，送外卖的才赶来。梁海生气不打一处来，大声喊着：“我要投诉你！”送外卖的吓坏了，说：“先生怎么了？我哪里服务不周吗？”梁海生说：“你来晚了，我挨一顿打你知道吗？”

在诊所简单处置了一下，梁海生就开始左一遍右一遍地拨打雅美的电话。雅美接了，说：“我在外面呢，海生你没事吧？”梁海生急了，说：“那个混蛋是怎么回事？打完我就没事了，我们的社会是法制的社会，不能眼瞅着他践踏法律的尊严。”雅美耐着性子说：“海生，我爸妈来了，在我前夫家，我先处理这边，处理完了我就过去跟你解释。”梁海生没来得及说别的，雅美的电话就挂了。继续拨打，雅美又接了一次，这次没等梁海生说话，雅美直接说：“海生，昨晚你不是说爱我吗，愿意为我付出一切吗，包括你的生命。现在，我爸妈来了，他们不知道我离婚，他们年岁大了，想不通我离婚，也接受不了我离婚的事实，求求你帮帮我。我李雅美说话算话，这边我处理好了，我马上就过去看望你。”

梁海生心里担心雅美的安危，想着这个胡什么大发简直就是个禽兽，三句话没说完呢，就抬手给自己俩“电炮”，这样的人素质太低，雅美跟他在一起简直就是羊入虎口，必须把雅美解救出来。梁海生不断拨打雅美的电话，雅美再没接听。雅美不接电话，梁海生的心里就犯嘀咕，是不是雅美已经被这个禽兽给控制住了。他越想越害怕，就到派出所报了案。慎重起见，只说了大发伤害自己的事实，没说怀疑雅美被控制虐待的猜测。

大发被带进派出所，第一眼看到嘴巴肿起老高的梁海生。大发心里就知道是怎么回事了，马上热情地过去跟梁海生握手寒暄。梁海生吓得一哆嗦，本能地躲避。大发跟警察说："警察同志，这完全是误会。我和梁大夫是亲戚，我们俩闹着玩的，闹着闹着就急了。"梁海生蹦起多高，说："警察同志，你别听他胡说八道，我跟他才不是亲戚呢。他涉嫌故意伤害，你看这嘴巴子给我打的。"大发笑了："喝点酒你就不知道自己姓啥了。那大嘴唇子你是自己磕桌子角上了，不信你叫警察同志自己看。"

警察被他俩搞愣了，一拍桌子说："别吵吵，一个一个来。我先问你，胡大发，你们什么亲戚？"胡大发想了想，说："就算是连襟吧。"梁海生很激动，说："谁跟你连襟，我跟他没任何关系，我也不认识他，私闯民宅跑我家去闹事，上来就给我俩'电炮'。"

警察盯着大发："你少跟我们耍滑头，到底是咋回事。连襟咋还有算的呢？"胡大发说："警察同志，是这么回事，这个连襟呢，跟一般的连襟不一样。我老婆跟我过得好好的，他给撬过去了。这事换谁都得跟他急，我一直忍着。昨天晚上，我老岳父岳母大老远从乡下来的，到我们家了，不知道我们两口子离婚的事情。我就到处找我前妻，我一夜没眨巴眼，给我前妻打电话，这小子横竖挡着不叫人家接电话。我找一上午，才算找到他家，我也没有别的要求，就是叫前妻回去把老人安抚好。是吧，这是人之常情，这小子都中午了，还在屋子里要白条就是不叫我前妻走。警察同志，你说现在真是世风日下，他也没有跟我前妻登记结婚，凭啥就限制人家人身自由啊。"

梁海生还没来得及申辩，警察就批评了。警察说："梁大夫，这就是你的不对了。破坏人家家庭在先，还不叫人家回去看父母，你这个事情必须做深刻检讨，派出所必须要找你们的院方反映情况。"

胡大发附和着："必须反映。我是面慈手软，从我前妻那论，咱还多少还是有点亲戚的，是吧。咱们是一个媳妇的连襟，那比亲连襟都亲，你跑派出所来给政府添麻烦是不对的。人民医院的大夫有了矛盾也是人民内部矛盾，好说好商量。”

警察一听就乐了。警察看着俩活宝，不知道咋往下问话，正严肃不起来的工夫，雅美进来了。梁海生有口难辩，再不走估计会麻烦。雅美没有别的想法，就是想叫大发赶紧跟自己回家。家里还有爸妈在焦急地等着呢。梁海生呢，一门心思想的是带雅美回家，雅美在这个胡什么大发的身边，梁海生是不会放心的。

大发意犹未尽，在派出所门口跟警察套近乎，在街上还提议三个人一起吃烧烤。梁海生当然不去，但也不离开雅美。雅美看梁海生一直跟着，就只好面对这尴尬的局面。雅美说：“海生，你先自己回家。我爸妈那不能露馅。”梁海生看一眼胡大发说：“你跟这个粗鲁的畜生回去我不放心。”

大发走出五六步了，听见了觉得不是滋味。快速地回身，冷不丁就冲上来，一脚就踹倒了梁海生。雅美惊叫一声，阻挡也来不及了。大发抬起脚来对准梁海生的屁股就一顿踢。

短短的两天时间，雅美感觉怎么这么多事情都赶在了一起。平时啥事没有，清闲得无所事事，现在倒好，按倒葫芦浮起瓢。跟自己有关系的两个男人都站在自己面前，雅美感觉从来没有过的尴尬。拼死把大发拖到边上，扶起捂着屁股呻吟的梁海生。好说歹说，梁海生才算答应没有再次去派出所报案。雅美承诺，可以证明胡大发动粗打人的事实，但必须要等到把家里的事情处理完。打人不能白打，尤其是踢屁股的行为是非常恶劣的。

给梁海生打了出租车走了，大发讪讪地走过来。

雅美感觉到从来没有过的累，雅美瞅都不瞅胡大发一眼，只顾自己在前面走。胡大发喊：“雅美，你说咱爸妈到底怎么办？”雅美头也不回，说：“你是越来越没素质了。”

这一晚上是雅美和大发最尴尬的时刻。李朝阳和王淑芬见大发平安无事回来了，虚惊一场，都说警察肯定是搞错了。大发挺得意，还要陪着李朝阳再喝一杯。王淑芬还是劝下了，坚持叫大家早点休息。李朝阳和王淑芬进房间睡觉了，客厅的沙发床被懿可给占领了，这丫头醉得一塌糊涂，呼呼酣睡着。

雅美没有办法躲避，只能跟大发同居一室。安静下来以后，两人都有了一丝尴尬。雅美没有脱衣服，往床的一侧一躺，大发瞅了瞅，抱了毛毯在地板上铺好，朝雅美说："你也累了，脱了睡吧。"

夜晚很静，淡淡的月光透过窗子轻轻地舔着房间，本来很倦的雅美突然没有了睡意。这温馨安宁的时刻，雅美曾经是那么惬意地拥有过。月光倾洒在床单上，像铺满了一地的带格子的小碎花。雅美轻轻伸出手来，摸一把，月光如水，从手指的缝隙里滑落，屋内，依然洁白。

大发也一直没有睡着，昨天一晚上的失眠，加上今天一整天的折腾，头疼欲裂。起来找药，却不得要领，在夜色里鼓捣抽屉。雅美轻轻拧开床头的灯，说："头疼的药在第三个抽屉里面。"大发愣了一下，随即找到了药，倒杯水，咕咚咚地喝下。大发嘟哝着说："雅美，爸妈没说啥时候走吧？"

雅美没有看大发，耳朵却听得见大发的声音，判断出他喝完药了，轻轻拧灭了灯。大发喝完药，有些忘记了，习惯性地走到床前，撩开被窝钻了进去。雅美惊了一下，问："胡大发，你想干什么？"

大发猛然也想起睡错地方了，忙说："错了。"大发要走，雅美知道地板又凉又硬，叹息一声，说："算了，你在那头睡吧，中间我放个枕头。"大发想一下，重又躺下，说："成。"

## 9

王淑芬和李朝阳这一晚上也没有睡踏实。李朝阳的腰一直疼痛难忍，王淑芬知道老伴在极力忍耐，只有关上房间门李朝阳才敢呻吟出声。王淑芬几次劝道："还是跟儿女们说了得病的事情吧。"李朝阳不同意。李朝阳珍惜跟儿女们欢聚的场面，一个大火锅摆在桌子上，热气腾腾地围着一家子人，这样的场景恐怕以后不会再有了。

睡不着王淑芬就陪老伴说话，李朝阳疼的时候就帮着按摩。外孙女懿可半夜醒了，到处找水喝，撞进房间来发现姥姥给姥爷按摩，就无限感慨着："我妈从来没有对我爸这么好。他们俩分开就对了，按照姥姥的说法这是乱点了鸳鸯谱。"

王淑芬只顾着给李朝阳按摩，没有着耳听。李朝阳因为疼，也没有太在意。懿可出去以后，李朝阳觉出话里的味道不对了。问王淑芬："你没感觉雅美和大发有点怪怪的吗？"这么一问，王淑芬也有些怀疑了："是啊，以前雅美对大发说话可从来没有这样，总是唠叨这不对，唠叨那不对。现在基本也不跟大发说话了，会不会两口子打架了。看情况又不对，晚上人家在一个房间里睡觉呢。问问懿可吧，反正这妮子睡够了，晚上起来上什么网。"

懿可在客厅用笔记本电脑上网，见姥姥出来问，知道刚才自己说吐噜嘴了，就呵呵笑着说："姥姥，你和我姥爷瞎琢磨啥啊，来，我教你上网。"王淑芬不知道啥叫上网。懿可就说："姥姥，这网络可神奇了，没有它干不了的事情。"

李朝阳出来上厕所，瞅几眼，瞅不明白，就说："啥都干的了？能给人看病吗？"懿可说："直接看病肯定看不了，可是不管得啥病，都能够有介绍，还有相关医院的名字呢。"王淑芬本来想回屋的，听见懿可这么说，就折回身来。李朝阳明白了王淑芬的意思，在沙发上坐好，哄懿可："懿可，你给姥爷查查尿毒症是怎么回事。这病能治吗？"

懿可答应一声，手在键盘上"啪啪"几下子就打出了不少字来。懿可说："姥爷，找到了，我给你看看。哎呀，这么多都是医生写的。它是肾脏疾病晚期出现的一种综合征，是指患者不能通过肾脏产生尿液，因此，不能把体内的废物和多余的水分排出体外，导致患者体内的电解质出现紊乱，从而出现心、肺、神经以及血液等全身中毒症状。姥爷，下面不念了，这病没有办法治。"

王淑芬也在边上听得一清二楚的，颤声制止："懿可，胡说啥啊。"懿可争辩着："姥姥，我没胡说，这上面写得清清楚楚的，不信叫我姥爷自己看。现在的医疗水平虽然能够血液透析，也解决不了多大的事，我班上张小米的爸爸就是得这个病，花了好几十万都没治好。他爸才四十多岁，我们全校还捐款了呢。"

李朝阳拉着老伴王淑芬说："懿可，早点睡吧，姥爷明白了。"

进到房间里，王淑芬的眼泪就掉了下来。李朝阳低声说："哭啥?"王淑芬说："这孩子也太没教养了，啥话都说。你得的不是那个病。"李朝阳摇头叹息一声，说："老婆子，人早晚都得有一死，没啥。我李朝阳这辈子也知足了。这么着，刚才懿可念的时候，我心里也在想，咱不能消极对待我这病，我啥事都看得开。这几天，先别跟孩子们说。咱一说，孩子们都该分心了。原来大夫说的时候，也不明白到底是咋回事。难怪人家笑话咱。"

王淑芬边擦眼泪边说："要不明天咱们就去医院做啥透析吧。"李朝阳说："别，志文和志武家都没去呢。孩子们过成啥样，我得过去瞧几眼，真要是在医院治上，动手术刀弄景的，说不定就来不了呢。"王淑芬听了急忙往地上"呸"了一下，说："老头子，你福大命大，咱们不会有事的。"

早晨这顿饭大家都吃得心事重重的。雅美煮了小米粥，本来是想下绿豆的，王淑芬拦住了，说是绿豆头天晚上没有泡上，跟小米一起下锅熟不到一起。王淑芬这次想得很周到，小米和绿豆分别装好，三份，家家都有。给志武家的那份，昨天艳茹都拿走了。艳茹走的时候也想带着李朝阳和王淑芬一起回去，王淑芬没有答应，雅美和懿可刚回来，娘俩还没有好好唠唠。本来是打算下午跟雅美说说话的，无奈警察找大发，打岔打过去了。馒头是买来现成的，以前都是雅美自己蒸的，大发不喜欢吃外面卖的馒头，不好吃，带着一股发酵粉的味道。雅美已经很长时间没有下厨房，进去竟然有了生疏的感觉。雅美的内心一直很抵触，这个家里她总能够嗅到虾爬子的气味。

李朝阳还是在吃饭的时候开了口，说："晌午叫大发送我和你妈一趟，去你大哥家看看。电话也接不着，不知道在忙啥呢。"

雅美和大发一起挽留。互相看一眼，都知道内心不是这样想的，如此口不碰心也是没有办法。老两口在家里逗留的时间越长，露馅的概率就越大。他们都想快点结束这样尴尬的场面。

一大早就有人按门铃，懿可跑去看了看，大呼小叫说："爸，又是警察，又来抓你的。"大发急了，放下筷子说："这警察还没完了，我去看看。”

叫所有人都没有想到的是，还没等大发过去开门，门从外面打开了。两个警察在后面，六儿拎着钥匙进来了。大发的脑袋“嗡”的一下子，雅美离开家的时候把钥匙扔在家里了，六儿来了就收起来了，没有想到这会儿她真用上了。屋子里所有的人都愣了。六儿回身跟警察说：“我说的没错吧，这就是我家。”

警察对视一眼，瞅着大发，发现昨天在派出所就见过。看看雅美，再看看六儿，警察有些搞不懂了。警察说：“胡大发，这个人说是你老婆，她在洗浴中心消费完以后不付钱，还动手打人。按照治安管理处罚条例，我们依法……”

大发紧一步拉警察到门口，说：“警察同志，罚款啥的你都朝六儿要，祸是她惹的，跟我们家没有关系。钱我可以借给她，你看我们家正吃饭呢，吃完我去派出所解决。”警察说：“那人我们带走了？”大发点头说：“带走吧，这个女人就是地头蛇，你们早点镇压早点为民除害，我们还要吃饭呢，回见吧。”

六儿急了，指着胡大发的鼻子喊：“大发，你太过分了，我才是你老婆。你说去洗浴中心给我送钱的，结果你一走了之，害得我在那没吃没喝的，手机还没电了，这大冷的天，我连件棉衣服都没穿，你安的啥心啊。”

雅美扶起王淑芬往卧室里拉，李朝阳板起面孔，说：“都别走。姑娘，你说的话我咋不明白呢？”

六儿瞅着李朝阳，“哇”一声哭了，说：“老爷子，你女儿雅美早跟我们家大发离婚了，离婚了你们还占着窝不给我倒地方，害得我被警察抓。胡大发，这回我说啥也不走了，我生是你胡大发的人，死是你胡大发的鬼，想赶我走没门！”

## 10

事情的确有点猝不及防。

李朝阳和王淑芬走不成了，不走待在这个已经不是女儿的家里，又算怎么回事呢。六儿骂得很难听，好说歹说，在警察的协调下，六儿不闹了，答应先出去待半天等大发拿出解决方案。雅美一直低着头，大发的脸也涨得通红。懿可背着书包，不知道啥时候溜出去了。

王淑芬在六儿闹的时候昏厥过一次，现在好多了，雅美给倒了热水，坐在沙发上一言不发怒视着不争气的儿女。李朝阳叹口气，说："这几天就觉着你们不对劲，啥事都遮遮掩掩的。你们离婚多长时间了？"

大发说："爸，一年多了，雅美说不能叫你们知道。"

李朝阳制止，说："你等会再叫爸，我没有这个福分再当你爸。对了，我在这住了一宿，吃了几顿饭，那猪头肉和粉肠钱我都给你。"

大发的眼泪掉了下来，说："爸，你这么说是打我的脸呢。雅美就是跟我离婚了，你还是我爸。过去你没少疼我，我胡大发是有良心的人，不能忘了爸妈对我的恩情。"

李朝阳呵斥："你的良心被狗叼走了。胡大发，都说男人有钱就变坏，你小子还没有多少钱吧，这么快就学坏了？你还跟雅美离婚，你说，雅美要模样有模样，要工作有工作，还给你生儿育女，容易吗？退一万步说，雅美就是不对，你不能跟你妈和我说吗。你自己拍拍良心问问，过去你跟雅美也没少叽叽，我和你妈哪次偏向她了？"

雅美抬起头，说："爸，你别说了。离婚是我提出来的。"

王淑芬急了，问："雅美，你放着好好的日子不过，你离啥婚啊？我看你是不是吃几天饱饭撑的啊，离婚弄景的叫人笑话吧？"

雅美说："妈，你就别问了。我带你们走，我有新家了。"

李朝阳暴怒了："我不去，你再好的家我也不去。我们当老人的不图惜那个，就是住高楼大厦吃山珍海味我们也不舒服也不香甜。雅美，大发，你们两个都在这，跟我说说，因为啥？因为啥过不到一块，过去苦日子的时候咋就过了呢，现在咋了？缺穿少吃的了？"

大发摇头，说："爸妈，这个事情是我不对。雅美总是忙工作，我们有点不和谐了，正好六儿知道疼我，我就一时糊涂，也仗着喝了点酒，就跟六儿……好了……一回。没有想到被雅美发现了，她就跟我闹起来没完，我都下跪了求她，就是死活不给我机会。我一看两人在一起耗着，都遭罪，就同意离婚了。”

李朝阳叹口气：“咳，老爷们办事咋就不想想呢，这么大的事情，你们也该跟我们当老的说说。就这么轻巧地糊弄过去了，那婚是那么随便就离的吗，还有孩子呢，以后孩子就得瞅着后爸、后妈的脸色活着。雅美，大发错在先，你骂他打他，都不过分，可是你办事也太任性太讲章程了。人没准都得犯错，犯完错知道错了，杀人不过头点地，能给一次机会就给一次。”

雅美掉下了眼泪，“嘤嘤”地哭出了声音。

王淑芬长长地“咳”一声，说：“养多少儿女操多少心啊！大发，你拍着良心说，那个小丫头比雅美好在哪？”

胡大发脸憋得通红，瞅一眼雅美说：“爸妈，今天我豁出去了，我也把话都跟二老说明白了，你们骂我打我也认了。我跟雅美过日子，我伸不开腰。啥事都要迁就雅美，我不能吃大葱，不能留胡子，不能哈哈大笑，不能吃饭吧唧嘴。不怕你们笑话，我们在一起亲热雅美都定了时间，除了那个时间我是不能碰她一下的，这过的是啥日子啊，我还是个男人吗？六儿是不出众，可是六儿知道心疼我，就是我生气甩她两嘴巴子，六儿也不会恨我。”

屋子里一下子就沉默了。

半天，李朝阳缓缓地说：“是我想得简单了，也不都是大发的问题，雅美有些事情也不对。这么的吧，六儿那好好说说，那姑娘才多大，跟你年龄也不般配。你看现在这世道啊，塑料大棚把季节搞乱套了，你们这么搞对象把辈分也给搞乱套了。然后呢，雅美和大发再复婚吧。”

王淑芬也劝：“你爸说得没错，都互相让让步，两口子哪有严丝合缝的对脾气的？你爸也爱吃大蒜大葱，我开始也受不了，后来我想了一个办法，我看你爸吃我也先吃几口，你也吃几口不就闻不着味了吗？日子过到今天不容易，咋就不知足呢，一日夫妻百日恩，百日夫妻似海深，雅美这个主我做了，搬回来住吧。”

大发瞅雅美，雅美盯大发，两人都发傻。

李朝阳问："咋都不表态啊？啥意思啊？"

大发只好替雅美说："爸妈，是这么回事，我跟六儿早搬到一起住了，雅美……雅美也有人了，这事……这事不大好整了。昨天公安局找我，就是雅美现在那人告的我。"

王淑芬问雅美："是吗？"

雅美点头。

李朝阳重重拍一下自己大腿，招呼王淑芬："老婆子，走。你们……你们也太不叫我省心了，办的这事，都着啥急啊，离婚光荣啊，再婚荣耀啊，等一年半载你们就等不了啊。雅美，早知道你这样，我当初砸锅卖铁供你念书干啥？啊，咱村子里的那些姑娘，哪个离婚弄景的了，你真给你爸长脸。"

谁也拦不住盛怒的李朝阳，王淑芬收拾了一下东西，老两口推门而出。大发和雅美不放心跟出来，门口坐着哭得抽抽搭搭的六儿。六儿边哭边数落："我……招谁……惹谁了……你们在屋里……撒欢，我在外面……打蔫。"

大发气不打一处来，见六儿堵在门口，扬手就两嘴巴子扇过去。雅美顾不得这边打架，追下楼去。冷风中，李朝阳背着包大步往前走，王淑芬紧紧跟着，看到雅美追上来，王淑芬沙哑的嗓子吼出一句话来："你们咋这不叫你爸省心啊。"

大发坐在沙发上生气，六儿站在门口怯怯地看着大发。大发抬眼还想骂六儿，见六儿的脸蛋上两个巴掌印，脸也肿了起来。大发就趴在沙发上"嗷嗷"地哭喊起来，手还不住地拍打沙发。六儿吓坏了，跑过去抱住胡大发，说："大发，都是我不好，我惹你生气了。你别这样，我也是着急啊。要不咱俩分开吧，我听你的，只要你别伤心别吓唬我行吗。大发，为了跟你好，我爸妈都跟我断绝关系了，我也没有地方去了啊。"

大发止住哭声，抱紧了六儿。

门口有砸门的声音。大发开门，发现是捂着屁股的梁海生。梁海生气势汹汹地吼道："把李雅美给我交出来！"

大发说："雅美不在这。"

梁海生不依不饶，说："你真不要脸，都离婚了还缠着人家。今天我豁出去了，我要解救李雅美！"

大发拽着脖领子就把梁海生给拖屋里来了。梁海生说："你们想干什么？"大发套上羽绒服，跟六儿说："我去派出所报案，这个男人私闯民宅要流氓。"

六儿擦干眼泪，点头说："大发，你去吧，我知道了。"

六儿把上衣"呲啦"一声就撕开了，露出了里面红色的乳罩，六儿说："这样行吗？还有这脸蛋子也是他给我打的。"大发点头。六儿就从厨房把擀面杖拎了出来，带着脸蛋子肿起来的怒火，一步一步逼近了梁海生。

梁海生说："你们到底想干什么？咱们有话好好说不行吗？我就是来找雅美的，不是来打架的，你们咋就这么没有法制观念呢？"

## 11

水泥厂兴旺的那些年里，在这座城市是非常有名气的。当时这里还是城郊，却兴旺得一塌糊涂，水泥厂的家属院曾经叫远近的村庄羡慕得不行。那是最先建设起来的楼房，谁家再有双职工，好日子就蒸蒸日上了。当年要想进入水泥厂做职工也不是一件容易的事情，要根正苗红不说，还要在乡里层层选拔，专挑素质好的棒小伙。

志文就是第一批进厂的工人，目睹了水泥厂从兴旺到衰落的全过程。刚进厂的那些年，志文工作积极认真，肯吃苦受累，很快就成为了劳动模范，还娶了同一个车间的厂花做老婆。那个时候，他们生产的水泥一种是建楼房用的，另一种是支援油田建设的固井水泥，油田用的水泥任务来的时候就格外忙碌，志文带着一帮工人哥们，从来没有含糊过。有一回为了抢进度，志文连续工作了三天三夜没眨眼，第三天凌晨的时候志文实在坚持不住了，正要去休息的时候，车间的一个工人突然昏厥。志文往外背工友的时候，一脚踩到了铰刀上……

志文的事迹后来上了广播电视，他的腿从此也落下了残疾。那些年，志文是厂里的英雄人物，到哪都受尊重。李朝阳在志文出院的时候还被请到水泥厂，水泥厂的领导给李朝阳戴上了大红花，感谢他为工厂培养了一个大英雄。

后来的事情呢，回忆起来就有些不堪回首了。好好的企业眼睁睁地看着走下坡路，不怕没好事，就怕没摊上好人。厂里的领导一懈怠，企业就整个泄劲了，好好的厂子硬是给败坏黄了。厂里的领导都挺有钱，厂子却是每况愈下，职工的待遇也不行了，闹腾了好些年，不死不活地维持着。后来终于一刀切，水泥厂破产了。志文眼睁睁地看着工厂里面长起了蒿草，看着挖掘机把工厂的大门推翻，看着那些陪伴工人几十年的机器被拉走。一切都无可挽回了。那些光荣的事迹都成了回忆，境况越来越尴尬，只丢下十几栋家属楼很不协调地矗着。煤气没有，水电经常停供，暖气也没有供暖公司愿意接手。周边的地区却发展得很快，原来的城郊转眼间就被快速崛起的高楼大厦所包围了，这里成了都市里的村庄。

志文家在三号楼的一单元一楼，房子面积不大，六十多平方米，两室一厅的结构。水泥厂黄了以后，志文就凿开靠近阳台的地方，往外扩展了一块空间。志文腿有残疾，一瘸一拐也干不了力气活，水泥厂一黄，起码的生活保障都没有了。好在志文媳妇比较能干，她从娘家那学来了蒸馒头花卷豆沙包的手艺，这个家基本上就是靠她来维持。志文现在没有别的嗜好，除了酒，不管心情好坏，都整几口小酒一醉解千愁。

李朝阳和王淑芬还是被雅美追上了。他们一起打车过来，一路上李朝阳一句话也不说，懒得瞅雅美。王淑芬缓和过来了，就劝老伴李朝阳：“孩子的事情都出了，也不能都怪咱家雅美。要不是大发背着雅美做出那种事情来，雅美也不能非得离婚。”

李朝阳“哼”一声，再没有了下音。

志文媳妇白天要去卖馒头，晚上才能回来。志文也不在家，李双说去排队买楼了。李双跟女朋友一直在家里看电视，雅美进屋转了一圈，感觉很清冷，就说：“爸妈，大哥家屋子里太冷了，等大哥大嫂回来，吃顿饭还是跟我走吧。”

李双说：“姑姑，叫爷爷和奶奶住我那屋，那屋有电暖风不冷。客厅里有点凉，晚上我睡沙发床，铺上电褥子也挺暖和。”雅美瞅了瞅李双住的卧室，里面有电暖风打着还真不冷。雅美说：“你们这小区真愁人，今年又没有供暖？”李双回答：“供暖也没有人交费，家家都自己想办法解决。我们楼上的五楼，自己安了火炉子呢。”

李双的女朋友长得小巧玲珑挺乖巧，王淑芬一进门她就拉着衣角奶奶长奶奶短的，嘴巴够甜的。就是有点分不清楚是哪里的口音，她说“我”不说“我”，叫“晚”，有点绕舌头。李双的女朋友说：“爷爷奶奶，‘晚们’家其实一点都不冷，‘晚’妈每天早晨都蒸馒头，屋子里熏着可热了。”

李朝阳和王淑芬听半天才明白这丫头管李双的妈妈也叫妈妈，这叫老两口的心情大好，两人商量着给人家孩子点见面礼。李朝阳说：“你看人家孩子多实在啊，管没过门的婆婆叫妈这么顺嘴不口羞，挺难得的。咱老李家的媳妇不用长得有多好看，通情达理，有孝顺心就成，过日子脸蛋也不当饭吃，主要就是心思不差，跟咱一个心劲，把日子过红火了最重要。”

雅美一直跟着老两口不走，电话响了几次。雅美接了一下，电话是派出所打来的。雅美出去说话，警察在电话里说：“你是李雅美吧，请你来派出所一趟。上次挨打的你男朋友吧，刚才被一个叫六儿的女人又给打了。你们到底是怎么回事啊？”

雅美有点心力交瘁的感觉，回屋跟王淑芬说：“那我先回去，明天再来看你们。”王淑芬跟出来，拉着雅美说：“雅美，啥事你别想不开，你爸爸就那脾气。好好的日子不过闹离婚，你爸爸接受不了。”雅美点头，说：“妈，我知道，你照顾好我爸爸，我看这次来城里我爸爸的气色不咋好呢。”王淑芬欲言又止。雅美说：“我明天上午先去学校，然后就请假回来，给我爸爸赔礼道歉。我大哥家的条件也不好，明天我接你们走。”王淑芬叹口气，说：“你就别管你爸和我了，你自己连窝都没有了，还往哪接我们。”雅美说：“我有男朋友了，是个医生。”王淑芬叹息，说：“你爸那脾气不能去，你们也没有明媒正娶结婚办事，就搬一块去住了，你爸的脸上挂不住。”

雅美走了，王淑芬进屋，李朝阳的脸色逐渐缓和过来，跟孙子唠起了家常。孙子李双二十四五了，读完了职业高中，学习的是摩托车修理，毕业后就在一家摩托车修理部上班，一个月也三千多块钱。李双的技术不错，这点跟他老爸志文比较像，都聪明，对机械修理有很深的悟性。志文现在心灰意冷不求上进了，整天只知道跟酒较劲，但最近也关心起李双的婚事来了。

李双现在没有上班，他自己的技术过硬，正跟修理部的老板较劲，请假在家休息。李双是修理部的技术大拿，没有他干不了的活计，因为钱挣得不多，李双的心里感到不平衡。他想涨工资，或者自己筹钱开家修理部，自己做老板，啥事都自己说了算，挣钱也都是自己的。

李朝阳觉得孙子有出息，这样才是干大事的男人。李朝阳支持李双自己开修理部，李双却说差钱，修理部暂时开不了。王淑芬询问开修理部需要多少钱，李双就算了又算，其实账都在那明摆着呢，没有个十万八万下不来。租来的门市房不能太随便，只有装修好了，人家顾客才会来登门，这点女朋友小爽可以给把关。小爽的老家是农村的，几年前来城里打工，一直在酒店做服务员，有时候也做迎宾员，穿个露大腿棒子的旗袍，开襟到大腿根那。可是李双现在不叫小爽去继续干了。李双的理由很简单，他跟老两口一五一十地分析。李双说：“爷，奶，你说，小爽是咱老李家的人，那就不能叫别人看大腿。那些酒店乱七八糟的，不穿这样的衣服还不让。”王淑芬赞成孙子的意见，说：“就是，挺大个姑娘家，露骨露相的不说，这多冷的天啊，冷风嗖嗖嗖地往下面吹，不作病才怪。”

现在的主要问题还不是开修理部的事情，开摩托车修理部还是后面的谋划。现在主要是买楼房。小爽跟李双结婚的条件就是有楼房，这点必须要解决。李朝阳说：“买楼的钱可不细啊。你们有多少了？”李双马上就蔫了，说：“哪有钱啊，只能贷款，首付的钱还没有筹够。可是小爽的老家那，凡是姑娘出嫁就都得有楼房，这还不算，还有另外的附加条件。”

李双叫小爽自己说，小爽就说：“‘晚们’那谁家女孩子出嫁买楼房不算，还得拿钱五万八，三金一脚踹，公公婆婆在门外。”

王淑芬不明白“三金一脚踹”是啥意思，小爽就解释说，三金是金项链金耳环金戒指，一脚踹是必须有辆摩托车，公公婆婆在门外就是进门不养老人，不跟老人一起住。

李朝阳瞅瞅王淑芬，老两口倒吸一口冷气。

李双笑了，说：“爷，奶，我跟小爽的感情好，那些附加的条件都不要了，就买楼房。我爸妈我和小爽也得管。”

王淑芬笑了，说：“还是小爽懂事。”正说笑着，李朝阳感觉腰痛难忍，王淑芬赶紧给找热水，却找不着热水袋。小爽这孩子机灵，跑卧室把电暖风抱了出来，对着李朝阳吹起来。李朝阳的汗珠子都疼下来了，问：“你爸咋这半天没有回来？”

李双就实话实说，说志文这是出去在一个新楼盘门口排队等号呢。这都是第三天了，一直在那排队。王淑芬想不明白，楼房那么贵，咋还那么多人排队买啊，现在这人还是有钱。李朝阳则心疼儿子，老大志文赶年也五十四岁了，岁月不饶人啊。他这腿脚也不好，咋能一天一天在外面的冷风里排队啊。

天黑的时候，志文媳妇骑着“倒骑驴”回来了。因为是一楼，有点动静就能够听见。李朝阳和王淑芬起身，志文媳妇眼睛很尖，一眼就看见屋子里的李朝阳和王淑芬了，隔窗叫爸妈。

李朝阳和王淑芬对这个儿媳妇是满意的，儿媳妇虽然不咋爱说话，可心眼不坏，尤其志文腿脚不方便以后，家里外里都是媳妇一手操持着。李双念书的钱、学手艺的钱都是志文媳妇一个人东家借西家挪凑够的。李朝阳起身出去帮忙卸车，志文媳妇拦住。李双和女朋友也出来了，志文媳妇也拦住，说：“割点羊肉去，给你爷你奶包顿饺子。”

王淑芬赶紧阻止，说：“老大媳妇，家里有啥吃啥，别包饺子了。你这么晚回来，也够累的了。”李朝阳看到“倒骑驴”上有两个大笸箩，上面还盖着白色的棉被，笸箩里面的馒头花卷豆沙包都卖没了。边上还有两袋面粉，就想抱起来往屋子里拿。志文媳妇赶紧拦住，说：“爸，你别拿，面弄身上还得洗。”李朝阳心疼这个能干的儿媳妇，就说：“有啥难洗的，再说是粮食也不脏。”

蒸馒头的房间就在阳台那边，连着厨房。边上还有张折叠床，平时志文媳妇就愿意在这房间里睡。王淑芬打听这张小床的用处，孙子李双就说：“我妈愿意在这屋，这屋总蒸馒头，暖和。叫她住别的屋打电暖风她舍不得电费，晚上睡觉就扎围巾，在这睡不冻脑袋。”王淑芬听了，鼻子就酸酸的。志文媳妇手脚很麻利，当当地剁饺子馅。李双的女朋友也很懂事，把饺子面也和好了。和面的时候，志文媳妇嘱咐道：“你爷爷奶奶来了，要用厨房角落里最好的饺子面，不能用蒸馒头的面粉。”志文媳妇解释说，“蒸馒头的面粉价钱便宜，因为用的是发酵粉，蒸出的馒头也看不出来，质量差点也没有关系。”

李朝阳忍了几忍，还是没忍住，说了自己的担忧。李朝阳说：“老大媳妇，咱做买卖挣多挣少不要紧，不能干坑人的事。”志文媳妇就点头，继续当当剁饺子馅。直到吃上羊肉馅饺子，也没有看见志文回来。王淑芬嘀咕：“这买楼咋还一天不着家。”李双抢先一口把一个饺子填嘴巴里去，说：“每天都是我给我爸送饭。”李朝阳诧异：“咋？晚上也要排队等一宿啊，这是啥楼啊？死冷的天，咱不排了。”李双说：“几百人都在外面排队呢，一个挨一个，我爸是一百六十八号，后面还有好几百人呢，都不敢走。这次排上号，等交首付的时候可以便宜一万块钱呢。”

这饺子吃得就有点堵了。李朝阳放下碗筷，说：“我去替老大排队去，这死冷的天气，啥人在外面这么耗着也冻僵了。”李双看看女朋友，说：“爷，要不我和小爽去替替我爸，叫他回来吃饺子，也陪你说会话。”

志文媳妇没有撤桌，饺子热好，志文回来端上桌子就能够吃了。志文带一身冷气回来，第一个问题就是询问酒在哪，第二个问题是问李朝阳喝没喝。李朝阳说：“我不喝了，你喝点去去冷气。”

志文媳妇没说话，拖着墙角的两袋面粉进厨房，拿根锥子挑面粉袋子上的线头，三挑两挑，很轻巧就找到了线头，手灵活一拽，吐噜一下，面口袋就打开了。两袋面粉倒进和面机里，加水，按动按钮。

王淑芬跟进来，见自己也帮不上忙，再次返回去。

志文的白酒三五口就喝进了肚子，摸一把嘴巴说："饺子就酒，越吃越有。"李朝阳皱眉，打听排队的情况。志文张口就开始骂街了，从物价上涨骂到菲律宾警察，从排队挨冻骂到房地产开发商黑心。这年头，钱难挣，屎难吃，干点啥都不容易。

李朝阳一直皱眉看着志文，心里又爱又怜。这是自己的儿子吗，是那个曾经给自己无上荣光的儿子，叫自己胸前戴上大红花到前面去讲话的儿子吗？李朝阳心里突然就涌上了一股心酸，怎么看着志文比自己还苍老呢。

志文自顾喝酒吃饺子，说："就快开盘了，这号必须得守住，不能叫别人加塞。我今天看到房地产开发公司那老板了，这孙子是咱们水泥厂原来那厂长儿子，老子是劳模的时候，他还是小混子呢。爸，你忘了咋的？就是那孙大疤瘌啊。我在水泥厂当劳模的时候，这小子就不是啥好鸟，新娶的那小媳妇跟他闹离婚，说这小子不争气，上去三五下就完事。这小子就跟他老爸要钱去做包皮手术，结果跑私人诊所做的手术，把包皮切掉了，七天以后打开一看，小媳妇就哭了。原来这大夫头一次做这样的手术，把包皮切狠了，少肉了。哈哈，这小子不干了，跑人家诊所闹啊。后来大夫再给做了一回手术，又给这小子补上一块皮，这皮也不知道在哪整的，是不是人皮也说不清楚，结果也没弄平整，这小子的老二就作下了一个疤瘌。这孙大疤瘌的外号就这么来的。"

哈哈哈，志文开心地笑了一会儿，干掉了第二杯白酒，叹口气说："三十年河东，三十年河西，人家现在拿他老子败家的银子成房地产开发公司的老总了。整天跟市长在一起喝酒聊天，唉，裆下的疤瘌除了他的女人，没有人能知道。这叫啥，这叫有钱了，一俊遮百丑了。咱就没有那个好命，咱也没啥过分要求，就是过个平常日子呗。狗屁劳模，叫我给儿子买个楼房，少拉点饥荒，别说给我老二造个疤瘌，就是全给我割掉我也乐意。呜呜呜，这是啥世道啊，老子拼死拼活，给儿子买个房子都办不到。要知道这样，当初我才不进城，在老家做个农民不也挺好吗，人臭虫和长脸，那个时候大鼻涕当唧一尺长，现在咋的，在农村要啥有啥，长脸连媳妇都换仨了。”

李朝阳瞅着志文，想呵斥几句，终于还是忍住了。

## 12

电暖风打着，屋子里还算暖和。李朝阳和王淑芬却都睡不着。老大志文喝完酒还是坚持着走了，把李双和小爽替回来，他要继续排队。王淑芬心疼儿子，可是这队必须要排。老百姓过日子，一年才能挣多少钱啊，遭点罪省点钱也值得。李朝阳想下半夜去替志文，王淑芬还是劝住了。李朝阳的理由很简单，在家里也睡不着。王淑芬坚持：“可你是病人，你要是去也行，我也跟着去。”李朝阳看王淑芬坚持，妥协了。

李朝阳轻轻在黑夜里叹息一声。是啊，大儿子志文当初进水泥厂，那是多么荣耀的一件事情啊。这才几年啊，日子咋就到了这种地步了呢。想不通真是想不通，要是知道在城里生活这么作难，真不该当初叫孩子念书往城里的工厂挤。唉，谁有那个前后眼啊，能预知未来的那是神仙。可是知道未来的人过日子能有奔头吗？

王淑芬劝：“老头子，你就别自责了，这就是命。”

是啊，这就是命，安排好了，不想走也得走。比上不足比下有余就行呗，自己是骑驴的，前边还有开车的，后头瞅瞅还有走路挑挑的呢。外面突然有动静了，王淑芬和李朝阳都听到了。外面有张沙发床，李双和小爽睡在那。王淑芬侧耳听听，听不太清楚，外面的动静很大，不知道是在喊双还是爽。老两口赶紧起身，认为准是这两孩子打起来了。王淑芬边披衣边埋怨：“这两孩子，黑天半夜地打啥仗啊，肯定是因为买楼的事情吵吵起来了。”

李朝阳没觉，也起来一起出去拉架。推开卧室的门，发现客厅的灯明晃晃地亮着呢。沙发床上一片狼藉，李朝阳和王淑芬刚要喊，吓得两人把嘴闭上了，忙不迭地退回了卧室。李朝阳一把就把门关上了，王淑芬羞得不行，连说：“这孩子，这孩子。”李朝阳回到床上就憋不住吃吃笑起来。孙子李双哪里是打架，老两口推门才发现，这两孩子一丝不挂大呼小叫地在一起打那种“架”呢。

李双和小爽没有发现爷爷和奶奶出来过，继续旁若无人地爽啊双啊地喊叫，夹杂着厨房间里志文媳妇的呼噜声，都挤进了李朝阳和王淑芬住的房间。王淑芬说：“我把门关严点，现在的孩子也管不了，没结婚就跑一块住。还这么大胆，男孩子还行，女孩子家里的大人也不嘱咐嘱咐孩子。这在早时候能行吗，我年轻当姑娘的那阵，爹妈看得严，自己也检点，这么着就住一起，过了门以后婆婆也不拿你当回事。”李朝阳拦住，说：“你别咸吃萝卜淡操心了。老大媳妇累得呼噜打得这个响啊，听不着。”王淑芬说：“老大媳妇也够难的，一会儿又该起早蒸馒头了。”李朝阳摇头，说：“时代变化太快了，我李朝阳是赶不上形势了。看老大做这个难，咱当老的不能看热闹。雅美那我生气是生气，可是钱上面不用咱操心，老二志武大小也在单位是个头，媳妇穿戴溜光水滑的，也没有孩子，咱也不用在钱上接济。咱这回进城，不能光看热闹，得帮帮志文渡过难关。”王淑芬想说咱的钱还得治病呢。李朝阳看出了王淑芬的意思，就说：“车到山前必有路，做两次透析兴许还能够好了呢。”

闹钟在凌晨三点准时响了起来。接着就听见志文媳妇起来的声音，上厕所，洗脸，然后厨房里传来了做馒头的声音。两袋面粉的馒头都一个人做，这项工作原来志文也是要做的，这几天志文在外面排队买楼，志文媳妇就得提前一个小时起来忙活。李朝阳和王淑芬也起来了，从卧室到厨房，必须要经过客厅的。床上的孙子李双和小爽激情过后都睡得呼呼的。王淑芬先出去探路，一眼就扫见了这两孩子并没有把衣服穿上。志文媳妇进进出出，像没有看到一样。两孩子不盖好穿好，李朝阳出不来。王淑芬示意志文媳妇，志文媳妇扭头看了看，粘着面的手捡起被子给两人盖严实。李双睡觉发癔症，一脚就蹬掉了被子，这下两孩子白白的身子就露了出来。志文媳妇对准李双的白屁股就是一巴掌，“啪嚓”一声脆响。志文媳妇喊：“穿上点。”小爽嘴巴里嘟哝着翻身，看到王淑芬和志文媳妇站在床前，嘴里含糊不清地说了句什么，扯过被子继续睡。

三个人做馒头，速度明显快了起来。志文媳妇后来干脆就只管蒸了，都掐着点呢，二十五分钟一锅，蒸好的馒头倒在案板上，快速装进笸箩里，用大棉被捂上。王淑芬也帮助捡馒头，手指肚却架不住烫，捡了十几个就烫疼了。志文媳妇熟练地捡馒头，说："习惯就不烫了。"

天刚蒙蒙亮，两大笸箩的馒头花卷豆沙包都装好了。李朝阳帮忙抬着放到"倒骑驴"上。志文媳妇穿上草绿色的军大衣，围上围脖，嘱咐王淑芬："妈，早晨煮点粥，馒头也留下了。家里有咸菜。"王淑芬说："老大媳妇，你别管我们了，你骑车要小心。"看着志文媳妇骑着倒骑驴消失在楼房的拐角处，四周还是一片蒙蒙的暗色，只有志文媳妇的清咳从很远的地方传回来。李朝阳鼻子发酸，忍几忍，一滴眼泪生生被卡在了眼眶边上。

回屋眯了一小觉，就听见李双和小爽起床了。李双嚷嚷着："谁啊，谁啊，往我屁股上糊一块面。"

小爽哈哈大笑了起来。

这个早晨，寒冷的空气变得有些快活起来。

## 13

大白天的，小爽和李双都一起打喷嚏。小爽还天真地问："'晚们'也没出屋啊，咋就感冒了呢？"王淑芬想说都是你们半夜折腾不盖被子闹的，想了想还是没说出口来。王淑芬打心眼里服了，人家年轻的能做出来的事，咱当老的说不出口。

中午的时候，志文带着怒气回来了。志文紧急召集李双和小爽开会。爷三个在一起研究对策，看意思是要有重大行动。王淑芬插话询问，好半天才搞明白是咋回事。原来，开发商那孙大疤瘌说话不算话了，省一万块钱的事情作废，这几天的队白排了。排队的人气不过，双方发生了冲突，开发商调来大量的保安，动手伤人。这些排队的客户就紧急磋商，都回来召集人马，要多带人去闹事，砸售楼处。主要是多带西红柿鸡蛋什么的非杀伤性武器。

李朝阳也钻进"前敌指挥所"参与了意见。志文提议，由儿子李双去蔬菜批发市场批发一筐西红柿，越烂越好的。小爽想去买鸡蛋，跑出去回来说鸡蛋涨到四块五了。人家超市还不卖臭鸡蛋。志文气得直骂，怪鸡蛋涨价太快。李双很快就挎了一筐西红柿回来了，说都准备好了，同学不少而且都去呢。这下肯定热闹，售楼处那边也有六十多个保安，都拿着灭火器和呲水枪呢。志文赶紧打听他们哪来的呲水枪。李双说："我同学有在消防队的，那开发商雇佣的消防队，有钱真好使。"志文分析说："那咱也不怕，咱人多。这帮孙子，必须好好教训一下。鸡蛋别买了，小爽看看你妈蒸馒头的面引子有多少，都拿着，这玩意酸个叽的，专糊孙大疤瘌下身，我知道这小子的底。糊上叫他发酵烂掉，省得出去祸害妇女。听说，这犊子外面都有七八十个女人了。"

小爽很勇敢地说："爸腿脚不好，你就放赖，见到警察就喊保安打你了。双打完就跑，'晚'没事，'晚'是女的，他们不敢把'晚'咋样。"说着小爽打个响亮的喷嚏。

爷三个抓紧时间吃口饭，西红柿分好，面引子也装好了，志文接一电话，很兴奋地汇报："都整好了，主要力量都是我家的人，我儿子和儿媳妇，都挺能打架的。"

爷三个要出发了，这才发现门口被李朝阳和王淑芬给堵住了。李朝阳说："都给我在家老实地待着，老大，哪有你这么当老人的，带头去打架，还叫没过门的儿媳妇也上去？啊？你这当老的表率是咋当的？"

李双瞅志文，说："我爷不叫去，咋整？"

志文说："反攻的计划都制定好了，我不去人家该说我临阵脱逃了。再说，这西红柿都买了，花了三十多呢。"

李朝阳说："你们谁也不准去闹事，我跟你们丢不起这个人。要不这样，我跟你妈挎着这筐西红柿出去卖了。"

李双说："这都是打保安的武器，不能卖。"

王淑芬一着急，头有点晕，站立不稳，幸亏小爽手快，一把扶住。李朝阳呵斥："老大，你妈的迷糊病被你们吓犯了都。"

志文说："爸，我白在外面冻了四五宿，我遭那罪啊，屁都给冻出冰碴来了。这口气我咽不下。"李朝阳从怀里摸出两万块钱来，捧着递给了李双。李双愣住了，志文也愣住了。李朝阳扶着王淑芬慢慢走进自己的卧室，志文不再张罗出去打架了，颤了声音说："双啊爽啊，赶紧谢谢你爷你奶。"

李朝阳缓缓地说："双啊爽啊，你们别谢爷奶，我们也没啥能力，就是尽点力，你们呢，少惹事，平平安安的，我和你奶就放心了。"

志文一家没有参与这次战斗，小爽自告奋勇出去送西红柿，想给那些需要武器的人，结果刚到路口，就见一群愤怒的人到处找武器。小爽也没客气，假装自己是菜农，这筐西红柿卖了一百块钱连筐都给人家了。

下午的事情闹得挺大，全城的警察都出动了，售楼处玻璃被砸，办公桌椅遭到破坏，一群保安受伤，现场到处是碎鸡蛋和烂西红柿。当然警察也抓了领头的几个人，说他们是一群不明来历的闹事歹徒，市长还在电视上承诺一定会解决这件事情。几个小时以后，电视上孙大疤瘌接受了记者采访，一副笑容可掬的姿态，解释说这完全是一场误会，事件的当事人——一个部门经理——已经被解雇了，原来的承诺都算数，也就是说，这个优惠一万块钱没有问题。

志文和李双都很高兴，李朝阳和王淑芬的心也安定下来。小爽进来说："今天晚上要庆祝一下，还要把二叔一家和姑姑一家都叫家里来吃饭。"李双也早早出门，去喊妈妈早点回来，没有想到李双刚出小区门口，就看见妈妈骑着"倒骑驴"回来了。李双奇怪馒头今天卖得很快，一打听才知道是志文媳妇抓住了商机，听说售楼处那边要打架闹事，两边对峙的人员很多。志文媳妇就骑着"倒骑驴"成功赶到，打架的双方都饿得不行，又不能离开这地方，就都买馒头花卷豆沙包垫吧垫吧。后来人越来越多，志文媳妇就给一起做买卖的其他人打电话，都叫过来。不大一会儿，卖担担面的，茶蛋的，煮玉米的，摊鸡蛋饼的就都来了。

爷爷奶奶给钱了，而且还是两万块，这可不是一笔小数目。孙子李双和小爽谢了好几次。售楼处那边的架也没白打，这一打，事情就解决了。志文一个劲后悔，说这架早几天打多好，就早解决了。何苦把屁都冻出冰碴来了。

## 14

请客的电话是志文分别打的。志武满口答应："好好，我晚上有个饭局，我推掉不去了。叫艳茹先去，我马上就到。"雅美接到大哥的电话时，人已经到了小区外面，就说："我马上到。"听说大哥要安排全家吃饭，她就顺便问买菜了吗，知道还没买，大哥家里也困难。雅美就改口说："你叫小爽出来，我在外面等她，我们俩一起出去买菜。"

志文给大发打电话，其他人都不知道。大发和雅美离婚的事情志文一家也不知道。志文跟这个妹夫处得很好，李双买房子的事情大发也知道，老早就第一个刨好了这个"坑"，所以吃顿饭顺便把借钱的事情说了这是很关键的。李朝阳的两万块钱彻底点燃了这个家庭的希望。志文跟媳妇一说，媳妇本来话就少，一感动就一句话也说不出来了。一个猛劲，扛了两袋面粉往屋里来，和面的时候嘴里哼哼起二人转来。李双笑了，偷着跟小爽说，我妈都十多年没唱了。

大发接到电话没敢跟六儿说，六儿脸蛋子上的巴掌印刚消肿，大发有点过意不去，就撒谎说生意上有应酬，叫六儿自己吃饭别等了。赶巧女儿懿可也要回来住，大发就征求女儿意见，是跟自己一起去大舅家吃饭，还是回家里，如果回，不准对六儿挑肥拣瘦找别扭。懿可想了想就说："回家，你别管了。"

大发托朋友找了一个朋友，这个朋友的朋友恰好是派出所的所长，胡大发朋友的朋友的朋友挺靠谱，六儿痛揍梁海生的事情得到了妥善解决。六儿从大发这拿了两千块钱，给了梁海生算是补偿。梁海生一看也真闹不过这两混蛋，只得忍了。再说还有雅美那边的好言安慰，雅美忙里偷闲还是来到住处给梁海生做了饭菜。冰箱里的东西也塞得满满的。梁海生感动得不行，就想上床以实际行动来回报雅美。雅美却说还有事，心情也不好，叫梁海生好好养伤。

晚上的饭菜果然很丰盛。艳茹来得不晚，进门先说雅美做的家炖鲫鱼不合适，要红烧是最好的。雅美就耐着性子说："二嫂，爸妈不爱吃甜口的，都口重惯了。再说，大哥家也没有做红烧的调料。"艳茹就不说了，改变了话题。志文又给志武打过两次电话，第一次说马上就到，第二次还说马上就到。李朝阳皱眉，说："别给他打了，他老在马上下不来。"

大发进来了，艳茹首先吃惊不小。她前几天才知道大发跟雅美离婚的事情，没有想到他会来。她想说破，看到婆婆的眼色，就憋住没说。李朝阳不高兴，也不看大发，大发叫爸爸，李朝阳也没有搭茬。王淑芬从中打了圆场，悄悄跟李朝阳说志文不知道离婚的事情。李朝阳就没再甩脸子。

大发进厨房，雅美瞧见了大发，很快两人就都掩饰了尴尬，继续扮演模范夫妻。雅美和小爽联手做了八道菜。凉菜做得少，天气冷。炖菜做得多，热乎实惠好吃。菜钱都是雅美出的，小爽这孩子挺仗义的，争执了好半天，非要自己掏钱，最后还是被雅美拦下了。小爽昨天晚上有点冻着了，老打喷嚏。雅美问怎么了，小爽就红了脸说爷爷奶奶来了，她在客厅住的。雅美就问李双住哪，小爽吞吐了半天没好意思说李双住哪。

左等不来，右等也不来。大家征求艳茹的意见，就不等志武了。志文宣布开席，叫李双和小爽敬酒。连敬三杯后，不等大伙动筷，志文就开始借钱。李朝阳有些不悦，他直到这个时候才明白志文请客的真正用意。李朝阳插话说："老大，你得容大伙吃几口再说，这么性子急干啥？"艳茹阴阳怪气地表态，说："怪不得大哥一年从头到尾也没有张罗过这事，原来是有求我们啊，办事可不能现用现交是吧？"志文笑得挺尴尬，说："我这不是激动吗，爸给张罗了两万块钱，我就看到希望了。买房子这么大的事情，找谁能好使啊，还不是自己家的人。亲不亲，打折了骨头连着筋呢。"

艳茹的脸色马上就不好看了，王淑芬赶紧小声跟艳茹解释：“艳茹啊，这两万块钱是借你大哥的。”艳茹就笑着说：“妈，那你也得借我两万。”王淑芬以为艳茹是在开玩笑，就说：“中中，十个手指头咬哪个妈不疼啊。”还是大发挺会打圆场，就说：“大家都饿了，不能光灌一肚子酒，先吃点。”

饭吃得很热闹。李朝阳趁大伙没注意，拉了志文出去说话。外面风很大，也很冷。门一开，身子就打了个冷战。志文说：“爸，有啥事不能到屋子里说啊，也没有外人，今天我必须把钱都敲定了。这房子我看有希望了。”李朝阳说：“老大啊，我和你妈那两万块钱不是给你的，是给我大孙子李双的。你跟艳茹和志武呢，也别瞎说，就说是借你们的。你嘴现在咋这么快呢，这话还没落到地上呢，你先公布出去了。”志文讪笑，说：“我没有想那么多，只是想拿爸的两万块钱抛砖引玉，叫他们也都借我。”李朝阳说：“还有一件事情，我得告诉你。大发的钱不能借，咱做人得有骨气和志气。爸知道你这些年不容易，厂子黄了，对你的待遇也不公平。可是咱老李家的子孙各个办事都得厚道，做人也得厚道。”志文被李朝阳说得一愣一愣的，说：“爸，你啥意思啊，妹夫借我那是一大炮钱，我全指望他呢。”李朝阳叹口气，说：“大发和雅美早都离婚了，一直瞒着大家伙。我和你妈这次上来才发现。你啊，自己想办法吧，别跟大发开口了。”志文一下子就蹲在墙根了，使劲拍大腿，嘴里直嘶呵着，哎呀，哎呀。

李朝阳回到桌子上，李双正给二叔志武打电话呢。志武在电话里说真来不了。他本来都下楼了，单位的局长给他打电话，叫去给送钱买单，到那就走不了。志武说局长对自己非常信任，交代的事情必须自己办。局长也不容易，前段去洗浴中心把尾巴骨摔骨折了，还没好利索呢。李双就在电话里说：“我二婶在我家呢，我想买楼结婚，你们得帮我点。”志武在电话里说：“你跟你二婶说吧。我们家都她说了算。”

志武的电话挂断，李双就叫小爽给艳茹敬酒。李双张嘴借钱，艳茹赶紧说：“这酒我得喝，孩子长大了懂事了，我当婶子的心里高兴。我有几个钱不假，可是都押在股票里。这股票猫一天狗一天的也不咋好，这样，孩子张嘴没多还有少，我在家这个位置你们也都知道，说的不算。今天回去，我跟志武商量，大事都是由他定。”

艳茹的球传得不错，面子上也挺好看，钱也没有说具体借给李双多少，酒也喝得挺体面的。志文回到桌子上，眼圈就红了，端起酒杯来瞅着雅美和胡大发。雅美从李朝阳刚才出去就明白爸找大哥说啥去了。雅美赶紧说：“大哥，你啥也别说了，哪天我拿三万块钱过来，绝对不能耽误李双买房子。”志文拍了拍胡大发的肩膀，说：“妹夫，你说这么大的事，我咋就不知道呢。”大发也意识到跟雅美离婚的事情瞒不住了，既然李朝阳和王淑芬都知道了，也就没有继续隐瞒下去的必要了。大发也动了感情，说：“大哥，都怪我不好。志文端起酒杯说，大发，这些年大哥就心疼你。没事，你跟雅美离婚了，你也是我妹夫，我正核计着钱打不开捻呢。你跟雅美离婚了，就算两家了，雅美出三万，你也得表示表示。”

李朝阳正在喝鸡汤，听志文这么说，一下子就喝呛了。王淑芬赶紧给砸后背，半天李朝阳才缓过来，指着志文说不出来话。大发站起来，说：“大哥大嫂，小双，我胡大发不是看热闹的人，借钱的事情没有问题，只要你们开口说了，我就尽力安排。”

门“砰”一声被撞开了，六儿怒目站在门口。六儿朝着一屋子惊愕的人说：“胡大发，你现在学的一个屁都八个慌了，你是要我还是要她！”

## 15



晚上志文带着李双和小爽进行了统计，觉得战果还是比较辉煌的。志文媳妇一直在厨房忙活，这么多的盘碗和剩菜剩饭都得安排好，收拾干净。接下来她继续和面，这些活计志文媳妇重复了十几年的时间了，枯燥无味得变成了一种程序。每天她都得重复去做，一年三百六十五天，只有春节的时候休息十天八天，其他时间都是跟馒头花卷豆沙包打交道。

志文叨咕，李双拿笔记录。李朝阳给两万块，雅美借三万块，大发也借三万块，自己家有五万块，志武那的不好说，这两口子说话没准，云山雾罩的。但是借钱的时候你不能不找他们，你不找到时人家还会挑你眼，不借给你钱不说，艳茹还得埋怨你瞧不起他们。找了呢，结果也好不哪去，艳茹往志武身上推这都是预料之中的事情。最多能够借一万块钱，最好还是不借，因为借来不久，艳茹就会哭穷跟你要账。不提借钱艳茹比谁都腰杆硬气，说起股票那更是头头是道。

这样算来，手里就有十三万了，首付没有问题了。雅美和大发的离婚是一个意外，这个意外叫志文多借了三万块钱。没有谁关注他们为什么离婚，直到六儿来骂街。李双要出去揍这个女人，可是这个欠揍的女人是大发喜欢的，李双的钱还没借到手就不好意思动手。小爽看李双不动地方，也不动。志文媳妇只顾着吃饭，谁来骂街也不会在意。志文的话更是叫人啼笑皆非。志文站起来劝六儿，说："他老姑，你消消气，一起吃口呗，饭菜都不凉。你侄子李双要买楼，你看你能出多少。双，爽，赶紧给你老姑拿碗筷。"

六儿就有点不知所措了，这饭菜怎么吃啊，自己怎么成功接替了雅美成为"老姑"了呢。大发拉起六儿就走了，六儿再晚走不行，这样李双和志文还追出来好远呢。他们想借钱买房子都快疯了，逮谁跟谁借，特别认亲，到大街上才知道六儿是懿可带来的。六儿请懿可吃了火锅，给了懿可一百块钱，懿可就带着六儿找来了。六儿比懿可大几岁，两人看着像姐俩。

李朝阳和王淑芬没有出来，艳茹临走，非要带着李朝阳和王淑芬，话里夹枪带棒一顿数落，大意是大哥家的条件不好，叫老人受了委屈。李双就跟二婶说爷爷奶奶是睡最好的屋子。艳茹不听，坚持要带着老人走。雅美就劝二嫂说："今天天晚了，外面还挺冷，等明天再来吧。"艳茹见带不走李朝阳和王淑芬，竟然动了气。直接找老人到卧室说话，艳茹说她看好了一个股票，需要买进再卖出，要李朝阳和王淑芬也借给她两万块钱。李朝阳脾气上来了，把门摔得很响，艳茹吓得逃出了屋子。临走的时候说，做老人的必须一碗水要端平，对待老大啥样对待老二也得啥样。

雅美在屋里也没待多久，刚才六儿的气势汹汹叫雅美感觉无比耻辱。有时候雅美很羡慕六儿，可以口无遮拦啥话都能够骂出口，不用考虑，想说什么就说什么，想做什么就做什么。尽管大发给了她两个嘴巴，可是脸蛋还没消肿，她就跟大发和好了。这点雅美做不到，一个人天生是什么坯子，后天是很难改变的。雅美不知道跟爸妈说些什么，自己现在没有地方住，能去的地方除了学校的宿舍，就是梁海生的家。自己接不走爸妈，只好打电话给志武，叫二哥明天把爸妈接过去。

李朝阳和王淑芬从房间出来，坚持要住客厅的沙发床。志文不答应，李双和小爽也不同意。志文晚上不用再去排队，也跟他们挤一个屋子。王淑芬把电暖风拿出来，要给李双和小爽取暖。两孩子都很懂事，坚决不要，还说不冷不冷，结果说着说着两孩子就打起了喷嚏。王淑芬心疼得不行，见拗不过志文，就只好算了。上了床，王淑芬本来想跟志文再聊几句，志文头一碰枕头呼噜就上来了。志文媳妇打开折叠床也严格按照自己的作息时间休息了。老两口只好上床休息。

李朝阳现在最怕夜晚，因为知道睡不着，知道会疼痛。夜晚来了，漫长的疼痛也开始了，夜晚的安静助长了病魔的肆虐。李朝阳说："老大家的事情也解决得差不多了，咱也只有这么大的能力，明天去老二家吧。"王淑芬说："不想在志武家多待，受不了艳茹的嘴巴。到那看看，住一晚上咱们就赶紧去医院吧，实在不行，我跟雅美说你得了病的事情吧，别再瞒着孩子们了。"

李朝阳摇头，说："不用。雅美这孩子脾气是犟点，可是心思不差。要不是到了没有办法过的地步，也不会跟大发离婚。"王淑芬点头，说："老头子，你总算想明白了。一个女人家，你说谁愿意闹离婚啊，还不是逼到绝路上了。咱们当老的就别给孩子出难题了。"李朝阳揉着疼痛的部位说："我是心疼孩子，懿可怎么办啊。那个六儿比懿可大不了几岁，以后的乱子多着呢。"

睡到半夜的时候，外屋的李双和小爽又开始"打架"了，这回李朝阳和王淑芬都没有起来。王淑芬说："这两孩子太不像话了，不怕冻着啊。”李朝阳憋不住，说：“我们老李家也没有这样的啊，难受好受这种事也不能喊出来啊。”

## 16

志武很郑重地开车到大发楼下，给大发打电话。大发正在六儿的被窝里睡觉，懿可要去上学，接了电话喊：“六儿，你老公的电话。”六儿说：“谁打来的？”懿可笑嘻嘻推开卧室的门说：“我二叔。”

大发一枕头把懿可打出了门，赶忙起来穿衣服。懿可背着书包在楼下看到志武，喊了声二叔就匆匆走了。少顷，大发下楼。志武说：“大发，跟我去大哥家接一下爸妈。”大发答应着上车。

李双和小爽真的都冻着了，感冒严重，小脸蜡黄。志文媳妇起早骑着“倒骑驴”走了，志文一瘸一拐去喊诊所的大夫。私人诊所的大夫不错，来给两人都扎了点滴。算一下钱不少，两瓶点滴要一百五十多块。志文说：“还不如再买一个电暖风呢。”

志文出去买电暖风了，志武和大发开车到了门口。进门看见李双和小爽挂点滴，志武就直接朝李朝阳和王淑芬的屋子里喊：“爸妈，赶紧收拾一下上车。我来接你们来了。”李双从来对这个二叔都是敬畏的，二叔现在混得不错，深得领导的信任，穿着也体面。李双不失时机跟二叔汇报了借钱的情况，志武听了，点头说：“这件事情还得跟你二婶商量，我们家从来都是你二婶说了算。”小爽听不过，插嘴说：“二叔，‘晚’二婶说你说了算。”

志武的脸色不咋好看，有点怪这个没过门的侄子媳妇话多了。大发拿着李朝阳和王淑芬的东西出来了。李双说：“别啊，我爸妈都没在家，爷奶，你们先别走啊。我和小爽还没跟你们待够呢。”两孩子举着点滴瓶子一直追到小区门口，李朝阳回头看看孙子，心疼地往回推。小爽就说：“爷，你和‘晚’奶在二叔家住几天就回来。”李朝阳答应着，心里喜欢这个孙子媳妇的实在。虽然晚上叫得有些不像话，可那是跟自己的孙子，这么实心实意的女孩子现在不多了。

在来时的车上，大发试探着问了志武，志武也没有隐瞒，说自己知道大发和雅美离婚的事情，所以没有去上楼坐坐。志武说得好，亲戚不能断，雅美是雅美的，自己和大发这些年的感情在这摆着。再说，大发做买卖的很多事情，自己哪件没帮忙啊。大发连连点头。

拉上李朝阳和王淑芬，志武的车子开得飞快，这次没有直接回家，而是在城里兜了两圈，然后拐到一家粥铺停下了。大发说："二哥没吃早饭呢？"志武说："我带爸妈尝尝城里的粥好吃不。"胡大发就赞成，说："行，我请爸妈吃。"

李朝阳心里不高兴，志武这个时候才露面，还带着大发，不知道葫芦里卖的是什么药。王淑芬低声猜测，觉得志武是在给大发做工作，叫他不要那个六儿，重新跟雅美复婚。这样想的话，李朝阳的心里就不反对了。进了粥铺志武叫李朝阳和王淑芬点粥，李朝阳说："我们都在你大哥家吃饭了，要吃你们吃吧。"

拗不过李朝阳，大发和志武就分别点了粥和咸菜。志武特地要了包间，这里比较封闭。喝粥的过程中，志武一直没有说话，这叫李朝阳和王淑芬等得有点着急，对视半天，王淑芬差点自己开口跟大发说话。

志武总算喝完吃饱了，擦擦嘴，把包间的房门关上了。李朝阳和王淑芬总算松了一口气，都看着大发。大发也意识到了，这三个人今天是有话跟自己说，赶紧坐好，聆听教诲。志武酝酿一下情绪，说："大发，咱哥们也不是外人，我今天就直说了。"王淑芬说："老二，有话你就说，你看你又喝粥又吃咸菜的干啥？"大发也笑了，说："就是，二哥，你还不知道我胡大发吗，你说吧。要是跟雅美的婚事，确实有点为难，我这边的六儿解决不了。我俩吧，年龄差得太多了，她父母都不叫她进门了，跟六儿断绝关系了。你现在就是把六儿撵走，她上哪去啊。还有雅美那，他们也搬到一块住去了，有难度啊。"

志武哭丧着脸，"扑通"一声就给大发跪下了。三个人被志武的举动给吓住了。大发说："二哥，你看你，我还不知道雅美啥意思呢，你就给我下跪。这不诚心叫我为难吗？"志武说："妹夫啊，你这事不算啥啊，跟谁过还不都是那么一回事，我下跪不是为了你和雅美的婚事，主要是我遇到麻烦了。你必须得帮帮我，还有爸妈，也得帮我。”

李朝阳和王淑芬互相瞅瞅，敢情人家志武不是为了雅美的事情来找大发的。大发也闹愣了，说：“咋了二哥，你站起来说话，别跪着啊。”

志武被拉起来，一五一十地开始讲述。

志武说：“我们局长犯事了，我跟着吃瓜落了。”李朝阳急了，说：“你小子一直不露面，我就知道你不会有好事，果然吧，咋回事啊，你们局长犯事了，你也跟着掺和干坏事了吧?”志武说：“是这么回事，我们局长的情人揭发他了，还把局长跟她上床的裸照给公布出去了，网上都满了。局长被双规了，我也跟着好不了。”

大发明白了，说：“二哥，你也跟着拿钱了吗?”志武说：“有一次我跟局长办事，人家招待我们，局长非要跟着去洗浴中心，结果尾巴骨摔折了，我一直照顾局长，局长一感动，就给了我十万块钱。我事不大，可是万一局长说出来我就麻烦了，这个官肯定得丢。”大发说：“你叫我怎么帮你?”

李朝阳生气地站起来说：“花脏钱睡凉炕早晚是病。你啊你，咋这么不争气。”

大发连忙劝阻，说：“爸，你先别训斥二哥，咱们分析一下，看到底怎么解决。”志武说：“时间紧迫，我们局长的事不少，一时半会儿还交代不到我这，我怕万一他啥事都记得咋办?那我就惹祸上身了，只要被查出来有事，这辈子都别想翻身。只要我拿出十万块钱来，装好信封，就锁我办公室的保险柜子里，专等着纪检委找我，一找我，我就交代说，局长办事的时候是给过我一个信封，叫我保存的，就锁单位保险柜子里呢。这样我就洗清了。”

王淑芬说：“那你还不赶紧把钱送回去。”志武说：“钱没有了。”王淑芬问：“钱给艳茹了?”志武垂头丧气说：“没有，给艳茹我就知道怎么办了，艳茹的钱都炒股呢。”李朝阳说：“你自己的事情，你找大发干啥，叫你媳妇把钱拿出来。”志武说：“爸，你知道啥啊，妹夫，你无论如何都得帮我，帮我先把这十万块钱凑齐了。等过了这阵，我就想办法还给你。”大发沉默了一会儿说：“二哥，你看这十万块钱也不是小数目，昨天晚上还答应给大哥拿过去三万块钱的。这么多，叫我一个人张罗，有点费劲。还有，你不跟爸妈把这十万块钱的去处说明白了，爸妈也不能叫你从我这借钱。”

志武瞅瞅李朝阳和王淑芬，眼泪掉了下来，说：“这十万块钱，去年被一个女的给我骗去了。她说她怀孕了，要给我生一个小孩，非得要我拿钱，我就把十万块钱都交给她了。哪里想到她欺骗了我，肚子里根本没有我的小孩，还拿着钱跑了。这事我也不能跟艳茹说啊。”

李朝阳重重叹息一声，点着志武说：“你啊，你，你给我们老李家丢了大人了，警察把你抓走就对了。国家培养你一回，你就学会了外面养女人。你……”

好半天李朝阳才不再说话了。大发知道需要自己表态了，就站起来说：“爸妈，我跟二哥的关系虽然处得不错，可是这十万块钱也不是小数目。我能帮他，但是我需要二哥给我写借条，二老也得签字给我证明一下，你们看行吗？”

李朝阳不看志武，不点头，也不摇头。王淑芬说：“行，大发啊，你是好孩子，妈没白疼你。这个手印妈摁，你二哥要是敢不还这笔钱，妈就是砸锅卖铁也得还你。”

志武开车拉着大发去取钱了，大发拿走了摁着王淑芬和志武手印的借条。李朝阳的心里不好受。说好了去志武家的，两口子到了志武家的门口下车，却没有往小区里走。王淑芬说：“老头子，咱别进去了。我看昨天晚上艳茹的意见很大，老大说他们买房子咱拿了两万，艳茹的眼珠子都红了，咱要是去了她家，闹不好剩下的两万块钱也拿不回来了。”

李朝阳点头，说：“有多少儿女操多少心啊。艳茹和志武也都看见了，不去就不去吧。这么气派的楼房，咱这身子也住着不舒服。”

# 17

三天后，忍无可忍的艳茹杀到了大哥志文家里。艳茹丝毫没有客气，跟志文家要人，埋怨一家没安好心，这次就是为套老爷子老太太的钱。志文一家被骂得莫名其妙，说："妈被你家志武接走了啊，这几天，你们没在一起啊？艳茹说，志武根本就没接爸妈，他这几天都在单位加班没回家来。两万块钱借可是借你们了，但必须要打欠条给我。"

志文就笑了，说："老二媳妇，不管是借的还是给的，那都是老太太和老爷子心疼大孙子的钱，你跟着起啥哄？有本事你也生个一儿半女的。"一句话说到了艳茹的痛处，她更加不依不饶非要志文家出个两万块钱的借条。李双不满二婶的瞎闹，给二叔打电话说明情况。志武正忙着自己的那档子事情，接了电话就说："我们家你二婶说了算，啥事都她做主吧。"

小爽不是善茬，见志文媳妇老实得一句话不说，艳茹跟婆婆说话像训斥孙子一样，小爽就搭言说："二婶，'晚'奶奶爷爷给'晚'和李双的钱，凭啥打借条给你啊。"艳茹认为，老爷子和老太太这是有偏向，三个儿女住了两家，唯独没有到自己家去住，明摆着是别人家都给了钱，就是躲着自己家。既然老爷子老太太是两儿子养着的，那么他们的钱就是哥两共有的。借志文家两万，等万一老人没了，这钱不能黄了不要。假如老人去世了，志文做大哥大嫂的必须拿出一万块钱来给她。

话不投机，厉害的艳茹就动手打了志文媳妇。志文过来帮忙，他腿脚不好，被艳茹一下子给推里面去了。见二婶动粗，李双就急眼了。小爽怕男人动手不好，就自告奋勇说："李双你别管，'晚'和妈一起教训她。"在儿媳妇的带领下，志文媳妇很快就学会了打架。一双蒸馒头的手有力量，很快就占了上风。小爽打架很有心得，艳茹的乳罩都被这娘俩给拽掉了才逃出门去。

事情闹大了。艳茹报案，派出所介入调查。派出所来人，志文媳妇抱着馒头笸箩死活不离开馒头花卷豆沙包。幸亏小爽拎着艳茹的乳罩将事情大包大揽。小爽被带走，李双就给大发打电话，叫大发赶紧想办法往回捞小爽。大发找到志武，协商解决。事情总算得到了平息，可是老太太和老爷子的去向成了谜。两家人都在气头上，全然忘了老太太和老爷子的问题。大发开始往乡下打电话，接电话的是老太太的侄子媳妇，说老爷子和老太太进城看病一直没回来呢。大发的心就"咯噔"一下，原来老爷子和老太太进城是来看病的，也没有听他们说啊。那天从粥铺出来，大发和志武是把李朝阳和王淑芬拉到小区门口的，怎么老人就没有上楼呢？他们去了哪啊？大发意识到问题的严重性，雅美的电话是打不通的，为了避开大发，雅美的手机换号了。大发只好去学校找，学校没有，再去梁海生家里去找。

梁海生开门去上班，见大发倚在门口，以为他又是来揍自己的，吓得脸色煞白，声音颤抖地喊雅美过来救命。雅美开门出来，气也不打一处来，冲着大发说："胡大发，你太过分了，不要再来打扰我的生活好吗？"

大发无奈地说："爸妈丢了，我都找了一天半了，找不到。"

雅美当时就站立不住晕了过去。

现在的情况非常滑稽，雅美承受不住打击住院了，懿可在上学不能耽误学习，志文和志武家正在争吵，都在说自己的理，只能由六儿在医院给雅美跑手续。大发和梁海生在寻找李朝阳和王淑芬。开始梁海生还对大发有所戒备，两人待的时间长了，竟然感觉彼此还是不错的人。梁海生觉得大发这人其实挺讲义气的，这可是前妻的爸妈，看大发却是真着急。最后俩人竟然惺惺相惜起来，吃饭的时候抢着买单。

大发和梁海生到处找老人，无果。最后只能报案，警察调出了志武家小区的录像来，查到那天的情况，李朝阳和王淑芬在小区门口逗留了一会儿，没有进院子直接走了。大发盯着画面跟警察说："调出这段录像在电视台播放吧。花多少钱我都认。"

梁海生挤过来看了几眼，突然眼睛一亮，说："老胡大哥，你没看错，这就是你岳父岳母？”大发说：“我岳父岳母疼我像亲生儿子，那还能够认错啊。”梁海生笑了，说：“我第一次见我岳父岳母呢。”警察有点糊涂了，说这两老人到底是谁岳父岳母？大发说：“我俩的，我俩是连襟。现在岳父岳母丢了。”梁海生笑了，说：“没有丢，昨天我给他做的手术，在我医院里呢。”大发说：“怎么回事？”梁海生说：“他俩六七天前，不是，好像还早些，你第一次揍我的那个时候就来医院看病了，听说要血液透析，开始还不明白，解释半天，他们说先到儿女家看看。前天中午再来到医院的，做了一次血液透析手术。我当时也不知道老人长得啥样啊，嗨，这事我得马上跟雅美说。雅美在医院的三楼，她爸妈在四楼呢。”

## 18

一大家子人都赶到了医院。

雅美做梦也不会想到爸妈会住在自己的楼上，自己是309，爸妈住的病房是409。大家都上楼的时候才发现，爸妈已经退房出院了，护士说，老爷子为了省钱提出出院的。态度很坚决，谁也阻拦不了。

雅美没有责怪大哥和二哥，是啊，自己有什么资格可以责怪哥哥嫂子们呢。老人来城里一趟，给孩子们带好吃的，关心每一家的日子过得怎么样。而做儿女的，往往都忽略了爸妈的感受，谁又会问问自己的爸妈，进城到底是干什么来了呢？

艳茹因为跟大哥志文家打架的事情，赌气回娘家去了。志武本来想去乡下看爸妈，可是纪检委那边打来电话，要志武全力配合调查。大发询问事情怎么样了，志武忧心忡忡地说：“顶一时算一时，钱是交上去了。妹夫，这件事情千万不能跟艳茹说。”大发说：“你放心吧。以后你们家我不再去了。”

志文媳妇来医院是推着“倒骑驴”来的，这样不耽误卖馒头花卷豆沙包。她没有看见李朝阳和王淑芬，就说必须把今天剩下的馒头花卷豆沙包卖掉。志文腿脚不行，李双也走不开，售楼处那边打来电话，今天要办首付的手续了。小爽是闲着没事，可是小爽的例假没来，她怀上了李双的孩子，已经开始呕吐了。

大发要跟雅美一起到乡下去接老人，雅美始终没有同意。雅美说还是要考虑一下梁海生和六儿的感受。大发想想也是，把话跟六儿说了，六儿还掉了几滴眼泪，说："你胡大发说咋办，我六儿跟着你。"大发说："我想给我岳父的手术费付了。"六儿瞪大了眼睛说："你傻透了，赶明我叫我爸也得尿毒症。"

梁海生开车，雅美不放心，路上雪滑。梁海生还是坚持要去，安慰雅美说会慢点开，不过路上还是出了点小事故。梁海生的车在下坡的时候跟前面的车追尾了，前面车上的男女特别粗鲁，下来就骂骂咧咧的。他们把梁海生拽出去要胖揍，幸亏梁海生机灵，认出了这俩混蛋是大发和六儿。雅美无可奈何看着车下的三个人，责问自己怎么会跟这三个东西搅和在一起了呢。

窗外飘起了棉絮一样的雪花，李朝阳和王淑芬此时正坐在大客车上往乡下老家赶。王淑芬惦记着鸡窝里的那只芦花大公鸡，怕侄子媳妇喂得不及时。李朝阳一直很安静，看着车窗外的雪花，李朝阳在想，那些新打的柴禾一定要苫块塑料布才行，就是自己开春的时候不在了，这些柴禾也足够王淑芬一个人烧到明年的这个时候了。

王淑芬倚在座位上迷迷糊糊睡着了，还做了一个梦。梦见的也是一个大雪飘飞的日子。李朝阳上山砍柴，扛着一大捆柴禾回来，"咯吱"一声把木门打开了。王淑芬就笑醒了，李朝阳在边上问："老婆子，梦见啥了？"王淑芬坐直了身子，说："你的病没事的，我都梦见幸福开门的声音了。"

# 幸福像鱼儿一样游来游去

矿工郝兆玉的脾气火暴是远近出名的。他扛着装煤的“簸箕锹”，边向外走边扬言要打折刘棉花的腿。原因很简单，因为刘棉花勾走了他家姑娘兰娥的魂。郝兆玉怒气冲冲的样子，叫鱼缸里的鱼儿都感觉到了一股杀气，惊得扑棱棱地从鱼缸里往外蹦。老伴冯季花不停地弯下腰抓鱼，掉到鱼缸外边的鱼蹦得欢实。有一条还蹦出了门槛，被一墙之隔的大墩逮个正着。大墩是冲着兰娥来的，所以对待兰娥家的鱼就格外客气。他甚至极其夸张地帮助鱼擦干净了嘴巴上沾的泥巴，赔着笑脸把鱼重新放回鱼缸。

冯季花的右眼皮这几天总是哆哆嗦嗦地跳。老话讲，“左眼跳财，右眼跳灾”，冯季花有种预感，家里这回真要出事了。大墩跟兰娥订下了婚事，给的聘礼钱家里都看病花光了。这死妮子偏偏不吐口，不同意跟大墩结婚，死活要跟着那个姓刘的棉花技术员。然而准亲家那边不是省油的灯，出尔反尔的事情冯季花说不出口。冯季花知道兰娥的倔脾气，硬压脖子逼她就范肯定不行。老头子的火毛子脾气上来了，爷俩是针尖对上了麦芒，互相较上劲就很难劝说。

傻儿子彦妮看不出家里的剑拔弩张，这几天，他别出心裁，给鱼缸里的鱼喂盐面。先前，彦妮偷着给鸡窝里的母鸡灌过盐水，彦妮想吃咸鸡蛋。他以为母鸡是喝了咸的水才会下咸的鸡蛋。结果，母鸡被灌得眼睛通红，不停地啼叫着抗议。姐姐兰娥睡不着，撩开门帘子就把彦妮一顿数落。兰娥一直对傻弟弟彦妮很好，很少大喊大叫。最近的情况有所不同。没傻透腔的彦妮也知道姐姐兰娥的心被那个小个子男人给带走了，不和她一般见识，被骂后笑呵呵跑到一边玩去了。

鱼缸就是那个小个子男人给做的。兰娥第一次领他回来，看见彦妮在院子里玩玻璃。兰娥怕锋利的玻璃碴割破弟弟的手，大呼小叫地往外夺。彦妮死活不给，小个子男人说："彦妮，哥用玻璃帮你做个鱼缸吧。"那个小个子男人还咧嘴朝彦妮笑。彦妮从来没有见过这么难看的笑，脸上不但没笑出酒窝，嘴叉子咧得幅度还有些大，快到耳朵根子那了。彦妮就打个愣神，不再玩玻璃了。

彦妮后来是从当矿工的爹郝兆玉嘴里知道小个子男人叫什么名字的。当时，彦妮正给新鱼缸里的金鱼喂盐面。爹敲着床沿跟兰娥喊："这个家，是你说了算还是俺说了算？今天咱就当面锣对面鼓，把话说开了，你是要你爹，还是要那个刘棉花？"

兰娥一改过去的软弱，跟爹对着干。兰娥娘劝阻不了，在一边唉声叹气。兰娥认准了那个小个子男人，跟爹和娘表了决心，就是吃糠咽菜也愿意嫁给他。

脾气火暴的郝兆玉从煤棚子里拎出了"簸箕锹"，骂道："你是被那个刘棉花给灌了迷魂汤了，不跟那个小子断绝来往，你就别想出这个家门！"

一把大锁"哐当"一声把兰娥锁在了里屋，兰娥的哭声从窗缝、门缝里挤出来，响彻了云天。大墩听到哭声，从墙头一跃而过，急急地问出了什么事。冯季花捂着事情的真相，不想叫事态向不好的方面发展，敷衍大墩说："他姐夫，彦妮跟兰娥打架了，他爸一生气就说了兰妮几句，这孩子顶嘴还被关着反省呢。"

大墩进屋看了，发现彦妮也坐在地上哭，就信了冯季花的话。彦妮是哭自己的金鱼喝了盐水以后肚皮朝天漂在了鱼缸里。里屋的兰娥听出了大墩"扑腾腾"的脚步声，哭声就戛然而止。大墩隔着门板瓮声瓮气地说："兰娥，俺爹说了，怕你夜长梦多，过完五月节就给咱俩张罗结婚办事了。谁惹你哭了，看俺不砸断他的狗腿！"

兰娥强忍着悲伤，顶一句："砸？砸？你就知道砸。跟你没有感情，你叫俺咋跟你结婚？你看看你，手指甲都几年没剪了，杀鸡都不用刀，直接就把小鸡剋死了。”

大墩咧嘴笑：“啥感情？慢慢培养呗，俺保证，给俺一个晚上，就能培养出感情来。”

屋子里的兰娥听着，脖子后面“嗖嗖”冒凉风，浑身起了鸡皮疙瘩，再次忍不住“哇”的一声号哭起来。

鱼缸里那五条鱼咸死以后，彦妮一直哭哭啼啼。大人没有人去理会，日子过得将将够吃饱，哪里有闲钱去再给彦妮买金鱼。养鱼那是普通老百姓过的奢侈日子吗？郝兆玉心情挺好，叫老伴冯季花晚上吃饭的时候煎上了咸鱼，喊大墩过来喝几盅。五条鱼骨碌上一些稀面，也有一小盘子。大墩没有把自己当外人，过来就陪郝兆玉喝酒吃咸鱼，大嘴巴吧唧作响，鱼骨头吐了一地。鱼缸里的盐面放多了，那是冯季花腌咸菜准备的盐面，叫彦妮悄悄都给放进鱼缸里去了。大墩在喝酒的时候发表了自己的感言，大墩承诺，只要结了婚，就给老丈人家换台新的戏匣子。他还说这话是爹和娘开完家庭会议共同决定的，今天自己先来通个话儿。郝兆玉和冯季花对望，心里的喜悦不用说，觉得大墩人好，实在。彦妮躲在角落里，看着大墩蠕动的嘴巴，看他把鱼吞进去，再把鱼骨头吐出来。

郝兆玉和大墩的爹是一个班的伙计，老哥俩平时无话不说。这婚事也算门当户对，知根知底。郝兆玉觉得这样的安排不赖，自己的闺女吃不着亏。大墩人虽鲁莽点，可是心不坏，尤其是订婚以后，见面就更亲了。家里有啥力气活，大墩第一个就跑来给干了，有好吃的东西，就屁颠屁颠跑来送给兰娥。好几次，郝兆玉看见彦妮坐在角落里大口大口地吃咸鸭蛋，咬去一个黄，还有一个，都是双黄的。他知道这都是大墩给兰娥的，兰娥不吃，架不住大墩不走，只好收下。她自己不吃，就给了彦妮吃。那段时间，彦妮打饱嗝都一股腥腥的鸭屎味。

大墩喝高了，临走的时候抄起一个盆，跟郝兆玉说：“叔，鱼缸里的那盐水，别扔。俺爷活着的时候教育俺，家财万贯，也可咸豆就饭。盐是好东西，俺舀一盆，叫俺娘腌咸菜。”郝兆玉和冯季花心里都欢喜，觉得大墩真会过日子。于是从鱼缸里舀了盆盐水，让大墩端着盆盐水回家了。

郝兆玉感叹着对里屋的兰娥说：“听见没，大墩人虽然长得五大三粗，心却是细呢。兰娥，俺和你娘，好话说了三千万，为啥？还不是为你将来能够过上舒心日子。”老伴冯季花随声附和着：“就是，就是。兰娥，娘看大墩人真不错，那个刘芝麻咋能比上他？”

兰娥在里屋一天没吃饭了，放在小窗口的饭原样不动冒着热气，上面那只咸鱼已软了下来，紧贴着米饭躺着。里屋响起回音：“人家有大名，不叫刘芝麻，也不叫刘棉花。”

冯季花不听兰娥怎么说，继续说：“别管刘棉花还是刘芝麻，跟土坷垃打交道，顺着垄沟找豆包，能有啥出息？俺和你爹，还能够给你亏吃？给你当上？把自己的闺女往火坑里推？再说了，大墩哪样都好，人高马大，咱家正缺个干活的人手。嘴巴甜得抹了蜜，会过日子，俺和你爹都看着他长大的，小时候，还吃过娘的奶水呢，知根知底，差不了。”

里屋兰娥不满地说：“俺的事不用你们管，俺跟哥早就定好了。”

郝兆玉把饭碗往桌子上一搡：“不听老人言，吃亏在眼前，那个刘芝麻有啥好？”冯季花小声纠正：“是刘棉花，不是刘芝麻。”兰娥隔着墙顶嘴：“人家心好。”郝兆玉瞅冯季花一眼，火开始顶上来：“心好能当饭吃啊？再说了，人心隔肚皮，你咋就知道他心好了？啥也别说了，咱发扬民主，投票。”

冯季花问郝兆玉：“他爹，咋投票？”

郝兆玉把桌子上的碗筷收拾一下，用手比画着说：“这边，这个浅底盘子，就是刘棉花，同意你跟刘棉花好的，就往这投票；这边，这个大海碗，能盛饭菜的是大墩，同意跟大墩结婚的，往碗里投票。”

冯季花问：“票呢？”

郝兆玉指着一盆蒸熟的山药，说：“这就是。”

郝兰娥抓起一根山药就放在盘子里了，郝兆玉不示弱抓起一根山药放在了大碗里。两人一起瞅冯季花，冯季花犹豫一下，抓根山药也放在大碗里。郝兆玉眉开眼笑，得意地看着郝兰娥：“行了，结果出来了。”郝兰娥拦住：“还有彦妮呢。彦妮，投票给姐，就平了。快啊。”

坐在桌旁的彦妮嘿嘿傻笑，手里拿着一根山药不知道咋办，最后塞自己嘴里咬一口。郝兆玉急了，彦妮要是投票给刘棉花，这事就麻烦了。他赶紧从彦妮手里掰断山药，抢着说：“彦妮不会投票，俺和你娘一人代替一半。”郝兆玉把半根山药放进大碗里，冯季花把剩下的半根山药也抢过来放进大碗里。彦妮急得“哇哇哇”叫着要去抢着吃掉山药，冯季花一只手死死按着不让，另一只手把盆里剩下的山药递给了彦妮。彦妮偏要碗里的，过去抓。

郝兆玉也过来捂住，边捂边做总结，一边查山药一边宣布：“好了，刘棉花一根山药，一票。李大墩两整根加两半根山药，一共是三根山药，三票。三比一，明天告诉大墩，结婚。”

兰娥赌气站起来，说：“俺不同意，彦妮的票是俺的，是你和娘代替彦妮投的，不算数。”

郝兆玉阴沉着脸，把兰娥赶进里屋，关了禁闭。兰娥在屋子里越来越坚定了一个信念，那就是非刘棉花不嫁。

兰娥一直观察着外面的情况。三天过去了一直没机会逃跑。爹白天下矿上班干活，门锁的钥匙就挂在外屋的墙上，娘不离开家，兰娥就不敢和彦妮多说话。因为咸死的鱼儿被大墩给就酒吃了，彦妮对大墩就记了仇。这些天一直“吭吭唧唧”地哭闹要买新鱼。他还把大墩吃剩下的鱼骨头收集起来，做个泥棺材装起来，放院墙头上给大墩看。墙是两家的伙墙，是两家公用的。大墩看见了，笑嘻嘻地看彦妮，说：“傻小舅子，小心俺揍你的屁股！弹你的脑瓜崩。”

大墩弹彦妮的脑瓜崩动作很夸张，摸过彦妮的脑袋瓜，伸出二拇指来，在嘴边哈口气，伸缩一下，迅速弹出去，彦妮的脑袋瓜就“嘣”的一声脆响，生疼，还起个青包。彦妮怕了，再不敢被大墩捉住。他只要听大墩骂，就不敢出屋。

这天上午，天儿不错，无风无浪。冯季花想起老伴清早临出门的时候说想吃韭菜馅的饺子，就出去买菜包饺子，钱掖到了兜里，随手拿起装菜的篮筐，却唯独忘了拿放在柜上的里屋钥匙。这一切，兰娥透过小窗口看得一清二楚。娘一出去，兰娥就赶紧跟彦妮说："彦妮，姐想解手。"彦妮想了想，拿尿盆递了进去。兰娥皱眉，说："彦妮，姐想解大手。上茅房。你给姐开门。"彦妮歪着头，说："那你不准跑，你跑被爹知道了，会砸断俺的腿。"兰娥答应，说："好彦妮，平时姐最疼你，给你好东西吃。你给姐开门，钥匙在墙上呢，姐不跑。"彦妮想了想拿了钥匙，开门。兰娥长出了一口气，想收拾东西。彦妮瞅着兰娥说："姐，你要是跑，俺就喊。大墩在他家屋里睡觉呢，他跑得比狗还快。"

兰娥只好钻进了茅房，彦妮站在外面等。兰娥说："彦妮，进屋等姐，门口臭。"彦妮不动地方，怕兰娥跑了，爹真砸断自己的腿。兰娥蹲在里面，想不出办法来。兰娥哪里是在解手，她在琢磨怎么叫傻弟弟彦妮的嘴巴不出声。兰娥突然想到了金鱼，就说："彦妮，想要金鱼不？"彦妮眼睛一亮，说："想。"兰娥笑了："姐给你五块钱，你去买金鱼，快去快回。你回来，姐也解完手了。"

兰娥递出去五块钱。彦妮就忘了自己的职责，笑眯眯地拿着钱，抱起脸盆说："姐，俺买两条回来。"说着就乐颠颠地出去了。兰娥听见院子里没有了动静，飞快地出了茅房。进屋收拾一下衣物，锁上里间的房门就逃了出去。

冯季花从街上买菜回来，远远地看到前面儿子彦妮笑呵呵地捧着脸盆往家奔。冯季花紧撵几步追上彦妮，才发现彦妮的脸盆里盛着两条红色的金鱼，比开始家里买的那五条还要好看。冯季花就愣了，问："哪来的金鱼？"彦妮说："俺姐给俺的钱买的。"

冯季花的脑子就"嗡"的一下，顾不得彦妮，急三火四地往家赶。

此时已是正午，阳光如水泼一样厚实，兰娥出了胭脂街，急急地走着，再穿越两条小巷，就是汽车站了。兰娥瞅了一眼身后遥远的成了一个火柴盒的小院，眼睛里滚出了两大颗泪水。她知道，自己这一走，开弓就没有回头箭了。

农历五月初五端午节，兰娥在离家出走的第二十三天重新回到胭脂街。她的身后跟着那个外号叫刘棉花的男人。

刘棉花长得很敦实，笑面，见谁都笑呵呵的样子。远看，像根刚出土的胖萝卜。因为是村子里的棉花技术员，很多人喊他刘技术员，开玩笑的人就喊他刘棉花。他不急不恼，喊什么都答应。人随和得一塌糊涂。

兰娥心高，怎么就看上了其貌不扬的刘棉花了？这叫兰娥的爹和娘都想不明白。刘棉花跟兰娥是初中的同学，坐一个桌子。有一年冬天天冷，兰娥和刘棉花一起上学，两个人一起过冰河的时候，兰娥的脚踩进了冰窟窿里。兰娥冻得不停地哆嗦，刘棉花急了，不管兰娥的反对，就扒下兰娥的“冰鞋”，把兰娥的脚丫塞进了自己的怀抱里取暖。看着刘棉花认真呵护的动作，兰娥的心里涌动着一股暖暖的情意。这个愿意给自己捂脚的男人，第一次让少女兰娥失眠了。

两个人后来相爱也就顺理成章了。

兰娥突然从家里只身跑出，让刘棉花有些不知所措。

静下心来把事情的来龙去脉弄清楚之后，刘棉花劝兰娥先给家里捎信报个平安，免得叫爹和娘惦记。兰娥说行，但在后来的事情上两人有了分歧。兰娥这次出来是狠下了心，非要跟刘棉花结婚不可，把生米做成熟饭。刘棉花的意见是带着兰娥回家去说服爹和娘支持，兰娥气得抹眼泪，这样回去岂不自投罗网。她爹的脾气谁不知道，说砸断刘棉花的腿可不是闹着玩的。再说，那个大墩怎么办，看着自己马上就要结婚的新娘子带别的男人回来，不拼命才怪。

刘棉花很耐心，给兰娥分析事情的利害关系。郝家要的是上门女婿，这点自己倒是很符合身份，家里兄弟多，入赘到郝家也不是为难的事情。既然做上门女婿，就得面对郝家的每一个人。在一个屋檐底下过日子，一个锅里搅马勺，关系弄僵了可不成。现在要是不回去认门，将来就没有机会回去了。再说，老人养儿女一场不容易，这样做岂不让人伤心绝望？

听刘棉花这么一说，兰娥心里一热，刘棉花不着急跟自己先斩后奏生米先做成熟饭，是对自己和家人的尊重。这样老实的男人，肚子里没有花花肠子，看来自己没有看错人。兰娥点着刘棉花的脑门，连骂了几声冤家。

这段时间，家里的日子的确不好过。大墩一家闹翻了天。

兰娥跑了的消息很快在胭脂街传播开来。大墩一家本来商量好了要在端午节前后把婚事办了。这天早起，大墩娘已开始打酒买肉，要忙活酒菜了，准备叫亲家过来吃饭商量结婚的具体事宜。突然从外面蹿进来一只野猫，瞬间叼走了案板上的一块肥肉，大墩娘很生气，非要在猫口夺回那块肥肉。紧追不舍，野猫就上了房顶。大墩娘踩着梯子爬上去，眼看着就要抢回来了。大墩在房子下面带着哭腔大喊一声："娘啊，兰娥跟野男人跑了！"

大墩的娘一直满意这门婚事，兰娥生得水灵，配自己家的儿子大墩是绰绰有余。两家是邻居，结婚以后又互相有个照应，两家的日子当一家过多好。大墩娘也知道兰娥不咋喜欢大墩。可是她心里有数，女人家结了婚，跟男人睡了以后就好了，心就不野了。所以，尽快尽早结婚才是当务之急。可如今，在大墩的一嗓子打击下，大墩的娘接受不了，脚下一滑，连同手里抓着的那块肥肉从梯子上掉了下来。

大墩家连夜商量了惩治兰娥、要郝家包赔损失的措施，大墩背着娘直接进了郝兆玉的家门。他把娘往郝家一放，扔下一句话，就是叫郝家给个说法。郝兆玉着急上火，不知道咋跟亲家母说清楚，连哄带劝把大墩娘背出家门，这边背出来，那边大墩爷俩就再给背回来。

大墩还把鱼缸里的金鱼逮出来，杀鱼不用刀，就用手捏。捏得金鱼眼珠子难看地突出来。把鱼肚子里的杂碎全部给捏出体外，炖了鱼汤给娘喝。彦妮伤心得哇哇大哭。大墩说："怎么的？你姐跟野男人跑了，俺拿鱼熬汤补补俺娘伤透的心，你还心疼肝疼的。今天你们要是不交人，这个节谁也别想过消停了。"

不光这个节，就是节后的所有日子，两家人都没有缓过来，整日泡在硝烟火药里。看热闹的人像看连续剧一样、漏了这集还有那集、不紧不慢地欣赏。

当刘棉花和兰娥出现在胭脂街后，马上就引起了全街人的注意。兰娥的头发剪掉了，这是最显著的变化之一。胭脂街上的姑娘做了媳妇，都要把头发剪掉，梳上统一的发型。大墩听到兰娥回来的消息，第一时间就跑了来，看到兰娥的头发变了样子，一屁股坐在地上，两眼直勾勾地傻瞅，牙齿咬得“咯嘣嘣”响，半天缓不过劲来。

本来，郝兆玉自女儿走后打定主意是说啥也不能同意兰娥和刘棉花的婚事的。可当看到兰娥梳着那样个发型回来，看到兰娥进屋话还没有说两句，就跑厨房呕吐起来。郝兆玉与老伴冯季花面面相觑。冯季花想了想，悄声说：“老头子，咱闺女那是早就以身相许了。看来硬给分开还真不成，肚子里真带了刘棉花的崽，到大墩家也是受气。咱们当老的也没有面子，腰杆不直，说话也占不了地方。”郝兆玉的火气像被泼上了凉水，“扑啦啦”地就熄灭了。

大墩一家人堵在郝兆玉家门口要个说法，郝兆玉的老脸彻底丢尽。阴沉着脸看女儿兰娥和那个其貌不扬的刘棉花。稍后，郝兆玉铁青着脸色出来，瞅瞅老墩和大墩，叹口气，把拎着的包袱放在老墩的面前。老墩急了，说：“老郝头，你这是啥意思？”郝兆玉说：“女大不由爹，她的婚事俺不管了。”

大墩急了，说：“叔，你放那拐弯罗圈屁，一点不响，一点也不臭。你不是说好的吗，兰娥回来就别黄了她的亲事，叫她嫁给俺吗？这咋说话带松紧带的，说完了又‘嗖’一下子拉回去了。你那嘴还有把门的吗？”

郝兆玉被噎得脸通红，半天才说：“事情已经这样了，俺不能一步错步步错。兰娥和大墩的亲事，到此为止了。该退的东西和聘礼一样也不能少你们的，改天选个好日子都给你们送回去。”

大墩和爹就彻底傻眼了。

大墩不但把所有的财物全部要回去了，还提出了很多无理的要求。比如咸鸭蛋，大墩非要二百四十个双黄的咸鸭蛋。大墩和兰娥订婚一共是二百四十天，平均每天一个双黄咸鸭蛋。这样精准的数字显然不符合事实。郝兆玉不认赔偿二百四十个双黄咸鸭蛋。大墩不依不饶，怂恿娘拿了菜墩坐在门口，边剁鸭子吃的青菜边骂街，骂街的词汇合辙押韵。大墩的娘骂道，吃俺家的鸭，吃俺家的蛋，不跟俺儿结婚就是王八蛋。端俺家的碗，吃俺家的饭，谁坑俺儿谁养汉。养一个汉，养两个汉，老郝家就是一个窑子院……

刘棉花进门做“倒插门”的第一件事情是解决住的地方。

屋子窄，老郝头不拿正眼看刘棉花。冯季花做了半天思想工作，勉强在里间屋子窗玻璃上糊上了一层报纸。这样的一间小屋子算是刘棉花和兰娥临时的家。夏天天热，刘棉花不敢脱掉裤子褂子，热得一身的汗水，像是待在了桑拿房子里。最糟糕的是，两口子上床睡觉，只要身子一动，刚有风吹草动，身下的床就很是时候的“咯吱咯吱”地响起来，“咯吱”的节奏很有韵律。糟糕的是这边的床一“咯吱”，外屋的彦妮就大声问：“姐，耗子响?”兰娥就屏住呼吸，不敢动，推一把刘棉花，朝外面说：“没事，睡觉吧。”彦妮不信，咣咣地让姐把门打开，他要打耗子。

这样过了几日，实在不好过，两口子白天就找破布缠上床腿。这样，床上动，“咯吱”声就明显减小了。尽管如此，晚上两口子睡在一起仍然很压抑。白天出去做工，晚上回来要等外屋的老人和彦妮休息了，这边才能上床安歇。新婚燕尔，刘棉花心有不甘就此进入梦乡。两口子像地下工作者，声音要做到最低，动作要做得最小。为此，两口子时常互相鼓励，兰娥塞刘棉花嘴里一条枕巾，咬着。刘棉花塞兰娥嘴里一块被角，叼着。一个咬着一个叼着，两口子的夫妻生活过得格外滑稽。有一次，兰娥实在看不下去了，憋不住笑，先是“嗤嗤”笑。刘棉花就低声警告，干事业呢，要严肃。兰娥终于被逗得忍无可忍，哈哈大笑起来。

夫妻之事可以少做、不做，可问题是娘冯季花开始着手准备孩子的小衣服了。前些日子，还特意跑供销社去扯了被面，买了棉花，要给出生的婴儿做小被子了。这下兰娥和刘棉花都着急了。主意是刘棉花出的，叫兰娥装恶心呕吐。现在，老人在盼着孩子出生，可是兰娥的肚子里还啥也没有呢。更叫人闹心的是，突然有一天，冯季花郑重宣布她掐指算了一下，时间不短了，兰娥和刘棉花要分开居住。

冯季花的道理是怀孕了，就不能再同房了，怕对腹内的胎儿不好。她对姑爷用破布缠床腿的“阴谋”早已经看在眼里。兰娥两眼泪汪汪，又不敢明说这件事情的真相。只好委屈地把刘棉花的枕头放到了外屋的大床上。兰娥还好，晚上可以睡个踏实觉。苦的是刘棉花，岳父郝兆玉的呼噜像打雷，就在耳朵边上炸响。彦妮睡觉打把式，一会儿把腿骑在了刘棉花的身上，一会儿咬牙嘎巴嘴，“咯吱吱”响，像耗子啃门框，一会儿朝着刘棉花放个很响的响屁。

刘棉花瞅着房顶发呆，第一次感觉到了长夜漫漫真是难捱。

刘棉花现在在砖厂干活，砖厂外面有很多碎砖头。晚上夹在彦妮和郝兆玉的呼噜中间，刘棉花就时常感觉眼前一堆碎砖头在飞来飞去。慢慢地，那堆碎砖头就在刘棉花的眼前摞了起来，渐渐垒起了一堵墙来。刘棉花爬上那堵墙，看到墙那头的大墩拿根长杆子在往下捅砖头。刘棉花就大喝一声：“呔，俺的房子！”

一嗓子就喊醒了，刘棉花出了一身透汗。琢磨半天，才明白过来是自己在做梦。扳开彦妮搭着自己胸口的臭脚，刘棉花悄悄下地。窗外，明月高悬，刘棉花坐门口出了一会儿神，打量院子里巴掌大的地界，突然眼睛就一亮。转身进屋，到里屋就把兰娥给弄醒了。兰娥睡眼蒙眬爬起来，不知道丈夫想干啥。刘棉花拉了兰娥到院子里，指着墙根喊：“这，可以盖间小房。里面安张大床，咱俩的大床！”

刘棉花下班就往回带砖头，这叫隔壁虎视眈眈的大墩很不解。看不明白刘棉花究竟在鼓捣啥，直到刘棉花在院子里燃放了一千响的鞭炮，大墩才终于恍然大悟了，人家的房子要破土动工了。

大墩过来查看，心里暗暗佩服起其貌不扬的刘棉花来。他沙泥和得细，砖头垒得整齐，院子墙根下的小房子在“嗖嗖”地往起长。看着看着，大墩就看出了问题。刘棉花的砖头不够，这边的墙是就着伙墙的。也就是说，刘棉花投机取巧，少垒了一面墙！

大墩就骑在了墙头上，死活不下去。大墩一家一起出面反对，严禁刘棉花用伙墙做自己家的墙。这房子就没有办法盖了。刘棉花光着膀子，脸上沾着泥点，跟大墩讲道理讲不通，就抱了大墩的肥腿往墙下拽。三拽两拽，两个人就一起栽进泥坑里厮打在一起。大墩人高马大，有一身使不完的笨力气。刘棉花个子虽然矮些，可是比大墩灵活。两人这么一交手，整条胭脂街的老百姓就都跑来看热闹。

事情最后去了派出所，房子这么盖没毛病，两人打架可是不利于社会和谐稳定。整条胭脂街，还没有人这么大张旗鼓地打架斗殴呢。

派出所决定，打架双方各被拘留七天，以示惩罚。两边就慌了，刘棉花气呼呼地坐在泥堆边上生气，大墩这边也有点稳不住了。不是他们觉悟如何高，是大墩最近找媒人了，这几天就要相亲。这要是被派出所拘留起来可就有了“污点”。哪个姑娘愿意跟有“污点”的人处对象呢？眼看派出所要来带人了，情急之下大墩蹦过伙墙，抄起铁锹就开始和泥。刘棉花和兰娥两口子看傻了，不知道大墩这是干啥。大墩“呼哧呼哧”喘着和泥，说：“还瞅啥，俺是来给你们家帮工的。”

民警进了院子，看到的是一番红火的劳动场面。大墩和刘棉花两口子有说有笑的，哪里有打架斗殴的影子啊。民警纳闷，大墩就说：“前些天摔跤是闹着玩的。不信，你们问刘棉花。”刘棉花就点头说：“是，是。大墩是想帮俺家盖房子，俺不同意，两人就闹急了，摔了起来。”民警不放心，觉得事情可疑。那天摔跤派出所是来人亲眼看到的，两人真是红了眼睛在拼命。民警怕他们有更大的阴谋举动，就时常尽职尽责地来看一看。这么一尽责，苦的是大墩，必须守在这卖力气地干活帮工。

这样一来，大墩相亲就很顺利，刘棉花房子建设的步伐也快了起来。

框架有了，上了房盖，抹上里皮，搭上床铺。刘棉花长舒一口气。看着几平方米的小屋子，刘棉花抱着兰娥心花怒放。床铺是自己做的，床腿做得结实。刘棉花爬到床上使劲蹦，不住地问兰娥响不响，逗得兰娥咯咯笑。两口子睡在这间小屋子里第一晚，没有任何摆设。刘棉花就把彦妮不要的鱼缸搬了进来。自从金鱼被大墩给捏死以后，彦妮基本不玩鱼缸了，他最近开始对弹玻璃球感兴趣了。一毛钱两玻璃球，彦妮喜欢出去弹着玩。他是赌真的，输了要给人家玻璃球。彦妮自从玩上玻璃球以后，没赢过，哭着回来的时候多。尽管每次都不赢，彦妮的兴趣还是很高。

玻璃缸闲置起来，刘棉花就摆到了床的边上，买回来两条鱼。两口子晚上把电线拉过来，接上电灯泡。开始是六十瓦的，冯季花看到满屋子亮堂堂的，就有些不愿意，觉得两口子过日子不知道节省。兰娥赌气跟娘说，电灯泡跟大屋子里的度数是一样的，看着亮堂是因为屋子窄的缘故。冯季花还是有她自己的账本，多大的屋子需要多大的亮，既然屋子窄，那就应该降低灯泡的瓦数。吃不穷花不穷，算计不到才受穷。多出的亮光那是钱换来的，省一分是一分的。男人是挣钱的筢子，女人是装钱的匣子。不当家不知油盐贵，不养儿不知父母恩……

如此这般的一堆数落，兰娥彻底服了娘的嘴皮子。刘棉花不声不响，拧下六十瓦的灯泡，换上十五瓦的，感觉不亮，刘棉花就把兰娥梳头的镜子挂在墙上。这下就亮堂多了。受到启发的刘棉花马上就找了很多废弃的镜子来，都摆屋子里来。冯季花在外面看电灯还是如此亮，忍不住进来看了。检查一遍，看到一屋子大大小小的镜子，啥也没说就出去了。

傍晚，天完全黑下来后，兰娥拉上窗帘，整个世界就只剩下两个人，兰娥双手托着刘棉花憔悴的脸，灯光下两双眸子久久地注视着。兰娥心疼刘棉花，自打他进了这个家门，就没有得着消停。他白天去砖厂做工，很辛苦，晚上也休息不好。吃的喝的，也不能完全由着他自己。有时候兰娥忍不住给刘棉花夹一口肉，娘的脸色就不好看起来。兰娥有时候在心里叹息一声，都说姑爷在老丈人家门口不好过日子，这话真的不假。兰娥明白，凭刘棉花的技术和本事，完全可以在老家娶媳妇过日子。他屈着自己的性子，还不是为了自己、为了这个家。兰娥感叹自己还是想事情不够周全，舍不得爹和娘，放心不下傻弟弟，可是，却委屈了这个爱自己、疼自己，早早地就知道为自己捂脚的男人。

床上的事有时叫兰娥感到很尴尬，满屋的镜子，从各个角度把两口子的一举一动都尽收眼底。兰娥不习惯，叫刘棉花关灯。可刘棉花却说，这是我们自己的地方。两口子就在灯光下紧紧相拥着，听着彼此的心跳。在各种各样的镜子里他们像两只笨拙的蜗牛，爬啊爬，经过了漫长的等待，终于可以这样轻松地爬到一起来了。

鱼缸里的鱼偶尔会往外蹦一下，水就“哗啦”一下轻响，兰娥和刘棉花相视一笑。眼下，他们就是两条幸福的鱼儿，因为有了水，有了缸，就有了他们幸福的空间。他们该像幸福的鱼儿一样，拖着滑腻的身子在透明的水里游来游去……

这样惬意的日子不多，麻烦事又来了。

一天半夜里，刘棉花和兰娥感觉墙在一颤一颤地晃，“咚咚咚”的声音传来。兰娥吓一跳，推刘棉花：“是不是地震了？”刘棉花起来，趴伙墙墙头往那边看，借着月光，看到大墩正拿着镐头刨坑。刘棉花就问：“大墩，不睡觉，你鼓捣啥？”

大墩在墙下“嘿嘿”笑，说：“刘棉花，你不也没闲着吗，呼哧呼哧鼓捣啥？受你启发，俺想就着这伙墙，建个茅房。俺娘腿脚不好，去外面的公厕不方便。”

刘棉花回屋，光着脊梁发呆。兰娥问咋回事，刘棉花说：“这狗东西大墩，欺人太甚，记着仇呢。”

大墩的工程很简单，挖个深坑，盖上块大石板。石板中间凿个洞，顺着洞往下拉尿就特别方便了。再在四个角支上木杆子，苫上油毡纸，下雨下雪天解手也不能湿了屁股。刘棉花几次想冲过来都被兰娥拽了回去。

为了这个闹心的厕所，这几天，两口子在被窝睡不着，兰娥就问刘棉花：“咱将来的孩子叫啥名字？”刘棉花闷着头，赌气说：“就叫臭臭。”兰娥咯咯地笑起来：“臭臭就臭臭，赖名好养活。”正闹着，大墩在隔壁敲墙。刘棉花气不打一处来，喊：“有事过来敲门，别敲墙。”

大墩真听话，不一会儿过来敲门。刘棉花开门问：“干啥？”大墩笑嘻嘻地说：“哥，俺想跟你去砖厂捡砖头。你给俺说说呗。”刘棉花说：“新鲜！让你捡砖头在俺家墙那边垒茅房？”大墩赶忙赔不是：“哥，不是，俺不在墙根下建茅房了。那不是人干的事情，俺咋能干呢？明天俺就拆了。媒人说，俺相的那亲成了。女方要马上结婚。结婚没地方住啊，受你启发，俺也想就这伙墙，在墙那边搭间小房子住。”

刘棉花低头笑了：“怪不得你个狗东西这几天没动静，也不蹲在那个坑上拉屎了。你也想建房住啊。”大墩说：“俺不住，俺让俺爹俺娘过来住。俺没过门的媳妇说了，叫俺爹俺娘净身出户，才答应跟俺结婚的。俺不跟你住邻居，那样不好，你们在这边喊，俺们在那边喊，那成啥了，喊成了一个蛋，分不清楚哪是俺媳妇哪是你媳妇了。”

刘棉花听明白了，“咣当”一声关上门。大墩急了，喊：“哥，你答应俺啊。俺今天就想去捡砖头呢。”刘棉花说：“过两天再说。大墩啊大墩，你啊，给你安上条尾巴，你就是活牲畜。”

大墩点头：“中，中，只要你带俺去捡砖头，俺当啥都成。”

“花喜鹊，尾巴长。娶媳妇，忘了娘。媳妇娶到新床上，爹娘丢到大北墙。”“去，去，去，别跟着捣乱。再唱，小心俺砸断你们的狗腿！”胭脂街的孩子们一唱，大墩就跳着脚骂。

大墩的新房子也如期竣工了，跟刘棉花建的房子一模一样。大墩的爹和娘眼泪汪汪地搬离了老屋，给儿子和儿媳妇腾地方。儿媳妇水溜特别讲道理，丁是丁卯是卯地把事情处理得滴水不漏。进门第一件事情就是整顿秩序，先把房子的房照给落实了。户主的名字必须给改过来，大墩不听不成。大墩在这件事上受爹娘委屈的泪水和街坊邻居的指责，也想过反抗，水溜也不争不恼，冷笑一声回屋。晚上就断了大墩的饷，禁止一切娱乐活动。大墩吃甜了嘴，不提防给断顿了，憋着难受，两口子就打成了一团。新媳妇水溜一气之下就回了娘家，一年以后才好说歹说重新回到胭脂街。

大墩家这次被整得好惨。水溜不在家这段，大墩下了工就喝酒闹事，嘴里不干不净，全是埋怨爹娘的话。爹和娘想尽了办法，割地赔款，托人劝说。看来，这儿媳妇国宝大熊猫一样，需要重点保护起来。水溜再次回到胭脂街的时候，已经是大雪飘飘的季节了。大墩骑着自行车，嘴里冒着热乎气，双腿快乐地蹬啊蹬。媳妇水溜穿着棉大衣，坐在车后座上，像个女皇驾驭着大墩这匹野马。

到了胭脂街街口，大墩的自行车与迎面跑来的彦妮对上了面。大墩躲避，车把一别，弯没拐好，连人带车就摔在了雪地里。大墩赶紧去查看媳妇的情况，水溜说，赶紧给俺追上那死崽子，俺的尾巴根被墩着疼呢。

两口子抬着自行车到了刘棉花家门口，想去兴师问罪。就听见刘棉花兴奋地喊："兰娥快生了。俺去找车上医院。"

大墩两口子互相看看，就有些蔫了。要不是生气，说不定他们的孩子也该生了呢。大墩说："先不进去了，咱也回家，做娃娃。一次做俩，一个丫头，一个小子。"

岳母冯季花的身体一直不好，天天用药陪着。兰娥上医院生孩子，也不能过去伺候。刘棉花一脸疲惫地回来说生了个闺女，冯季花还特意观察一下刘棉花的表情。男人都喜欢要个男孩，好传宗接代延续香火。冯季花看到刘棉花的脸色特别不好，阴得要命，就觉得这个姑爷有点重男轻女，话里话外就为兰娥争理。

冯季花几次叫老伴去医院看看，刘棉花欲言又止，推脱那边不用人伺候。郝兆玉下井上工一个萝卜顶一个坑，实在是抽不开身子。况且，女儿生孩子当爹的也帮不上忙，多有不便，也就没有坚持去医院。这天，听说当了姥爷，老郝头的兴致还是挺高。晚饭就叫冯季花炒了鸡蛋，自己烫壶烧酒，喝了几盅。

刘棉花抱着孩子回来了。

两老人都很欢喜，直接迎上去，四只眼睛都围在了孩子身上，抱着孩子这个亲这个啃啊。忙了一大气，却才发现女儿兰娥没跟着回来，就问刘棉花，兰娥咋没有出院。刘棉花的嘴撇了半天，终于忍不住"哇"的一声蹲在地上哭起来。

冯季花预感到事情不好了，问刘棉花到底发生了啥大事。刘棉花抹把眼泪，"扑腾"一下跪了下来，说："爹，娘，兰娥她快不行了。"

郝兆玉的酒盅"啪"的一声掉在地上，两老人直勾勾地对望着，半天也缓不过神来。



兰娥的去世，在这个平静的家庭里像发生了十级地震一样，叫人无法接受，一堆的狼藉看得人下不去脚，走不成路，喘不成气，却又不得不去面对着踩上去。郝兆玉的脾气火暴，在得知女儿去世的消息以后，扬手就给了刘棉花一个嘴巴，打得刘棉花眼冒金星。郝兆玉急得在屋地下直劲跺脚，骂道："你这个败家的男人，咋弄的啊？还俺的女儿来。”

冯季花卧床七八天，一直精神恍惚着。女儿活蹦乱跳地去了医院，生完孩子怎么就走了呢？不声不响地，这个屋子里，院子里，还弥漫着她响亮的笑声，她噘着小嘴的模样清晰在目。

做娘的肝肠寸断，卧床的日子里猛然又想起一宗事，前些日子来个算卦的先生。冯季花就花了五块钱，给女儿算了一卦。本意是算肚子里的娃娃是男还是女的。哪里想到先生闭眼掐算一下，摇头说，小两口的属相不合啊。兰娥属鸡，刘棉花属猴，俗话讲“鸡猴不到头”，看来这下真的应验了。

如花的女儿被这个刘棉花弄得鬼迷心窍，执意走出这步，如今撒手西去。这个可恨的刘棉花，个子不大，心眼不少。他糊弄老人说生米做成了熟饭，碍于女儿，郝兆玉和冯季花才勉强接纳这个刘棉花的。结果，一时的面慈心软，留下了后患，女儿竟被这个命硬的刘棉花给克丢了性命。

最可怜的是，两个老人去时，兰娥已气息皆无了，一口活气儿都没赶上。他们想不明白，一个大活人去医院时好好的，生个孩子怎么会把命给丢了？更想不明白的是，这个刘棉花为什么要隐瞒兰娥的病情，让兰娥走得这样让人揪心。郝兆玉和冯季花找不到原谅刘棉花的理由，他们把所有的责任都推到了刘棉花的身上。

刘棉花起初是不想让老人着急，以为兰娥会好的，谁承想，兰娥竟就这样去了。

兰娥的丧事办完后，两老人对刘棉花就变得生冷起来。刘棉花知道岳父和岳母记恨自己。初生的臭臭没有奶水，刘棉花得想办法。因为女儿丧命，大命换了小命，冯季花看到粉嘟嘟的孩子就想起了女儿来，揪心，看孩子也觉得不亲，就不再过来看孩子。刘棉花手忙脚乱，顾得了孩子就顾不了做工。孩子虽然没有饿死，可刘棉花的身子却是一刻也走不开。还有岳父岳母的脸色，叫刘棉花看了心里就凉半截。

这些还都是小事，其实对于刘棉花来讲更大的悲伤是兰娥的去世。兰娥初走的那些天，夜里，他一闭眼，就仿佛还守在医院里，还守在兰娥的身边，他眼睛红红的，眼泪干了。兰娥的手像一片叶子一样轻，握着刘棉花的手。她气若游丝的话却叫刘棉花震耳欲聋，叫他刻骨铭心。兰娥说："哥，俺跟你成夫妻，俺不后悔。俺不行了，俺最放心不下的，是俺的爹娘和俺的弟弟。你答应俺，照顾他们。不然，俺就是死了也闭不上眼睛啊……"

刘棉花一句话也说不出来，只紧紧地抱着兰娥的头。

当意识到兰娥真的走了后，刘棉花冷静下来，慢慢地接受了这个现实。他来不及有太多的悲伤，一大摊子的事情需要他去料理。

先是这个小毛头。

刘棉花买来了奶瓶子奶粉，他第一次冲奶，水烧得烫了，奶粉结成了面疙瘩。奶嘴子的眼儿小，臭臭喝不到嘴里去，饿得嗷嗷哭。总算哄好了臭臭，温好了奶，又掌握不好奶粉的量，臭臭喝多了奶，往外漾奶。看着孩子一口一口地往外吐奶水，刘棉花着急。晚上怕臭臭冷，盖得多了，结果臭臭的身子上起了很多湿疹，孩子"哇哇"地哭。刘棉花真的没有办法了，抱上孩子去看医生。

再是傻彦妮和两个悲伤的老人。

这些天彦妮知道家里发生了什么事情，跟着悲伤，可是也只是一刹那的感觉。其他时间，彦妮还是一如既往的快乐。最近的运气还是那样差，彦妮的玻璃球输没了，大人不再给他买了。彦妮一个人很郁闷，坐在院子乱嚷。刘棉花就给彦妮做了"红砖球"来玩。

一块砖头，砸碎，块就变小了。选接近圆形的砖块，刘棉花做示范，在石头上使劲磨啊磨。砖块在变小，红色的砖沫在纷飞，砖球很快就有了模样。彦妮笑了起来，"咯咯"的笑声格外天真。在耀眼的阳光下，刘棉花的目光就变得迷离起来。那是熟悉的笑声，是兰娥的。刘棉花甚至产生了错觉，觉得那是兰娥在天堂与自己对话。他不想叫兰娥消失，就拼命地磨啊磨。直到他把自己的手指都磨破磨疼了，鲜血点点滴滴流出来，惊呆了看热闹的彦妮。彦妮不笑了，刘棉花才从幻觉里回过神来……

开始两个老人经常进进出出，自己也不知道做些什么，有时走到一半就停下，又转了回去。后来有一天，岳父早上起来拎起镐头走到院子里，往手心里吐了一口唾液后，开始刨刘棉花和兰娥的房子。

刘棉花抢下郝兆玉的镐头，问为啥这么干。郝兆玉叹气，说："兰娥走了，你是外姓人，今后的日子咋过？咱爷们的缘分尽了。"

刘棉花发了好一会儿呆，说："爹，俺走，俺知道这个家不再是俺的了。可是，俺求你，这个小屋别拆。那是俺和兰娥共同建设的，那是俺最后的一点念想。你们留着，可以备点柴火装点杂物。俺答应过兰娥，你们二老和彦妮需要俺的时候，俺一定会管的。"

刘棉花走的时候，是那年的腊月二十三，小年。乡下的三哥套着马车在老家车站等着。刘棉花背着臭臭，把这个家里里外外收拾一遍。柴禾全都劈好了，码齐剁上。院子扫干净，米买好了，面也买好了。嘱咐两位老人多注意身体，嘱咐彦妮要多听话。

背着臭臭，踩着街道上花花绿绿鞭炮的碎纸屑，刘棉花回头看了一眼胭脂街，突然就在清冷的街头号啕大哭起来。

春天，大墩和媳妇在自己家院子墙根下种了牵牛花。开始，这墙根大墩娘是种了豆角的。豆角刚刚冒出了芽锥锥儿，水溜就叫大墩刨了种上了牵牛花。大墩现在被水溜改造得非常成功。水溜说东，大墩就不敢说西。水溜要大墩去撵狗，大墩就不敢去抓鸡。水溜摸清了大墩的性子，掐着大墩的嗉子就死命不松手，大墩尝过那么多苦，就彻底俯首称臣一蹶不振甘当媳妇的得力干将了。

大墩的爹和娘没有办法，拗了水溜的意思就等于叫儿子受苦。再说，水溜的肚子圆溜溜地鼓了起来，称王称霸就更加有了筹码。那里面是啥？那是老李家的香火。水溜的娘家人托人去拍过片子呢，里面还是两娃娃。俺的皇天爷啊，别人生一个娃还费劲，甚至像兰娥一样还搭上了一条大人命，水溜的肚子里可是两崽啊。一家伙生两崽，这样的壮举只能水溜和大墩有，当老的受点气也就值得了。刨了豆角就刨了豆角，种上花好。花能够养眼，天天看这样的景色，生出的孩子想不新鲜水灵都难。

一场春雨下得透，再加上水溜的娇宠，墙根下的牵牛花就肆意起来。招摇着爬啊爬，爬到彦妮家墙那面迎风怒放起来。

水溜给大墩一使眼色，大墩就明白媳妇因为花落别家不高兴了，于是勇敢地踩了梯子，上了墙头，才发现墙那边的花比自己这边开得灿烂多了，这还了得？在水溜的示意下，把一串紫色的喇叭提拎过来。腆着肚子的水溜在底下骂那些不知好歹的花骨朵，这群吃里爬外的货！说来也怪了，那些紫色的喇叭花朵特别不听话。绕来绕去，不肯回来。大墩急了趁人不备就翻墙而过，上了刘棉花的房去捉那些花。由于身子太重，走了几步一脚踩空，整个人从房顶直接掉到刘棉花做的那张床上了。

上房揭瓦的事在胭脂街是最忌讳的，任大墩怎么用捉花的理由来解释都是不通的。最终起了纠纷，房顶要修好，大墩免不了要破财了。扛了两捆油毡纸给郝兆玉送去，老郝头却不依不饶，非要大墩给修好。大墩只好自认倒霉，上房顶忙活起来。郝兆玉踩着木凳子往上递油毡纸。大墩就要接着了，郝兆玉却身子一歪栽倒在地上了。任凭大墩咋叫也不动地方。大墩蹲在房顶上急得直哭。

糯米粉做豆腐，这次算是粘了包了。大墩两口子愁眉不展，人躺在地上，不能看着等死。大墩朝四周围观的邻居作揖，请求人家作证。派出所来人调查，邻居们实话实说，都知道大墩私自上人家的房，踩坏了老郝家的房顶，郝兆玉要大墩赔偿。两家吵了好几天，大墩才同意买油毡纸给修房子的。正修着呢，就听见大墩的哭喊。大家跑来一看，就看见老郝头躺在地上翻白眼。

派出所说："你们先给看病再说。事情的真相慢慢调查。""真相？啥真相，这是秃子头上的虱子明摆着的事情，老郝头自己犯病了，跟俺们家大墩一点关系都没有。"水溜站出来讲话。

冯季花不那么认为，不管是如何得病的，现场只有大墩、郝兆玉和彦妮，郝老头不会无缘无故就躺地上翻白眼，多少都跟大墩有关联。问彦妮，彦妮不说话，就是愤怒地用手指大墩。傻子彦妮的一指更叫大墩和水溜两口子百口难辩了。人们都知道傻子是不会说谎的。

其实最近彦妮一直对大墩不满，最近，大墩逮住彦妮就狠命弹彦妮的脑瓜崩。他指大墩只是一种不喜欢的手势，他想告诉别人大墩总是欺负他。民警却不能明白个中缘由，不耐烦地对大墩和水溜说："你们俩现在的任务是治病救人。"

大墩背着老郝头到了医院，看着床上昏迷不醒的郝兆玉悲从心来。水溜也稳不住了，挺着大肚子坚持在第一线，就想早点脱离干系。其他病人的陪护都是病人亲属，有人就问大墩："你是他儿子?"大墩摇头，说："不是。狗才是他儿子，我倒是想做狗，成为他半个儿，可惜老东西一家不干，闺女命还搭进去了！死老头子，装神弄鬼吓唬俺。"

"咣！"大墩头上挨了水溜一巴掌。

打完了大墩，水溜的手停在了半空中，她由此受了启发。这老郝头家没有主事的人，冯季花身体不好，根本不能来医院。傻子彦妮那，你甭指望能够给自己说句公道话开脱一下。刘棉花！兰娥虽然死了，可刘棉花还在。

对，刘棉花，想到这她仿佛抓到了一根救命的稻草。水溜仔细地回忆了一下关于刘棉花的事。刘棉花是前年的腊月二十三小年走的，回来过几次，都被老郝头骂出了家门。一脸的伤心与不舍。咋骂也是一家人，那是不掺假的姑爷子。

水溜就赶紧叫大墩骑自行车去找刘棉花。大墩瞪眼："俺上哪去找他啊?"水溜竖眉毛："找不着就别回来见俺。活人还叫尿给憋死啊，鼻子下面有嘴，你不会打听啊。"大墩说："好，好，刘棉花！俺就是挖地三尺，也把你揪出来。"

大墩是骑着自行车出发的，先是找错了地方。一路奔波再折返回来，吃了三斤油条，喝了两瓢凉水，走到哪就拉稀到哪。自行车还摔下了沟里，车把摔扁了。大墩扛着自行车进了刘棉花所在的村子，找到刘棉花的家，刘棉花的家人说是上镇上去了。大墩这个气啊，自己刚刚在那个镇子上露宿了一晚上，又白跑了冤枉路。自行车是骑不走了，就丢到刘棉花家。出来就看到拉沙子的拖拉机，人家不停车，大墩就在后面狠命追。到了上坡，车速慢了，大墩就爬了上去。

此时刘棉花正忙着自己的终身大事。三哥说了，趁着孩子还小，赶紧再划拉一个媳妇，成了家，老娘就放心了。

说好了见面的地点，媒人就先回去了。留下刘棉花一个人等那个姑娘，姑娘还没来，刘棉花就四处闲逛。到镇上，先去理发店剪头。

进了门才知道，剪头要收一块钱的。刘棉花觉得不划算，讲价没有讲妥，就信步走了出来。

小镇的巷子很深，路边有个布棚子，有个老头儿在给人剪头。刘棉花问了，才知道这里剪头更便宜，五毛钱一个。刘棉花就坐下耐心地等。总算轮到刘棉花了，坐在那一开始剪就跟剪头的老头唠家常。唠着唠着，突然就见老头拎起推子剪子就跑，把刘棉花一个人丢在这。追赶老头的是三个男人，听他们骂是因为老头欠了他们的赌债。

刘棉花等了半天，不见剪头的老头再跑回来，只好抖擞干净脑袋上的头发茬子，解下那块脏啦吧唧的围布，慢慢往回走。人家相对象的姑娘该来了。走在街上，不断有人低声笑，边笑还边瞅自己。刘棉花就纳闷了，附近一家店铺里有镜子，过去照了，才知道自己脑袋是个阴阳头。这么去可不成，非吓跑了人家姑娘不可。刘棉花知道时间来不及了，就狠心在供销社买了顶帽子戴上。

一辆拉沙子的四轮拖拉机从路上经过，刘棉花避开。就见拖拉机上突然掉下一个人来，吓了刘棉花一跳。那个人喊："刘棉花，你叫俺找得好苦。"刘棉花辨认半天，才看清楚了是大墩。大墩从地上爬起来，揉屁股，冲刘棉花说："刘棉花，你爹快不行了，赶紧去看看吧。"

刘棉花瞅着大墩一副不要命的样子，笑了："俺爹早没了。"大墩跺脚，说："俺说的是你老丈人，老郝头，明白没？在医院呢，翻白眼了，要吹灯拔蜡了。"

这一年多，刘棉花基本调适好了悲伤的心情。女儿臭臭由娘和嫂子帮忙带着，也叫他省心了。回过胭脂街几次，岳父和岳母的态度很叫人心寒。刘棉花知道老人的心思，他们怕刘棉花卷走了郝家的家业。其实也没有啥，几十平方米的平房，屋里的摆设也很寒酸，刘棉花并没看在眼里。老人这样想，虽然情有可原，可是也确实伤透了刘棉花的心。当初"嫁"进这个家门，刘棉花是看中兰娥这个人，并不是看中家业有多大。

郝兆玉心里有自己的小九九，他有个叔伯兄弟，家里人口多，三个儿子，一直想把三侄子过继给郝兆玉。郝兆玉和冯季花是这么打算的，老两口倒不用侄子管，主要是惦记缺心眼的彦妮。百年之后，两老人不在的时候，彦妮咋办？这房产物业给了侄子，希望侄子到时候能够给彦妮一口饭吃。干的也好，稀的也好，只要能够吃口热的，下雨下雪有个地方躲避就成。姑爷虽然是以上门女婿的身份招进来的，可是，老人们当初并不同意。毕竟是外姓人，羊肉到啥时候也贴不到狗身上。还是自己这边的亲属知根知底，一笔也写不出两郝字来。

过继的事，老人们在一起商量的差不多了，孩子也同意了，逢年过节，侄子就送来两包点心，尽一下孝心。就算是板上钉上了钉子的事了，就是一直没改口。

现在，有事了，冯季花托人捎信给郝兆玉的侄子，说了郝兆玉在医院抢救的事情。那边紧急磋商，回话说，过继的事情侄媳妇临时不同意了。冯季花一听，眼一黑，就全都明白了，亲情淡如水，靠山山倒，靠水水流。人的命，看来真是天注定。老头子的生死就看他自己的造化了。

刘棉花是郝兆玉住院的第三天到医院的，马上找大夫询问了病情。一听就知道了岳父这病跟人家大墩是没啥关系的，就撵大墩回家了。大墩站了半天，感动得眼泪哗哗流，从衣兜里掏出一百块钱来，说："这是俺家的一点心意。你收下吧，俺就当破财免灾了，就当俺上辈子是老郝头的姑爷了。"

冯季花到医院来，推开病房看到刘棉花在给郝兆玉擦脸，以为看错了人，半天才缓过神来。刘棉花说："俺直接来医院了，没来得及去家里看望您呢。这次来得急，也没有从家带啥来。"

冯季花不知所措，嘴里喃喃地说："他姐夫，你能够来就好，就好。"

刘棉花咨询了大夫，岳父能够醒过来的概率不大。就是醒了，也只能躺在床上，植物人一样活遭罪。刘棉花当即表态，只要有一分希望，就一定不会放弃。这些天，就不用冯季花守在医院里了。刘棉花在岳父的床边打个地铺，就睡在冰凉的水泥地板上。冯季花有一次来的时候看到了，心疼得不知道说啥好。她回家给拿了一条旧毛毯来，嘱咐刘棉花别睡凉地，以后会留下病的。刘棉花大大咧咧地咧嘴一笑，说："娘，俺年轻火力旺着呢。睡地上有睡地上的好处，俺跟彦妮学的，睡觉好打把式。睡在水泥地板上，就不用担心掉床下去了。"

冯季花苦涩地笑了笑。这样的玩笑话她已经一年多没听到了。以前在一个屋檐下过日子，觉得这个姑爷有点贫。可是，一年多时间看不到这个姑爷，院子里就少了很多生气。还有兰娥和刘棉花的女儿臭臭，现在该会满地跑了吧。说起这些事情，冯季花的心里就像打翻了五味瓶一样，啥滋味都有。看着病床上一动不动的老头子，冯季花叹口气，心说："他爹啊，俺一辈子都信你的眼光，这回，你真的看走眼了。姑爷是好姑爷，咱闺女选的没错。老东西，你要是不信，就别走。不走，醒过来，就能够看到孩子的一片心思了。"

刘棉花知道岳父平时爱听豫剧，就花钱买了一台新的收音机来。放在岳父的枕边，给岳父放广播听豫剧。没事了就在岳父的耳朵边上喊几声："爹，爹，醒醒啊。"

刘棉花睡地板，一直睡了八天。第八天早晨，刘棉花发现岳父郝兆玉的手指头动了一下。接着，就看到了两大颗泪珠慢慢滚出了眼眶，在瘦弱的脸颊上滚下来，留下一道幸福的印痕……

日子像流水，不管发生了什么事情，都不会停下脚步。转眼，郝兆玉出院了，在家静养。按照大夫的说法，郝兆玉的恢复简直是个奇迹。

刘棉花安顿好了岳父，回老家一趟。不回去不成，三哥赶着马车来了，进门就鼻子不是鼻子脸不是脸的数落一顿不懂事的弟弟。人家相亲的姑娘在镇上等啊等，刘棉花的影子都没见到，一赌气回去了。娘跟着着急上火，全村老少全部发动起来，满世界寻找刘棉花。最后，还是三哥猜到了，这个一根筋的傻弟弟一定是到他岳父家里去了。

刘家开了次家庭会议，主要是批判刘棉花。郝家的事情，大家都知道了。老郝头这一卧床不起，全家的支柱就倒了。老太太不能劳动，天天吃药，身体很差，傻子弟弟彦妮，那更是不省心。刘棉花这个时候要是插手，那就是傻子一个。不能眼瞅着前面是火坑还要往里跳，再说，当初郝家是怎么对待刘棉花的，谁的心里都有数。

刘棉花一直低着头不说话。

早晨起来，刘老太太到刘棉花这屋看了。行李卷不见了，人也不见了踪影。她愣了愣，明白了他去哪了，没去追赶。

胭脂街的夏天格外地热。郝兆玉的脾气也像天气一样，在逐渐升温。都是无理取闹，不是嫌吃的不好，就是怪不给自己穿鞋。冯季花气得不理睬老伴，瘫在床上穿鞋子也没有用处，这是诚心在刁难人。

刘棉花啥也没说，去供销社就给郝兆玉买来了新鞋。刚穿上新鞋，郝兆玉就开始嚷嚷吃冰棍。冰棍买来了，郝兆玉却说要吃小豆的冰棍。刘棉花跑了几家冰果店，都没有卖小豆冰棍的。听说城北有专门卖小豆冰棍的冰果店，刘棉花就骑着自行车去买。买到了小豆冰棍，刘棉花就赶紧往家赶。天气热，一会儿冰棍就变软了，要化了。刘棉花心里着急，举着冰棍，脚下就使劲蹬自行车。

路边突然飞出了一只受惊吓的公鸡来，“嘎嘎”地一叫，刘棉花吓一跳，赶紧刹车。惯性大了，车子刹住，人却摔了下来。这下摔得好惨，脸都破了皮。刘棉花的手却始终举着，怕冰棍掉到地上。

路边一个戴眼镜的老头看见了这一切，过来询问刘棉花的情况。刘棉花一瘸一拐地起来，连说：“没事，没事，只要冰棍没摔丢就好。”正说着，手里的冰棍就流成了水。刘棉花急得直跺脚，连声骂：“哪来的该死的公鸡！”

戴眼镜的老头笑了，说：“小伙子，不就几根冰棍吗？”刘棉花瞅一眼老头，说：“你知道啥啊。这是小豆冰棍，全城就这有卖的。俺家老人生病在家，就想吃这口。”说完，刘棉花把融化的冰棍扔掉，推起自行车就走。老头在后面喊：“小伙子，干啥去？”刘棉花瓮声瓮气地甩给他一句：“重买。”

老头就在身后笑了。

刘棉花在砖厂做工，在砖窑里出窑，顶着高温在干活。砖厂外面突然来了辆汽车，有人说找厂长的。不一会儿，厂长就过来喊刘棉花，说：“刘棉花，你收拾收拾，回家吧。”

刘棉花愣了，说："俺也没有犯啥错误啊。为啥开除俺？"厂长笑了，说："不是开除你，是俺这私人的小砖厂养不了你这富贵人。你被煤矿领导看中了，人家要你去煤矿上班呢。"

刘棉花抬头看看，才发现车上坐着的正是那天那个戴眼镜的老头。老头笑呵呵地："刘棉花，还认识我吗？"

啥人有啥命，刘棉花的几根冰棍彻底转变了他的命运，到矿上接岳父的班，是那个戴眼镜的老领导的意思。刘棉花当然愿意干，有了正式的班上多好。岳母冯季花的身体也恢复得不错，彦妮越来越懂事听话了。刘棉花把彦妮还送到附近的学校去上学，只是彦妮一到课堂上就睡觉，真是学不进去，只好作罢，领了回来。

郝兆玉的脾气还是时好时坏，刘棉花知道老人的心意。这年的中秋节，刘棉花去派出所，把自己的姓氏改成了郝。拿回户口本，交给了老人看。郝兆玉嘴巴撇了半天，终于"呜呜"地哭了起来。孩子的心思真的不差，是俺老郝头难伺候。

这年的矿上有一批扶助贫困户的名额，领导首先想到了刘棉花家里的实际情况，找刘棉花谈话。刘棉花想都没想就推荐了邻居大墩。刘棉花现在和大墩一个车间，干一样的活。大墩有点不喜欢刘棉花，还记恨刘棉花当初夺走兰娥的事情。水溜生了双胞胎，两小子，长得都像大墩。水溜身子胖，却没有一滴奶水，两孩子都要喝奶粉，大墩的日子变得艰难起来。

刘棉花的意见感动了老领导，回家跟家属说起这事来，还感觉很感慨。大墩和媳妇水溜早都稳不住了，生怕名额被别人争去。买了两盒子补品来给老领导送礼。

老领导打开礼品盒，一看就笑了，说："你个大墩都学会送礼了啊？"大墩嘿嘿笑，说："俺的一点心意。"大墩和水溜还在老领导面前说了刘棉花很多坏话，都是两口子晚上现编的。水溜知道，刘棉花是大墩的最大竞争对手。只有打败了他，名额才能稳当了。老领导皱眉，说："这次车间的扶助名额确实落实到你们头上了。可是，你们知道是谁把这个名额让给你们的吗？"

大墩和水溜都摇头。老领导叹口气说："是棉花。"

两口子就都蔫了。大墩和水溜去刘棉花家串门，想赔礼道歉。却见刘棉花正在给郝兆玉擦洗大便。屋子里一股难闻的气味，刘棉花做得很仔细认真。大墩和水溜面面相觑，丢下两包月饼就回去了。

水溜结婚三年，第一次进了公公和婆婆的小屋。水溜说："爹，娘，今年过年，咱家也像刘棉花他家那样，搬到一起过吧。"

老墩在给大墩娘端洗脚水，听儿媳妇这么说，脸盆"当"地一下就掉地上了。眼泪疙瘩砸到脚面子上"噼啪"作响。

新年的脚步不知不觉间就来到了胭脂街。

外面的鞭炮声时隐时现，刘棉花张罗贴春联。彦妮跟着抢，刘棉花只好由着他，一会彦妮跑回来自豪地喊："俺贴上了。"刘棉花表扬："彦妮真行，哥给你剁饺子馅，过年吃牛肉馅的饺子。"

正说着，外面传来大墩的喊声："谁家往俺们家大门贴春联？"

刘棉花皱眉看彦妮："贴人家大墩家大门上去了？"刘棉花出去跟大墩说："是俺弟贴错了。要不，把你家的春联给俺换过来？"大墩呼呼喘着粗气，手里举着抹完糨糊的春联，喊："咋换？上联在你家，下联在俺家。"

屋子里郝兆玉躺在床上看着一家人忙碌，看这个姑爷忙里忙外的身影，想着每个夜晚给自己按摩的那双手，泪水就漫上来，禁不住流下两行。人老了特别是病了，心也弱得如小孩子一样，爱哭。

刘棉花给郝兆玉穿新的棉袄："爹，过年了，你老人家得乐呵的，你乐呵了，全家都高兴。彦妮，也给你做新衣裳了，别生气了，你贴得很好。比大墩强百套，大墩去年把'肥猪满圈'贴炕头上了呢。被他老婆追着打。"

彦妮嘿嘿笑起来。

郝兆玉叹气："唉，早死早托生，也省着给你们添乱。"

刘棉花安慰："爹咋不说点吉利话，大过年的。大夫说了，你的腿会好的。俺给你按摩的时候，手重，你都知道疼了。疼，就是有感觉了。过了年，一开春，天气就暖和了，爹就会走了呢。"

冯季花招呼："包饺子，老东西，别扫兴。就不会说点好听的啊。"

彦妮拿着擀面杖不撒手，冯季花夺不过来，刘棉花拿出一枚一元钱的硬币，大声地宣布："咱老家有这样的说法，除夕的饺子里包上硬币。谁吃着谁就最有福。彦妮吃了，长心眼。爹吃了，就能够走路了。"

刘棉花把硬币包了进去，在饺子边上做个记号，捏个花边。彦妮也拿出一枚硬币，非要包进去。冯季花拗不过，只好包进去了。

外面的鞭炮声响了起来。

郝兆玉和冯季花穿戴整齐，全家在吃饺子。刘棉花偷着把那个饺子放在盘子里，把饺子朝着郝兆玉放。彦妮几次伸过筷子来夹，都被刘棉花巧妙地挡住。拉着彦妮到桌子这边来吃。彦妮拿筷子乱捅一气，就是想吃到包进硬币的饺子。

刘棉花给郝兆玉拜年，正规地跪地下："爹，娘，儿给你们二老拜年了。"

郝兆玉老泪噙住，拿起筷子："孩子，起来吧。吃饺子，都吃，都吃。棉花你也吃。"

郝兆玉把那个饺子夹起来，想给刘棉花。刘棉花拦住："爹，你吃，俺这还有。你吃。你吃。"

冯季花看郝兆玉："孩子叫你吃，你就吃呗。"

郝兆玉把饺子放进嘴里，"硌嘣"一声咬住，全家人都去看郝兆玉。郝兆玉慢慢吐出那枚硬币来。轻轻放在桌子上，刘棉花笑了："爹，你看，俺咋说哩，爹最有福气，是不是？俺说准了。爹，开春你就能够下地走路了，想不走都不成，这是菩萨的意思。是不是？"

彦妮着急了，继续寻找饺子，使劲往嘴巴里塞。冯季花说："慢点，咽下去再吃。"



郝兆玉老泪纵横，看着硬币，看着刘棉花："儿啊，爹服了，爹服了你的一颗孝心了。"

刘棉花懵了。

郝兆玉擦眼泪："没事，没事。今天过年了，俺心里高兴，高兴才会掉泪。这些年，苦了俺儿，难了俺儿，爹不糊涂。爹瘫在床上，爹的心里亮堂着呢。这钢镚儿，爹是不该吃到的。可是，俺也想，俺不吃，就枉费了俺儿的一片心啊。”

几个人面面相觑，刘棉花：“爹，你都知道了？”

郝兆玉点头说：“爹知道，爹就是烂在这床上，也明白俺儿的一片孝心啊。棉花有你当俺儿，这辈子爹没白活。难得你的一份苦心，爹明白了。本来，爹都放弃了，觉得自己是个累赘。活着只能给儿女添乱。现在啊，爹想开了，活着就乐乐呵呵的，俺儿，你放心，爹一定下地走路。”

刘棉花激动点头。

彦妮满嘴是饺子，突然高兴地咬到硬币，含糊不清地喊着：“吃到了，吃到了。”

彦妮费劲地往下咽，突然翻了白眼，噎住了。冯季花上去一砸，彦妮顺畅了。

刘棉花问：“钱呢？”

冯季花：“啥钱？”

刘棉花：“彦妮说吃到了。”

彦妮哭了：“咽下去了。”

刘棉花在门口披着大衣，彦妮蹦来蹦去的，一会儿钻进了茅房，刘棉花在外面喊：“拉没？”里面是彦妮的回答：“没。”

半天，里面的彦妮问：“哥，在没？俺害怕。”

外面的刘棉花跺着脚：“在啊，在啊。你过一会儿就喊一声。”

里面彦妮的声音：“哥，钱会在肚子里下崽吗？”

刘棉花哆嗦着回答：“把你能的，你是银行啊，还能拉钱。你要是能够拉钱，哥就不用上班去了。天天喂你钢镚儿，在你屁股后面等你拉钱。吃一块拉一块一就行。”

茅房的门被彦妮撞开，惊喜地喊：“哥，拉出来了。”

正月初一，彦妮从外面端一脸盆进来，里面是两条活蹦乱跳的金鱼。刘棉花忙把闲置起来的鱼缸清洗干净了，拿到郝兆玉和冯季花的房间里，盛满清水，把金鱼放进去。两条金鱼都是红色的，长长的尾巴，鼓着好看的眼睛在水里游啊游。

看着这两条鱼，水里就映出了兰娥的笑脸来。刘棉花突然长舒了一口气，那是一股清新的气息，叫刘棉花感觉从来没有过的清爽。

门外有人敲门，彦妮给开了，门口站着一个姑娘。彦妮不认识，瞅着她嘿嘿傻笑。姑娘问彦妮话，彦妮也答不出。刘棉花起身出去，也不认识，就问："你找谁？"姑娘舒了一口气，笑了，说："我找你。"刘棉花发起呆来，那姑娘继续说："我就是想来问问你，你有什么了不起的？"刘棉花更懵了。姑娘说："我叫刘芬芳，去年咱们相亲。我等了半天，你连声招呼都不打，就跟俺黄了，俺越想越气，所以今年来问个明白。"

刘棉花瞅瞅屋子，小声说："嘘，你等会，俺给俺爹盖上被子就出来说。"

刘棉花转身进屋，姑娘刘芬芳忍不住"咯咯"一笑，那笑声，像极了兰娥。刘棉花愣了一下，他看到了鱼缸里那两条鱼儿，正在幸福地游来游去。

# 幸福的腊月

派出所所长老牛姓牛，也属牛，身上有一股牛脾气。按乡里侯秘书的话说，老牛是软硬不吃，办事差劲，谁也整不了那一伙的。

这话侯秘书不是说着玩的，候秘书知道乡长打心眼里烦老牛，说老牛一堆一块没有个官相。也难怪人家乡长说这话，老牛的长相是有那么点困难。本来四十六岁的年龄，冷眼一瞅倒像是六十四岁的。平时不老实地在派出所待着，净整些“微服私访”的事给乡里惹麻烦。别的不说，就说去年冬天，这牛所长愣是把乡里公路边上的饭店给一窝端了。端就端吧，老牛竟然对乡里保密，还不准派出所的干警开手机。一切行动由他说了算，把县局的刑警都整来了。老牛一声令下，警察“呼啦”一下子就把饭店给包围了。这回倒好，来个关门打狗，小姐逮起来不少，还搂草打兔子，捎带着把乡书记也摁到被窝里了。

乡书记平时挺威风的，讲话从来不打草稿，咣咣咣能整三个小时不带打眼的。乡里的会上，乡书记讲完腐败讲廉正，把全屋子的人讲迷糊了，他还能继续讲下去。乡书记讲话讲到动情处，最爱这样语重心长地拖着长声说：“同志们啊同志们。”这个时候，大家就正襟危坐，被乡书记营造出来的痛心疾首感染了。可现在乡书记自己光着屁股让老牛给堵住了，乡书记就有些痛心不起来了，乡书记给老牛使眼色，对冲上来的警察说：“同志们啊同志们，误会啊误会。”所长老牛公事公办，听不见书记的暗示，“咔吧”一下子就把书记给铐上了。后来怎么样了？老牛可做绝了，乡书记被整到县里去了，一查不得了，乡书记不只有嫖娼这点事，还有贪污的事也被查了出来。乡书记被撤职了、法办了，乡里的饭店罚款了、整顿了。乡里没有书记，只剩下乡长两把扇子一个人扇了。

老牛回到家乡当所长两年不到，名气就大了，背后骂老牛夸老牛的人就多了。老牛不听那一套，每天背着手下到各村子去逛。往派出所打电话，根本找不着他的影子。乡长找老牛谈过话，气氛很融洽。乡长表扬老牛能干，为乡里的经济建设保驾护航做得好。老牛一直不言语，蔫吧笑，笑得乡长心里没底，频频敬酒。老牛推开酒杯扬长而去，甩下一桌子人大眼瞪小眼。侯秘书说："这老牛头敬酒不吃吃罚酒，到咱这一亩三分地还想弄事啊。乡长，你说这事咋整？"乡长说："闭上你的臭嘴，赶紧撤退。"亏乡长神机妙算，老牛真给县里纪检部门打电话了。要不是撤退得及时，老牛又让乡长难看了。

老牛的名声从此就更臭了，牦牛沟乡的很多干部达成了共识。认为老牛这个老东西，专跟乡里的干部作对呢。大家都纳闷，是谁这么有眼色，把蒸不熟煮不烂的老牛调到牦牛沟派出所来的。一调查才知道，敢情老牛是有了心脏病，怕乡下的老伴照顾不过来，才被县局弄到这里来的。自从他们知道了老牛是有心脏病的人，就都开始说老牛有病了怎么还天天弹哒腿。还捞那份闲心，如果不捞那份闲心了，乡干部们的日子就好过了。最起码，该安排的饭局敢安排了，不至于偷偷摸摸，要不就到食堂去吃白菜炖豆腐了。也有忍无可忍的干部告老牛的状："怎么了这是？不就一派出所的所长吗？又不是廉政公署，他管得着吗？他一来，哪是维护社会治安啊，简直是在破坏生活秩序，正常的工作都开展不起来了。"

实际上老牛才不爱多管那份闲事呢，抓乡书记是瞎猫碰上了死耗子，可以这样说吧，自从老牛回老家派出所当上了所长之后，社会治安倒不一定有多大起色，可有目共睹的是干部的廉政建设比以往有了很大的转变。公款吃喝的少了，饭店的小姐走光了，老牛佝偻着有点罗锅的身子在街上一走，个别的人心就突突一阵。

辽西的冬天来得猛，西北风飕飕地一刮，就把腊月生不愣地刮到了眼皮底下。每年的这个时候，派出所已经没啥大事了，今年不行，原因是晴天一声霹雳响，来了老牛当所长。老牛这个所长当得跟别人不一样，别人是守着派出所等电话来报案。老牛却带领大家下去满世界划拉案子。派出所的吴胖子体重二百多斤，整天被老牛指使得嘀溜转，脚丫子直打后脑勺，累得呼哧呼哧喘粗气。老牛干巴拉瞎的体格，整案子却很有一套，治理完餐饮娱乐就开始抓聚众赌博。牦牛沟人有“猫冬”的风俗，不管有没有钱，冬天都是一个屋干待着。有在外面见过世面的人回来就拿着麻将玩几把，这一玩就星星之火可以燎原了。走进牦牛沟，不管是八十老叟，还是五岁幼童，嘴里谈论的都是中发白杠后呲花之类的麻将术语。老牛在派出所就急了，说：“一定给我整住，谁要是再敢赌钱，往县局送！”

老牛说干就干，玩麻将的就由公开转为地下，跟派出所捉起了迷藏。哪想到，老牛更有经验，在各村贴出公告，谁要是举报有玩麻将的，而且能被派出所抓住的有奖金。这下老百姓可都收敛了不少，麻将玩不成了，都聚到一起骂老牛。还给老牛起个外号叫“牛罗锅”，老牛的家就住在牦牛沟沟里，不久后院的柴火垛还莫名其妙地着了火。老牛坐着吉普车赶回来，对哭天抹泪的老伴说：“火烧旺运，咱的日子越来越好了。”老牛的一番话，把伤心的老伴逗乐了，擦擦眼泪说烧了就烧了吧，没有柴火咱烧煤，反倒省了不少事。

这个腊月，老牛把一个乱糟糟的乡给弄肃静了。每年的腊月，村里的小偷小摸事件不少出，家家连杀完猪的猪头都不敢放外面。一不留神，猪头就被人拎走了。派出所有案可查的，牦牛沟共丢猪头十二个，黄豆六麻袋，鸡一百二十只，鸭八十只。狗就更惨了，本来是看家护院的，可现在倒好，连自身都难保了。前年一腊月，牦牛沟乡的狗被斩草除了根，一条都没剩被小偷偷走了。老牛有招法，派出所甭管老少，都下去包片包点，警力不足也有招，各村家家要出人，组成治安联防队，晚上巡逻。这下可好，浩浩荡荡的巡逻队整夜巡逻，小偷就绝种不敢露影了。出来几个也一一被抓，有个小偷事后回忆说：“‘牛罗锅’那帮瘪犊子，抓住了往死了揍啊。”老牛其实也没这么吩咐，可手下的民警气不过，认为跟了老牛这样的所长挨这份冻太不应该，那帮巡逻队的人员都是年轻的小伙子，本来是应该坐在热炕头上打麻将的。可麻将不让打，还要在天寒地冻的冷风里转圈抓贼，心里有气，就集体骂“牛罗锅”。骂解决不了实际问题，逮住贼就使劲揍贼出气。

这样一来，反映老牛问题的人就多了。小偷们说老牛乱用私刑，让人专往卵子上踢，踢一脚就发一回昏呢。好玩麻将的麻仙们都说老牛私自罚款，老牛抓赌，老早就准备一条花布口袋，进门就把桌上的钱往花布口袋里划拉，恶劣至极。麻仙们一直抗议老牛的这种行为，集体要求县局出具罚款用的正规发票，最好要那种带刮奖的。县局到乡里了解情况，乡长就笑，这事不好说，我是地方官不假，可人家牛所长另立的门户，谁也不敢去惹他。我们牦牛沟乡跟从前不一样了，原来是清清的水蓝蓝的天，现在……乡长欲言又止意味深长。

不久，又发生了两件事情，所长老牛的所长宝座真的晃荡了。

老牛办事就是好较真，开车守在村庄通往山上的必经之路上。只要是拿着烧纸和供果上坟的村民，甭管是谁，一律劝返，说是避免森林大火。缸碗沟刘老六带着老爹给祖宗来上坟，被老牛给堵在了路口。刘老六仗着自己在十里八村有些威望，死缠烂打，非要上坟烧纸。

老牛是软硬不吃，你有欠条妙计，我有蔫吧主意。气得刘老六只能瞅着大山的方向不干不净地哭骂：“娘啊，苦命的娘啊，我和我爸来给您送钱，你孙子就是不同意啊！”

老牛知道这是在骂自己，可是工作丝毫不能马虎。刘老六的老爹年岁不小，一股急火，一下子晕了过去。老牛赶紧开着警车把老人家送到县医院抢救。这下刘老六就抓住了老牛的小辫子，到处去告状说是派出所的老牛把老爹气得犯了病。

这件事情还没消停下来，老牛又出了事。

老牛这人，热心肠，专爱做保媒拉纤的事。去年老牛回到家乡当所长，就遇见缸沟的光棍保仓来报案。保仓四十四岁，想媳妇想出了毛病。老娘也到处给儿子找媳妇，开始还要求这要求那，后来条件放宽到只要是女的就行了。去年腊月，村里来了一位算卦的老头。老头进了保仓家门，就说保仓腊月要动婚了。保仓和老娘都挺高兴，七个碟子八个碗的伺候老头。老头要这要那，最后说，那大姑娘就是他侄女，这次他就是出来给侄女找对象来的。被媳妇冲昏了头脑的娘俩就相信了老头的话，老头钱没少划拉，终于说侄女就在二十家子集上卖挂历，腊月二十三小年就到集上相。老头给娘俩吃定心丸，说尽管放心，侄女听他的，他看好的女婿错不了。保仓很兴奋，他老娘还是加了小心，老娘嘱咐老实人保仓，一定要见着姑娘才肯放老头，不然的话一定要看好了他。

保仓跟老头上集相亲，老头不断地要这要那。保仓一心想见着老头的侄女，尽量给老头买。老头买够了东西，指着一个卖挂历的姑娘说："那就是我侄女，我先过去跟她说说。一会儿我叫你，你再跟他谈。"保仓隔着二十米盯着老头。老头过去拍了一下姑娘肩膀说："大侄女，卖挂历呢？"姑娘见来了顾客，就笑着说："大爷，你要买挂历？"老头说："我跟你商量个事，有个人想多买你的挂历，你便宜点咋样？"姑娘高兴说："他在哪呢？"老头指保仓，大声说就是他。姑娘看了保仓一眼，笑了笑。保仓慌忙跟着点头笑。姑娘说："大爷，那他出的啥价啊？"老头问："你这挂历卖多少钱一本？"姑娘说："十五块。"老头说："这么着吧，我也不少给你，五块一本给你包了。"姑娘瞪大了眼睛说："大爷，五块钱一本我进都进不来。"老头冲保仓招手，保仓乐颠颠地跑过来。老头冲姑娘说："我说的这事你们再好好谈谈，人我是给你带来了。"老头冲保仓使眼色，保仓就美滋滋站在挂历跟前等姑娘说话。姑娘很忙碌，偶尔冲保仓笑笑，保仓也跟着笑。时间一长，姑娘就冲一直傻站着的保仓说："那个价肯定不行，五块一本我真的进不来。你要成心要，十二块一本行不行？"保仓就彻底傻了。再找老头，老头早没了踪影。

案子报到老牛这，老牛就"扑哧扑哧"笑："牛保仓啊牛保仓，你都傻透腔了你。案子先搁这，对象的事你先别着急，我慢慢给你拉咕。"保仓骂："操，敢情你饱汉子不知道饿汉子饥，我都四十四了，比你小两岁，你连孙子都快抱上了，我这连媳妇还没见着影呢。"保仓跟所长老牛是本家兄弟，心眼太憨太实，家又穷媳妇不好说。老牛治理麻将风，顺便找关系弄贷款，帮助不少家庭扣起了暖罩大棚，为了照顾这么个憨人，给保仓也扣上了。听说，保仓人是不咋精明，可整蘑菇有两下子。去年一个暖棚蘑菇，挣了五千来块。老牛办案，在缸沟打听到一个寡妇，能养猪，过日子是把好手，想走道找家人家。可带着俩孩子不好找，一直没有遇到合适的。牛所长就想起保仓来了。

老牛跟保仓说了寡妇的条件，保仓嘿嘿笑，说："哥，你的好心我领了，寡妇我不要。"老牛就急了，说："保仓你别不知道好歹，寡妇咋了？寡妇干啥都有经验哩，省得你笨找不着大门哩。还有俩孩子，过门就当爹，省着你费劲了。"保仓摇头："去个屁的吧，费劲我也愿意，寡妇我是高低不要，道都让人家出溜够了，可惜了我的新鞋了。"保仓态度坚决，让所长老牛起了疑心。经查，保仓花一万五千块现钱，从人贩子手里买来一个十七岁少女，已经秘密跟保仓有了孩子。老牛回去后，抽调警力，顺藤摸瓜，揪出了一起特大拐卖人口案。

辽西民间有俗语说："腊七腊八，冻掉下巴。"那两天是最冷的，保仓出大门口的茅房撒尿，就被几个警察控制住了。老牛带领警察冲进院子，成功地解救出被拐卖少女。保仓的老娘冰天雪地里给所长老牛就跪下了，说："你是俺侄子，就让俺儿媳妇生下孩子再走吧。"所长老牛挥手冲警察说："赶快走。"警车冲出村落，手拿铁锹镐头的乡亲就把院子围上了，所长老牛正义凛然地着群众说："谁敢阻拦，谁就是犯法！"

群众被老牛的气势镇住了，没有敢上前的。只有保仓的老娘像狼一样绝望地嚎了起来。保仓老娘也住进了医院，这下可好，不管老牛是不是依法办事，工作上还是出现了瑕疵。这个所长被撤换了下来。

接替老牛当所长的是武小飞。

武小飞一上任，牤牛沟乡路边的饭店马上又出现了一片歌舞升平的喜人景象。老牛不当所长了，丝毫没有影响他办案的热情。武小飞刚来头一天晚上，值班室里电话铃声大作。群众报案称：缸沟寡妇难产。武小飞喊吴胖子上车，老牛也跟着拱了上来。武小飞说：“老牛同志，我们俩去就行了。”老牛说：“缸沟我熟，赶快开车吧。”在车上，老牛打听案情，对武小飞接到的报案产生了怀疑。老牛说：“寡妇哪能难产呢？准是寡妇家的老母猪难产了。”

真让老牛给猜对了，不是寡妇难产了，是寡妇家的老母猪难产了。吴胖子扎撒着手面对着在血泊中挣扎的老母猪，不知道该怎么办了。武小飞也蒙了，老牛捋胳膊挽袖子就进了猪圈。一个两个三个，老牛从老母猪的身体里摸出了八只猪崽来。摸出来的猪崽由吴胖子用胖乎乎的大手捧着，一直捧到了炕头上。武小飞看了一会儿满手是血忙活的老牛，也蹦下了猪圈，说：“所长，剩下的我来接生。”老牛笑：“哪还有啊，猪娘们的肚子都瘪了。”

从寡妇家回来，武小飞管老牛就不叫老牛同志，仍然叫所长了。老牛也不客气，叫就答应。所里的干警见新所长这么叫，也就跟着叫了。这样一来，牦牛沟乡派出所就有了三个所长，一个正所长，一个副所长，还有一个编外所长老牛。乡里的一些干部对此很气愤，可也都无可奈何。武小飞有些事情很会圆滑处理，有时候也劝老牛别太钻牛角尖。大的原则要坚持，小来小去的只要没产生啥恶劣影响，就睁一只眼闭一只眼过去算了。比如老兵许志国的事情，就要采取压事的态度，别往上捅了。人别的乡别的派出所都能争来先进当当，咱总是曝光，也是给自己的脸上抹黑呢。

编外所长老牛想想也是，说：“小飞，你看着办吧。只要许志国不找我，我是不会多管闲事的。”武小飞点头，庆幸自己终于做通了老牛的工作。门偏在这个时候就开了，老兵许志国进来了。进来就给老牛跪下了，哭着说：“乡里不让我活了。”武小飞一咧嘴，心想真是怕啥来啥。

老兵许志国的事闹得有一段时间了。许志国去年住进了政府“送温暖献爱心”建的小屋，按说应该是件好事情。可住进去后才发现，省里下拨的钱到乡里给打了折扣，房子偷工减料严重，到了冬天屋里冷得像冰窖。许志国参加过抗美援朝，在冰天雪地里都能战斗，岁数大了却忍受不了冷屋子了。这让乡里的一些干部很不满，人心要是不知足，那就没办法了。住不惯你再搬回去呗。可许志国搬不回去了，儿子和儿媳妇把守着大门，任你多么厉害的冲锋都给你无情地挡回去。许志国只能住有爱心没温暖的小屋了。

乡干部为了给许志国一个下马威，给许志国停了半年电，要不是老牛给垫上了电费，许志国的电还得一直停下去。许志国就开始去县里找民政部门，都扯皮，往乡里推，要乡里解决。乡里给你解决啥？生气还生不够呢？你老许头跟“牛罗锅”穿一个腿裤子，姥姥不疼舅舅不爱那伙的。

腊月里情况发生了变化和转机，乡里说了三四年精简的事情终于动了正格的。乡政府这回要大动手术，由原来的九十人精简到三十人。每年的乡政府大院，进了腊月门，人就找不着了。今年不一样，大院里人是满的，年前机构改革要立竿见影，谁都想拼一拼，捞一根救命稻草。在这个关键时刻，就不能出一丁点的闪失了。许志国的事情，不只是乡民政部门的事情，还涉及个别乡干部接受包工队贿赂的内幕。这事不能闹大，说啥也得往下压。

民政干部跟许志国不对付，干过好几次架。许志国要利用精简机构的时机，继续上访。可乡里设了关卡，几次都把许志国给截了回来。还找到许志国的儿子，利诱许志国儿子阻止老爸上访。许志国没有办法了，才又来找老牛。

老牛很气愤，不顾武小飞的劝阻找乡里说理去，还扬言要开着警车拉许志国上访去。侯秘书出面就把事情平息了。侯秘书新镶了两颗门牙，好说歹说把老牛和许志国给说住了。老牛说了，房子要马上给修，侯秘书要亲自现场监工。侯秘书说：“老牛啊老牛，我真是拿你没办法啊，乡里这事可打折了骨头连着筋呢，你再闹下去，真有人找你后账了。”老牛说：“扯别的没用，房子不修好了，老许头不满意，我豁出来不当警察也跟你们整到底。”侯秘书知道老牛的牛脾气，真就带人开始给许志国修房子了。

晚上干完活，侯秘书回不去，就住在老牛家。第二天一早，侯秘书起来找不到那两颗新镶的门牙了。侯秘书新镶的两颗门牙，晚上要泡到一只水碗里。老牛老伴不知道，早上起来就把碗里的水倒进尿桶里去了。侯秘书起来找牙，老牛就赶忙出去找老伴，老伴就忙着去找碗。顺藤摸瓜找尿桶，尿桶倒到粪坑里了。老牛骂着蹲粪坑里继续找。终于找到了两颗门牙，用水涮了下，就给了侯秘书。侯秘书往嘴里安了几下，吐出来，问老牛："牛所长，你把我门牙整哪去了，都冻上冰碴了。"老牛憋不住笑，说："赶紧放炕头热乎热乎再安。"正笑着电话响了，是老兵许志国打来的。许志国带着哭腔，说工人吸烟把烟头扔屋锯末子里了，洇了一宿着火了。老牛就拿着侯秘书的门牙，冲出了门去救火，侯秘书为了门牙也追了出去。

火势借着北风很猛，救不下了。救火车也没用，从城里来到这，东西也早烧完了。许志国拉着跑来的老牛，哭着说："老牛，我厢房里还有两大坛子炸药！"老牛傻了，说："你弄炸药干吗用的？"许志国说："夏天偷着做炮仗用的。"老牛说："你混蛋啊你，派出所一直在收缴你还顶风干啊你。"许志国说："埋怨还有啥用，炸药要是炸了，娄子可就惹大了。外面的商店都得连窝端了呀。都是乡里卡着不给我开一个月一百二十块钱，我才自己琢磨挣点药钱的。"

老牛跺脚说："不行，我得进去把炸药搬走。"说着，老牛就跑进院子，一脚踹开了厢房的门。把一只大号坛子抱在怀里。侯秘书跟头把式地冲进来，到处找老牛要门牙。终于看见老牛搬着宝贝出来了。老牛把坛子递给侯秘书，说："赶紧向外跑，别撒手，一撒手就爆炸了。"侯秘书的脸唰地白了，颤了声音问："啥啊这是？"老牛说："一百斤炸药。"侯秘书搬着炸药坛子向外疾奔。据记者事后采写的报道说，在人民群众的生命和财产遇到危险的紧要关头，党的好干部侯向荣同志大步流星，抱起随时会爆炸的坛子，嘴里大声喊着："都躲开，不要管我，危险……"

据现场另外一些目击证人反映，事情有了另外的一个民间版本。当时的真实情况是，侯秘书嘴里带着哭腔骂着："牛得草，操你血妈的，给我炸药……"人们后来是在村外的旷野上发现侯秘书的，当时他目光坚毅，大汗淋淋，手里还坚持抱着炸药坛子不撒手。人们小心翼翼地打开坛子，发现坛子里是腌好的咸鸡蛋。

牦牛沟派出所的编外所长牛得草在心脏病突发的最后时刻，将两坛子来不及搬出去的炸药，扔进了院中间的水井里。一分钟后，厢房被淹没在火海里。那眼水井很深，是牦牛沟派出所全体民警帮助打的。牛得草被重新追认为所长，牦牛沟乡派出所后来一直没有正所长，那个位置一直给老牛留着。听说老牛有一本日记，至今还归现任副所长武小飞保存，那上面记载着那年腊月发生的事情。

牛得草所长写过这样一句话，他说要让老百姓过上一个幸福的腊月。

# 幸福的麦穗

公共汽车在饮马池乡沟外停下来。售票员告诉我，下车往沟里走十分钟就到乡政府了。我很气愤，上车的时候问过售票员，售票员指天发誓说肯定到饮马池。司机师傅也下车来忙活，先后把几个跟我一起等车的人的行李扔上了车顶。我的包也差点被他“抢”走，他们的热情有些夸张。售票员的嘴巴也像抹了蜜，甜得你不好意思不坐他们的车。可现在，司机的脸拉成了长白山，售票员的嘴巴也尖刻起来。

通往饮马池乡的道路很难走，乡里的山上有锰矿，道路被重载车辆碾压得变了形，坑坑洼洼的。我只好放弃公路走小路，听人说，小路离乡里很近。穿过一条几十米宽的河套，还要走上一段土路。土路从庄稼地中间通过，一场透雨过后泥泞难行。不大一会儿脚上穿的皮鞋就粘上了很厚一层“泥高跟”。

地里种的是小麦，现在是农历六月中旬，正是小麦秀穗的时候。站在麦地中间的土路上，有风吹过，麦子卷起了一片浩瀚的波涛，叫人容易产生错觉，仿佛置身于波浪之中。遗憾的是脚下的笨重还是煞了风景，拖着十几斤的重量前进，想象的翅膀也就没了激情。

村子终于近了，村头麦田边上是一座二层小楼，是家酒馆。外面装修得很讲究，跟这个偏僻的地界多少有些不协调。酒馆的生意很好，饭时已经过了，外面的车还不少。我的到来，没有引起任何人的注意。直到我准备进酒馆吃点东西的时候，老板娘才一声喊叫引来了很多人的关注。

我当时把脚上的大块黄泥巴甩掉了，以为乡村饭店没那么多讲究，开门就进去了。老板娘冲我喊："等一会儿，脚上有泥。"很多人都回头看我，我不知所措。老板娘四十多岁的年纪，打扮得很时髦。老板娘笑盈盈地说："客人是从远处来的吧？麦穗，麦穗，赶紧给客人擦擦鞋。"我这才明白老板娘叫我等一会儿的原因。屋里地面铺的是高档的地板砖，干净整洁。我这双泥脚踩上去的确是不合适。我正不安的时候，叫麦穗的女孩从吧台里出来。麦穗走近我低声说："我帮你擦擦鞋吧。"

我无法拒绝这个叫麦穗的女孩子的服务，拒绝了她，就等于拒绝了肚子的抗议。麦穗擦鞋很仔细，我在门口一直看着她。麦穗的年龄也就在十六七岁的样子，她这个年龄，在城市很多家庭里还是衣来伸手饭来张口的孩子。

酒馆里的饭菜很丰盛，主要是以山里的土特产为主。小公鸡是家养的，炖上山里天然的野生蘑菇，味道鲜美。主食是煎饼和高粱米水饭，再要一盘新鲜的沾酱菜，正符合我的胃口。老板娘很热情，结账的时候问我："是城里人吧。"我犹豫了一下，不知道该怎么回答她。我从农村靠写作出来，最近才被市里的群众艺术馆聘用。我在艺术馆里负责农村群众文化调研，这次到饮马池乡是馆长指派来考察当地民间艺人的剪纸情况，需要深入到百姓家里进行采访，也需要当地的乡政府协调配合。

我向老板娘打听乡政府的所在地，老板娘喊麦穗送我去。

乡政府离饭店并不远，麦穗一路上都不说话。我跟着她，在村庄的小巷深处左拐右钻，眼前突然开阔了。乡政府门前广场很大，小楼也建得精神，门口还有两个巨大的石狮子。大门是朱漆的，显得庄严肃穆，让人怎么也不会想到这是乡政府，倒是跟庙宇有些相似了。

麦穗送我到地方后不走，她问我："他们要我问你是干什么的？"

我不知道"他们"是谁，看她的认真样子，只好回答她："我是来调研的。"麦穗不解，继续问："调研？你说具体点行吗？"我指着石狮子说："比如，这对石狮子摆得就不对。"麦穗更纳闷了，围着石狮子看了一遍，看我：“哪里不对了？”我笑了，跟她解释：“门口摆放石狮子可有讲究，通常是一雌一雄，可咱们这儿的石狮子两只都是雄的。想必买的人不懂这个起码的常识吧。”

麦穗咯咯笑了，说：“我还真没注意，摆个石狮子还有那么多讲究啊。”麦穗转身走几步，突然回头跟我说：“你要小心。”说完，就急匆匆走远了。

我愣了愣，不知道麦穗这句话的含义。乡政府收发室里出来一个老爷子，拦住我，说：“乡政府没人，改天再来吧。”我忙解释，说自己来是调研的。老人看了我半天，说：“那你进屋等。”我只好拎了包在收发室等。老人不再理睬我，只顾鼓捣一个小收音机。我只好耐着性子坐下来。

不一会儿门外就有摩托车的声音响起来，很刺耳、很夸张地在门口打旋。我正好奇，不知道这是从哪突然冒出来的摩托车队，一样的打扮，一样的摩托车。我出门，领头那个戴红色头盔的人我好像在麦穗的饭馆里见过，样子很凶悍。他把摩托车熄灭了火，冲我走来。对我说：“哪来的？”我看了他一眼，不屑回答他。他不在乎，继续盘查我：“问你话呢？听没听见？知道我是谁不？大奎，有号的。”我转身进收发室，觉得跟这个大奎搭讪纯粹是浪费时间，更何况他一身酒气，根本没有沟通的必要。大奎被我晒在了外边，摸一个手机，滴溜溜摁。

乡里还是来了干部接待我，不过，接待的地点不是在办公楼里，是在收发室。那人清瘦，高挑个，四十多岁的样子，自称是刘秘书。他很诚恳地问我是不是记者。我想了想回答他就算是吧。他眉开眼笑说：“欢迎记者同志，欢迎记者同志。”还冲外面傻站着的大奎说：“赶紧给李记者安排住处。”大奎扫了我一眼，兔子般麻利地上了摩托车，一挥手，摩托车一溜烟没影了，只留下了几条白色的烟尘尾巴。

刘秘书给我倒了茶水，说不好意思，最近乡里领导都不在家，只能委屈我住到旅馆里去了。还问我有什么需要他做的，他一定设法解决。我说：“我可能要住上一段日子，需要下去调研采访。”刘秘书的脸色不好看起来，说："你想调查什么？"我说："也没什么，凡是跟文化有关系的就调查。"刘秘书慎重地问我能不能给他看看我的记者证，还一再声明没有别的意思。我说别客气，记者证我没有，倒是有单位的介绍信。我把介绍信给他看了，刘秘书很认真，从头看到尾，把公章上的每一个字都看了。看完把介绍信递给我问："李记者要写多长的文章？"我回答他："说不好，可能要出书。"刘秘书说："出书得几万字吧？"我说："计划是二十万字，还要配发照片。我带了数码相机，需要下去拍照。"

刘秘书站起来说："我明白了，李记者远道而来，还要潜心写文章，我看就住在麦穗的饭馆里吧，那里条件好，楼上可以住宿，所有的费用你不用管，我叫大奎给协调好了。"我说："那可不行，这次出来领导特意交代了，食宿都是要报销的。"

就这样，我再次回到了麦穗的饭馆。

麦穗帮助我整理了楼上的一个房间，我很惊讶，这里住处的条件跟城市里的宾馆没有什么大的差别。麦穗动作很娴熟，显然这套活计已经干了很长时间了。我向麦穗打听房间的价格，麦穗笑着告诉我，乡政府安排的房间，不需要客人付账。我诚惶诚恐，觉得这样太给人家添麻烦了，执意要换房间。麦穗涨红了脸，说我再坚持她会挨骂的。我这才放下随身携带的包，看麦穗把空调打开。

麦穗说："看你的打扮就知道你还得住我们的饭馆。"我说："我的打扮怎么了？土气吗？"麦穗说："不是，是有知识，有文化，像个老师。"麦穗的话倒是把我的脸搞红了，麦穗接着说："每次城里来像你这样打扮的人，乡里都要安排他们住在我们饭馆。"我笑了，说："服务员，你把空调关了，我不习惯用那玩意。我要开窗子，透透新鲜的空气。"麦穗关了空调，把窗子打开。

展现在我面前的是一片浩瀚的麦浪，直向小饭馆涌来。夕阳里，波涛翻涌，小饭馆成了一艘小船在起伏，一股清淡的麦香飘荡过来……

麦穗说："你还是叫我麦穗吧，我不喜欢别人叫我服务员。我就在楼下，需要什么喊我就行。"我说："好，好，叫麦穗这个名字好，能闻到庄稼的味道呢。”

晚上，麦穗叫我下去吃饭，没有想到，那个骑摩托车的大奎来陪我吃饭。大奎已经没有了中午时的强硬，笑呵呵地点菜要酒。我说我不喝酒，大奎不高兴了，说不喝酒不给他面子。没有办法，我只好给他面子，要了一杯白酒。麦穗一直在吧台里看我们喝酒，客人多的时候，麦穗也跑去端菜。我们喝的白酒是当地酿的小烧，度数很高。大奎很能喝，喝一口还有一段荤嗑，都是少儿不宜的。这个时候，麦穗就低着头或者去忙别的，避开大奎的粗俗。

我注意了一下，来饭馆吃饭的客人大多是附近矿上的矿工或者老板。不管哪类人来，都与老板娘很熟的样子。老板娘风韵犹存，在各个饭桌上周旋。麦穗很显然对老板娘这样的殷勤很不满，扭着脸看书。老板娘看见了麦穗的怠慢，还抢走了麦穗手里的书。麦穗小声抗议：“还我的书。”老板娘瞪她一眼，很尖刻地说：“我可是花钱雇的你，看书也成，这个月工钱不给你了。”

麦穗只好努力地朝每一位顾客微笑起来。

大奎的酒量惊人，两杯酒下肚还要来。我索性由着他表演，我心里已经有了底，从第二杯白酒开始，麦穗给我倒的是凉水。我感激地看一眼麦穗，麦穗冲我点头。大奎借着酒劲，开始跟我套近乎。明天非得要陪着我去调研。我说：“你还是忙你的吧，派咱乡的文化站站长跟我去一趟就行。”大奎听了我的话笑了，笑得我一脑袋露水。大奎说：“为你这番话，咱俩把这酒干了。”大奎说完就先干为敬了，我抿了一口，大奎把酒杯倒过来看我，说：“不行，太不爽快了，刚下一韭菜叶，再回回手。”我说：“我不能喝不明不白的酒，这酒有讲究吗？”大奎说：“咋没有，我就是文化站的站长。”

我一下子就喝呛了，咳嗽半天，直起腰看大奎。大奎腼腆起来：“李记者看我做啥？”我说：“你是文化站站长？”大奎说：“是啊，我都干四五年了。不信，你问麦穗。”我说：“那你平时都干什么？”大奎说：“闲不着，文化站长忙啊，拎着喇叭宣传乡里的精神，我连续多少年受到表彰了。”我说：“乡里都什么精神啊？”大奎说：“那可多了，大鼻子他爹老鼻子了。”我说：“那你说说，咱乡为什么叫饮马池？有讲究吗？”大奎醉眼蒙眬地看我：“李记者，这你难不住我。”

老板娘送走了最后一拨客人，拉个凳子坐我们桌子旁边，一起听大奎讲。大奎说：“是这么个事，春秋时候有个叫曹操的人知道不？”麦穗“扑哧”一声笑了，纠正说是三国。大奎急了：“啥三国啊，就是春秋，春秋三国嘛，紧挨着的，是你搞混了。”麦穗犟嘴：“是你搞混了，春秋战国不是春秋三国。”老板娘打断麦穗的话，训斥道：“你个死妮子，听站长讲，你知道啥啊？”麦穗白了一眼老板娘出去了。我无可奈何继续听春秋版的曹操演义。大奎说：“年代久远了，曹操他个老小子打仗来，搞东征，就像美国入侵伊拉克，曹操他没打伊拉克，我是打个比方，他东征乌桓。我这么说你们听明白了吗？”我和老板娘一起点头，表示听懂了。大奎打个饱嗝，接着说：“曹操路过咱们这，看咱们这地方好啊，就说，都给我停下脚，喂喂马，吃点饭，找个花姑娘玩玩。”老板娘夸张地笑，说曹操还挺赶时髦的。大奎得意说：“那是，曹操鬼着呢，叫手下的士兵饮马，他来搞花姑娘。还把咱村改了名字了，就这么着叫饮马池了。”

我被文化站长大奎搞得啼笑皆非，想去休息。大奎不依不饶：“怎么样？这就是饮马池的由来，我对曹操这个人相当有研究，当年他就把咱饮马池霸下了有他的原因。”老板娘说：“啥原因？是看中了咱饮马池的女的了？”大奎撇嘴：“要说女人家头发长见识短，拿着那白糖当面碱呢。人曹操是大人物，眼界宽着呢。爱江山也爱美人，人家围咱村子转了一圈，马上下令就把咱这封锁了，划归皇家别苑了。”我走不成，继续听大奎讲。大奎得意忘形，说：“人曹操那老小子看明白了，咱饮马池山里埋藏着锰矿呢。想等一天，他派人来开发锰矿，结果这事一拖就拖黄了，我分析那时候科学不发达，没有机械设备，曹操怕成本太大，没腾出手来搞开发。”

大奎讲完，征求我的意见：“李记者，我这文化站长水平还行吧？”我点头说：“不错，不过，曹操还真不是春秋时候的。”大奎说：“不是春秋的那是啥时候的人？”我说：“我也忘了，现在想吃点主食，然后上楼睡觉。”大奎说：“对对，老板娘，赶紧着安排去，给李记者放上洗澡水，鞍马劳顿，需要养精蓄锐以利再战。”

一杯白酒已经把我的脑袋搞得一团糟了。麦穗送我上楼，我进了房间，想洗澡，突然听见洗澡间里已经有“哗哗”的水声了。我好奇地开门，吓了一跳，一个光着身子的女人正在里面洗呢。我脑袋“嗡”的一声，以为自己走错门了，转身出来喊麦穗。麦穗跑上楼来，我说：“怎么回事？屋里已经住着别人了。”麦穗红着脸说：“是大奎安排的。”

我一下子全明白了，这个大奎以为我是他心目中的曹操呢，拿花姑娘来招待我来了。我生气地下楼，大奎已经走了，只有老板娘在。我说：“赶紧把那女的赶走。”老板娘为难地说：“大奎没交代啊，李记者，我们这……我们这是很安全的。只有我和麦穗两个人知道，不会出事的。”我看麦穗，麦穗“噔噔”上楼。老板娘说：“死妮子，你作死啊？”

麦穗不言语，不一会儿薅着那女的下来了。那女的衣服还没穿好，头发湿漉漉的。冲麦穗喊着：“干什么？干什么？放开我，补完妆再走还不行吗？”老板娘看我，说：“李记者，都是干净的，没病。”我生气地上楼，不再理睬老板娘的解释。

澡也不想洗了，洗澡间里已经弥漫了那个女人的味道。楼下，那个女人并没有马上走，而是在镜子前穿戴。老板娘跟她嘀咕半天，意思是怪那女人太直接了，不会含蓄点，明天她没办法向大奎交代。女人走了，老板娘开始咒骂麦穗。麦穗依旧不言语，锁门关灯，然后进了她住的房间，“咣当”一声把门摔上。老板娘看来真没办法了，在门外喊：“你等着，这个月的工钱我扣你五十。”房间里面麦穗放录音机，声音很大，故意跟老板娘做对。老板娘气得哭泣起来，一会儿埋怨她自己的命苦，一会儿砸门说：“麦穗，你把那破玩意关上，楼上还有客人呢。”

麦穗房间里的音乐戛然而止，一切恢复了宁静……

吃早饭的时候，老板娘和麦穗又发生了争吵，是为了一件衣服。

老板娘说：“城里哪个酒店的服务员不穿工作服了？不穿工作服，就是不尊重客人。”麦穗给我端出来小米粥，不理睬老板娘。老板娘冲我说："这是啥世道啊，我说话还不算数了。"我安慰她说："别着急，这种事情得慢慢跟服务员说。"老板娘像是得到了支持一样看麦穗："你听没听见，连城里的记者都这么说，你穿上那衣服，不用你端这端那的，有个服务员的样子才对。"麦穗看了我一眼，跟老板娘讨价还价，"那好，那五十块钱不扣我了，我就穿。"

老板娘的脸上笑出了花骨朵。

这一天的采访很顺利，我在村子里找到了会剪纸的老人。是麦穗给我提供的地址和人名，还给我画了草图。大奎骑着摩托车给我开道，还意味深长地问我："昨晚怎么样？所向披靡了吧？"这个文化站长，跟着我跑前跑后，我做的记录他要看，我拍照他也要入镜头。忙活了一天，他很郑重地拉我到一边说话。大奎说："李记者，我查了一下资料，你说的曹操还真不是春秋时候的人。"

我对大奎的进步感到高兴，表扬了他。大奎很谦虚，继续跟我探讨曹操的事情。大奎说："咱俩那是整串壶了，重名。春秋时候的曹操比三国时候的曹操牛，人家发现咱饮马池山上埋藏着锰矿呢，所以才封的山。"

我算彻底服了大奎，不理他继续采访拍照。今天的素材够写一天的了，我抓紧时间回饭馆。大奎对我的冷淡感到很伤自尊，他在我身后小声嘀咕："都是吃文化饭的，牛逼啥？"

中午一进饭馆我就吃了一惊，麦穗的打扮像换了一个人。麦穗的工作服很上档次，像舞台上唱歌的演员。前胸的领开得低，后背也露出一大片。麦穗的皮肤很细嫩，裸露的地方酥白一片。更叫我脸红的是，没有想到穿上暴露衣服的麦穗胸部像两座挺拔的山峰，发育的饱满程度显然与她的实际年龄不相符。麦穗见我看她，脸腾地起了一片彤云。

今天的客人都很兴奋，最明显的原因就是麦穗的胸部刺激了他们的食欲。麦穗不再端菜，只在吧台卖酒水，酒水今天卖得飞快。客人在比着赛喝酒，而且都要亲自到吧台上来拿。他们的目的只有一个，都想看看麦穗夸张的胸部。这些汉子，常年在山里的矿里干活，女人对他们来说是最好的食粮。据说，矿上的条件很艰苦，开矿的老板不准许女人进山，怕沾了晦气。所以，这里流传着这样的民谣：锰矿里面干一年，老母猪赛过美貂蝉。

我下午没有出去采访，主要是怕那个大奎跟着。我在房间里打开电脑写东西，吸引了老板娘的注意。老板娘今天大获全胜，酒水卖得好，表扬了麦穗。麦穗没有到我的房间来，是老板娘来送开水的。看见我在写东西，老板娘很高兴地过来问我："这就是电脑吗？"我笑着点头。老板娘说："这么大点的多少钱能买啊？"我说："八千多吧。"老板娘惊叫一声，说："我儿子学的那台我看过，才五千多一点。咋越小越贵呢？上哪说理去啊？"我说："人潘长江不说了吗，凡是浓缩的都是精品。"老板娘说："等我攒够了钱，也给我儿子买你这样的，你得给我留下地址，到时候我找你买。你得给我帮忙，别叫城里那帮人给骗了。"

从老板娘眉飞色舞的神态里，我知道了她还有一个十四岁的儿子，看得出来，儿子是她全部的希望。老板娘打开了话匣子，就聒噪个不停。我只好停下打字陪她，从谈话中得知，老板娘的男人早死了，这个店是她一个人支撑的。麦穗从楼下上来，没好气地问老板娘："我的衣服呢？"老板娘看我一眼，回答麦穗："就穿这件吧，我给你买了两身呢。"麦穗气呼呼地说："你没权利没收我的衣服。"老板娘歉意地对我说："这孩子，没规矩。"

老板娘的儿子晚上回来了，骑辆变速自行车。头发染成了黄色，说话不好好说，像吃了火药。老板娘开始围着黄毛儿子转，要什么给什么。黄毛叫大海，说话瓮声瓮气的。黄毛说："明天还要去学电脑，给五十块钱。"老板娘嘴里说着天天钱天天钱，可手上还是很麻利地把钱掏了出来。一旁的麦穗瞪一眼老板娘，把账本摔得很响。

老板娘给黄毛儿子介绍我，说："这个叔叔电脑懂得多呢。"黄毛往嘴里划拉饭，看我一眼，说："知道魔兽吗？"我摇头，黄毛不屑地看一眼老板娘："连魔兽都不知道，菜鸟。"

晚上写稿子，我睡得晚。下楼找茶叶的时候，突然被麦穗的惊叫声吓了一跳。

麦穗在房间里喊救命，我出于本能，快步跑进麦穗的房间。这才发现麦穗围着一条浴单躲在墙角，而床头站着的是老板娘的黄毛儿子大海。老板娘很快从隔壁跑进来，她惊讶的是我怎么也在麦穗的房间里。她问我："你想干什么？"我说："我不想干什么，我是来看你的宝贝儿子想干什么来了。"

麦穗胆战心惊地起来，说："不关李记者的事，我正洗澡，大海来偷看。"我怒不可遏，怒视着黄毛，说："你小小年龄怎么这样啊？"老板娘明白了，过来打圆场，说："记者同志，孩子小，不懂事。你先回去休息吧，打扰你了。"我看一眼麦穗，说："没事吧。"麦穗胆怯地说："没事了，没事了。"

我转身上楼，老板娘在房间内训斥："喊什么喊，诈尸你啊。他一个小屁孩知道什么？看着了能怎么样。"老板娘接着埋怨大海："你也是，深更半夜跑这屋干什么？"黄毛犟嘴道："我来找巧克力的，谁让她这个时候洗澡的……"

事情就这样不了了之了。第二天我问麦穗要不要报警，麦穗惊讶地看我："别，千万别。其实也没有什么，是我自己害怕才喊的。"

慢慢就和麦穗熟了起来，我的一些采访线索都是麦穗给我提供的。我对麦穗的情况也有了一些了解。麦穗在饭馆打工，一个月三百块钱。我说城里的饭馆工资很贵的，愿意去的话我可以帮助她联系。麦穗叹了一口气，说："算了吧，在这干得挺好的。再有一个多月就可以不干了。"我问她不做服务员，那以后怎么办。麦穗掏出一张录取通知单来，我这才知道，麦穗的家就住在饮马池乡，父亲早已经病故了，她从乡中学考上了市里的师范专科学校，是学幼师的。她当服务员就是想挣钱去上学。

我问麦穗："你妈妈呢？她不支持你，还是供不起你念书？"麦穗看了我半天，说："妈妈喜欢男孩子，觉得女孩子念书没用。算了，算了，不跟你说这些了，反正再有一个多月我就可以进城上学了。"

望着麦穗喜悦的脸，我怕破坏她的好心情，没有忍心继续追问下去关于她的情况。

今天的采访遇到了阻力。去的那几家，要不没有人在家，要不在家也不接受采访。我一拿出相机，人家吓得四处逃窜。我简直成了鬼子进村，很滑稽地在邻近的村子转了好几圈也没有任何进展。

中午无精打采回到饭馆，麦穗招手叫我过去。麦穗小声告诉我，我采访的事是大奎捣的鬼。我说："你怎么知道我采访不顺利的事情？"麦穗说："大奎来过，跟人喝酒时说的。"我很气愤，这个吃文化饭的大奎，成心跟我作对啊。

下午索性不去白费劲了，在饭馆里等着大奎来。大奎既然这么关注我，我不动，他一定会来探个虚实的。果然，大奎来了。一进门就笑嘻嘻地问我怎么不去采访了。我反问他："这得看你叫我采访不采访。"大奎见我真动了气，拉我上楼，进我的房间说话。

进门大奎就赔不是，还从衣兜里掏出包东西来，扔我床上了。大奎说："李记者，我知道你来者不善，善者不来。连洗好的女人都不上，看来你是讲究的人。这是五千块钱，小意思，你先拿着。"我被搞糊涂了，把钱推回去，说："你这是干啥？我要你钱干什么？"大奎说："打开天窗说亮话吧，你也别满村子转悠了。都是老中医，咱谁也别给谁开偏方了。"我说："你什么意思？"大奎说："我没什么意思，都在道上混，给兄弟条活路。"我被气笑了："这话怎么成了电影上演的江湖黑社会上那套嗑了。"大奎冲我抱拳，说："李记者，你的事我已经调查过了，知道你的后台硬。不过，咱饮马池上到政府下到百姓也都敬着你呢。"

我听不明白大奎嘴里说的是什么乱七八糟的，坚持拒绝五千块钱，坚持去采访。大奎急了，说："李大记者，你给我开张条，我按条给你抓药行不行？求你了，别再满村子转悠了。"看他确有苦衷，我只好点头答应。还别说，这个大奎办事效率还真是快，我要剪纸作品，人家不一会儿就划拉来一大堆，往我的房间里一放，说："你都拿走，这破玩意咱乡有的是，哪家的老太太都会剪。"

这样也好，大奎给我跑外面找资料，我在饭馆专心写文章。大奎不闹心，我也落个轻闲。大奎一直奔波在村落和饭馆之间，真正履行了一把当文化干部的职责。

麦穗和老板娘的关系处得还算融洽，只是每天面对那些矿工和老板的粗俗，麦穗也是忍无可忍。对于几个动手动脚的家伙，麦穗不客气地呵斥几声。老板娘每次都过来察看，却不帮着麦穗说话，还埋怨麦穗少见多怪，说不就是痛快痛快嘴吗，不准再大喊大叫的。麦穗拧着鼻子，还得面对一群男人的亵渎。我发现，麦穗的衣服越穿越暴露，不但胸部领开低了，裙子也短了不少，两条好看的大腿晃来晃去，使饭馆的酒水销量大增。这伙人喝完啤酒就去外面方便，也不注意行人，在麦田边上随便撒尿。靠近饭馆的麦子没几天就萎黄了，据分析是被尿烧的。

休息的时候，我就站在窗子边看麦浪。绿色的麦浪有了点点的金色，时令告诉我，麦子快熟了。听麦穗讲，收了麦子还能种上一季蔬菜呢。

麦穗说，麦子熟了的时候，她就可以上学去了。她喜欢当老师，喜欢弹钢琴，喜欢教孩子们跳舞唱歌。我注意到了，麦穗偷着看的是课本，对于老板娘的阻挠我是十分反感的。老板娘的儿子黄毛又已经好几天没回来了。老板娘很自豪，说儿子的电脑学得很快，都能打五千多分了。我想了半天才搞明白，这个黄毛哪里是在学习电脑，分明是拿了妈妈挣的钱去打游戏了，而愚昧的妈妈还以为儿子真在研究高科技呢。我曾婉转地说了打游戏的事情，老板娘对我的说法不屑一顾，她说，她亲自去电脑室看过，儿子在里面废寝忘食，晚上都不睡觉，要给他们老张家争气呢。

老板娘说这番话时是动了感情的，是不允许别人否定的。算了，看她对麦穗的苛刻，还是不管她的事情了。

不久后的一天晚上，天突然下雨了，雨点打在窗玻璃上噼啪响。借着闪电，我看见外面的麦子东倒西歪。麦穗敲我房间门，嘱咐我关好窗子，怕雷电钻进来。据说，去年夏天的时候，就发生过这样的事。一个客人在窗边被雷电击中，饭馆为此赔偿了两千块钱呢。

我关好窗子，却听见了麦穗近乎绝望的怒骂。接着，楼下发出了椅子倒地和茶杯摔碎的声音。麦穗喊着："不要脸，不要脸。"接着我又听到一个男人要来打麦穗的声音，还有老板娘劝说那个男人别跟孩子计较的话。一道闪电划过天地，我看见一个只穿着裤头的男人开了饭馆的门，抱着衣服消失在雨幕中……

我还是下了楼，麦穗和老板娘都坐在沙发上哭。尽管闪电转瞬即逝，可我还是看清楚了那男的是那天接待我的姓刘的秘书。

麦穗哭得很伤心，老板娘擦干眼泪，对我说：“李记者，叫你笑话了。”我不知道该说些什么，低头捡拾茶杯碎片。老板娘说：“饭馆能维持到现在，都是那个人在支撑着。人得报恩，知道谁帮助过咱们。”我知道老板娘是说给麦穗听的，果然麦穗搭了腔：“那你们结婚啊，凭什么不明不白的？”麦穗哭得身子起伏着。老板娘说：“我还不知道结婚啊，他不还没离婚呢吗？”麦穗站起来：“丢人，丢人，这活我不干了，我看过刘万才的老婆，刚二十七岁，是去年从城里领回来的，他图你个啥？还不是玩玩的。”

麦穗冲进自己的房间，丢下老板娘一个人站在屋中间。我要上楼，老板娘说：“我想喝酒，你陪我。”

麦穗没有扔下饭馆的工作，她还是原谅了老板娘半夜找男人。

这天晚上发生的事情，还是让我对老板娘和麦穗之间的关系产生了疑问。她们之间是亲戚吗？如果不是，麦穗为什么要干涉老板娘，老板娘为什么不开除这个难管的服务员？

不过，我的调研工作紧，哪里有时间调查她们的事。馆长来电话说，市里要把饮马池乡的民间剪纸申报非物质文化遗产，时间很紧，任务也很重。需要我加班加点整理资料，而那个大奎是我工作最大的障碍。

大奎一早叫我，说已经按照我的建议把石狮子换了。我纳闷，我什么时候说换石狮子的事情了。大奎笑了，说你来那天不是跟麦穗说的吗？说咱乡政府门口的石狮子摆错了，都摆成公的了。我恍然大悟，又感到有些可怕。原来自从我踏进饮马池乡的第一步开始，我所有的行为举止都受监视了。大奎说：“我把情况向上级部门汇报了，大家觉得你说得在理，觉得我们真是疏忽了。其实也不是疏忽，谁知道石狮子还分公母啊。你说整两公狮子摆一块，都憋出火星子了，也不解决事情啊，难怪矿上总出事，这下是找到病根了。”

我到吧台，看见麦穗在算账。我想找个机会问问麦穗，还有谁在监视我。电话响了，麦穗接起来，接完脸色很不好看。麦穗进后厨了，不一会儿老板娘出来接电话，我在旁边听着，这才知道是老板娘的儿子黄毛出事了。

老板娘说：“咋就出事了呢？不是在学电脑吗？”麦穗说：“我早就跟你说过，他在外面上网玩游戏，你偏不听。”老板娘真急了，说：“你给我滚犊子，雨后送伞，管个狗屁事啊？李记者，你跟我去吧，会不会判刑啊？”

这次行动是市局出动的，当地的派出所不知道。我们去了乡派出所什么也没看到，听说黄毛和一群小流氓轮奸了一个女中学生，如果证据确凿的话，黄毛有可能要成为少年犯了。老板娘一路上都哭泣着求我帮忙。我哪里有办法救她的儿子？只好安慰她几句。

饭馆的气氛紧张起来，老板娘全力以赴在解救儿子。晚上关门早，我和麦穗都知道老板娘的屋里刘秘书肯定来出谋划策了。他们研究的时间很早，为了营造良好的研究气氛，刘秘书一进屋灯就关了。

我听见麦穗在黑暗里一声长长的叹息。

老板娘研究了一晚上还不够，早上还要穿戴整齐出门，把饭馆全部交给了麦穗来打理。看麦穗忙得很，我也下楼来帮忙。今天麦穗的微笑特别丰富，她面对每一个客人都要微笑，而且每次微笑的质量都很高。不仅如此，麦穗还得像老板娘那样在每一张桌子周旋。我看见一个矿工还趁麦穗不注意，在麦穗的屁股上拍了一下。麦穗一哆嗦，她的脸色惨白，但还是笑着到了吧台边上。

我无法忍受这帮人的粗俗，站起来刚要出去。却看见麦穗扶着吧台摔倒了……

是我把麦穗送到乡里医院的。经过抢救，麦穗苏醒过来了。我问医生怎么样了。医生把我叫到一边好一顿训斥。医生说：“孩子的妈妈呢？”我说没来。医生就埋怨起来：“你怎么搞的？孩子那么小，就戴那么大的胸罩。孩子的乳房小，还用棉絮填，胸部都起痱子出红疙瘩了，天这么热不出事才怪呢？我可告诉你，叫孩子赶紧把乳罩摘掉，这样下去对乳房发育和心脏是有害的。”麦穗的乳房那么坚挺，原来是被老板娘用棉絮填上的。再看看她自己的儿子出事了，她着急的样子，甚至不惜用自己的身体去研究对策。我愤怒了。

麦穗打完点滴就出院了，走在麦田边上，麦穗突然说："李叔叔，你不要怪我妈妈好吗？我说，我不认识你妈妈，只是这老板娘太没人性了，我一定帮你把工资要回来，然后帮你去读书。"麦穗哭了，她说："谢谢你，可是……可是你知道吗？老板娘就是我妈妈。"

我愣住了："老板娘是你妈妈？"麦穗点头："我就不瞒你了。抓起来的是我弟弟，妈妈这样做也是没有办法的。我想去读书，妈妈不同意，想叫我在家帮她一把手，过个一两年就把我嫁出去。她和爸爸的全部希望都在弟弟身上。我不同意，我想去读书，我就给妈妈打工，自己挣钱要去上学……"

我说："麦穗，别说了，叔叔一定帮助你去圆这个读书的梦。"

天色晚了，麦地里燃烧起灿烂的晚霞。

黄毛是虚惊一场，黄毛和几个孩子上黄色网站，看了心跳脸红的图片后，也想去试试。他们拦住了一个女中学生，女孩子一喊叫，黄毛他们害怕了，就四散跑了。女孩子受了惊吓，家人陪同报案。

黄毛没什么事了，却不知道去向了。警察找不着，黄毛也没敢回家来。老板娘的心放下了又提了起来。麦穗晕倒的事情她已经知道了，我把大号的乳罩和棉絮扔在她面前，把医生的话重复给她听。老板娘说："你用不着教训我，我的孩子我说了算。"我很气愤，说："那你也太过分了，叫自己的女儿给你打工，还要穿得那样暴露，你不觉得于心不忍吗？"

老板娘哭了，说："你骂得好，接着骂。"

我反倒骂不出声了。老板娘说："麦穗的心思我知道，可这没有办法，这得怪她自己的命不好，为什么要托生成女娃。山里的女娃都不念书，她非要有这样的鬼想法。看孩子这样，我就好受吗？可不这样，客人就到别的饭馆吃去了。没有饭馆，叫我们怎么活啊？"

黄毛没有回来，麦穗也不知道去向了。老板娘和我分头去找。

在麦田的深处，我看到了麦穗姐弟俩。黄毛抱着头蹲在地上，不肯起来。麦穗在一边劝："跟姐回去吧，跟姐回去吧，真没事了，公安局不抓你了。"黄毛还不动地方，麦穗突然说："大海，你不就想着看女人吗？那天是姐不好，你想看，姐给你看还不成吗？”

说着，麦穗真的动作麻利地脱掉上衣，麦穗的上身完全裸露在黄毛面前。黄毛“嗷”的一声哭了起来：“姐，你穿上，我跟你回去就是了。以后，我不去上网了。”

我不忍心再看这两个孩子，默默地转身。

少女麦穗单薄的身子融进了无边的麦田当中。

大奎的忍耐是有限度的，他带着一伙人袭击了我的住处，把我拍摄的所有照片全部删除。几个大汉把刀子横在我面前，说：“识相点，赶紧离开这。”大奎说：“李记者，对不起，乡里的领导说了，你是顽固不化。美女你不要，钱也不要，你是来要命来了。不叫我们好过，你也别想舒坦。明天，你赶紧走，你孩子在南街小学上四年级，你老婆在文化人书店卖书，还长得挺漂亮的。这些我们都掌握了，你自己琢磨着办……”

我心疼那些照片，还好的是大奎把那些文章留给了我，也同意我把剪纸作品拿走，这些在他的眼睛里都一文不值的。

麦穗带着弟弟回来了，老板娘高兴了，非要拉我一起吃顿饭。麦穗说：“李叔叔，你要走吗？”

我笑了，说：“不走不行啊。”

麦穗劝我：“叔叔，那个大奎根本就不是乡里的什么文化站长。他是矿山的一个混混，专门封锁消息的。这伙人惹不得，来多少记者了，哪个也没报道成。”我趁着老板娘端菜的时候说：“麦穗，你跟我说实话，他们怕什么？”麦穗小声说：“山上的锰矿出大事了，听说死了三十多个人，乡里想压住这件事。你最好别报道，会惹麻烦的。怎么？你不是冲这件事来的吗？”

我问麦穗：“你想爸爸吗？”麦穗的眼睛里闪动着荧荧的光，说：“咋不想，我每天晚上做梦，都会梦见爸爸。梦见爸爸的人头在飞，那飞舞的人头还一个劲地哭。”我说：“麦穗是勇敢的孩子，不怕。”麦穗说：“爸爸是放炮崩死的，头崩没了，火化的时候没有头。乡里给我妈妈补偿了这家饭馆……”

老板娘端菜回来，我和麦穗都不讲话了。

可我发现，麦穗的每一口饭都吃得很艰难。

我离开饮马池那天早晨仍然走的是小路。

麦穗送我。麦穗告诉我，她妈妈昨天晚上同意她去上学了。不过，麦穗也答应了妈妈来劝我不要把事情报道出去。那些私开的矿不停，饭馆的生意才会好，才会有她们家的安生日子，她才能够去上学。大奎代表乡政府承诺，只要我不报道，麦穗上学的钱他们出了。

我看见麦穗的脸上写满了幸福。

我转身，在麦田深处的毛毛道上行走，原野上的麦穗向我迎面扑过来，在我身前身后摇曳起丰收的舞蹈。

大路上，警车的鸣叫声划破了清晨的宁静。我知道，我的报警电话有效果了。相信不久的将来，这里的麦浪会更加好看……

我想，半个月后，我还能在城市里遇见那个叫麦穗的女孩吗？

# 幸福的手指

十一月份的工地，像退潮的海滩。收尾工程虽然还在继续，但是大部分民工都裹在退潮的海水里冲走了。民工就是大海里的鱼虾，工地不是他们永久的家园。干完活，建完楼，他们的任务就完成了。

北方的第一场雪是留不住的，它们只在天上怒放。雪花落到地上，立刻就淌融了，留下一地伤心的泥泞。

民工幸福在雪地里干活，不声不响。有时候三舅过来递给他一根烟，幸福掐着烟脑袋，死死地吸。工地上的木工活马上就该结束了，等天彻底冷下来，幸福就得回家。想到家，幸福的心就下意识地揪一下。

好疼的那种感觉。

老家的老妈肚子里长了个大瘤子，肚子现在鼓得像面鼓。老爸打电话给幸福，赶紧想办法拿钱回去。拿到钱回去，医院就同意把老妈的肚子切开，把大瘤子取出来。幸福没有办法，狠狠心，接受了三舅的建议。三舅不是亲三舅，在三舅身边的人都叫他三舅。三舅身边的人基本都有一个奇怪的特征：九指。

幸福今年 18 岁，这个年龄的男孩子，要是生活在都市里，还是一个在校的学生。幸福其实挺渴望上学的。不过，这样的念头只是在幸福的脑子里闪一闪，幸福知道，这个世界上的美好很多，但是很多都不属于自己。

三舅很高兴，表态了，以后就叫幸福跟着他干。木工活要拿大技工的钱，以后一起“做生意”可以给幸福额外分红。

这段时间，他们一直在寻找“做生意”的机会，三舅对幸福就更好，不仅给零花钱，还可以不在工地的伙房吃大锅饭，每顿都去工地外面的小吃部消费。

整个小区一起建设的楼房有六十八栋。这些楼房就像施足肥的庄稼一样，比着赛似的往上长，几天就“嗖嗖”地长成了高楼大厦。工地就像一堆烂骨头，这群民工从四面八方循着味道过来。工地上扬起了一张张古铜色的脸，一个个红色或者白色的安全帽在到处飘摇。

跟随民工一起涌进来的还有一大片简易的帐篷，还有一群做小生意的小商贩，卖劳保用品的，卖小吃的，开录像厅的。小雪家的小吃部就在一大片简易的帐篷中间。帐篷经过一夏天的风吹日晒，已经显得破烂不堪。有的地方漏雨，小雪妈妈就拿帆布缝补一下，那些粗大的针脚，很醒目地亮在头顶上。好在来这里吃饭的都是民工，没有人会计较这些。帐篷里面只有几张桌子和一把长条椅子，桌子上面摆着黑乎乎的酱油壶和陈醋壶，辣椒面的颜色鲜红得叫人浮想联翩。民工们无所畏惧，照样把这些红面放到吃碟里蘸饺子吃。幸福初次来的时候，三舅请客，要了饺子和小菜，三舅喊：“老板娘，来，多给弄点掺苏丹红的辣椒面，量不够吃不死人。”

小雪家的小吃部条件算是最好的，因为帐篷里有冰箱和冰柜。冰箱是透明的那种，在外面能够看到里面冰镇的啤酒和饮料。冰柜像一口大棺材摆在帐篷最里侧，里面的东西装得满满的，有时候找不着，小雪妈妈就猫着腰一件一件往外倒腾。三舅喝高了酒，眯着眼睛瞅小雪妈妈的后面，意味深长地跟幸福说：“多肥嫩的屁股啊。”

幸福的脸一红，三舅哈哈笑起来，跟“扳倒驴”说：“你看这小子，还会脸红，哈哈，这年头还有会脸红的男人。”“扳倒驴”长得傻大黑粗，有一身好体格，只听三舅的话。因为长得像乡下那种粗大的萝卜，那种萝卜有个绰号就叫“扳倒驴”，所以他也叫这个名字。

幸福后来就总爱来小雪家的小吃部吃饭。因为三舅的生意需要配合，三舅对幸福就格外好。本打算一开始就“做生意”的，无奈中途出了点事情，三舅思量一下觉得不能贸然行动，“做生意”也要讲究时机，心急不得。但幸福心里着急，老妈的肚子越来越大，老爸的电话隔一天就打来一次，催促得紧。

小雪家的小吃部因为有冰箱和冰柜，晚上就需要留人看管。小雪妈不能丢下这些东西不管，晚上就住在帐篷里。反正也是闲着，晚上关门打烊的时间就无限延长。只要有客人，小雪妈就一概接待，反正酒菜都是现成的，干吗放着钱不挣，又不是跟钱有仇。有时候小雪妈实在挺不住困，就打开折叠床睡下，留几个醉鬼在外面神吃海喝。

幸福来的时间一长，跟小雪就熟悉了。小雪有一双灵巧的手，会帮妈妈干活。幸福有时候来得早，就在凳子上坐着看小雪干活。小雪跟幸福也不陌生，“幸福哥”“幸福哥”的叫。

菜都是事先收拾好的，从一早上开始，小雪妈就开始劳动。好在现在做生意的人都很能吃苦，服务都很好。酒和饮料还有冰果，都是送货上门。小雪妈只需要记账，据说小雪在外边租了一间宿舍，早上也会赶过来，小雪来的第一件事情就是摆放啤酒白酒和饮料。小吃部卖的酒水都是低档的，但是小雪妈有个底线，白酒哪怕是带有酒曲子味道的小烧，也要真的，假的高低不卖。自从见多识广的三舅说了辣椒面里掺了苏丹红以后，小雪妈就去找送干货调料的老胡退货。老胡耍无赖，小雪妈就发狠诅咒：“老胡，你今天不给我退货，你们全家女的都叫全世界的老爷们干一万遍！”老胡的脸在民工起哄的声音中绿了，说：“我退，我退。小雪妈不这样彪悍也不成，人要是熊了，在这个地方生存不下去。”

小雪家的炒菜其实很简单，来的民工基本也不点菜，全都由小雪妈安排。饺子有三种馅，白菜馅的，三鲜馅的，还有肉馅的。能够吃得起肉馅饺子的民工不多，得是那种小包工头才会要肉馅的饺子。比如三舅这样的有钱人，当然不会吃菜馅的饺子。饺子都是事先包好的，放在冰箱里冻着，民工要就给煮。每碗的饺子是十五个，都是个大的，基本能够吃饱。炒菜不多，小雪和妈妈却搭配得有声有色。

菜花要配上胡萝卜片，干豆腐一定要放尖椒，还有酸菜配上猪肺子，都切成细丝，炒出来那才好吃。里面也放肉，肉不是那种生的。生的肉炒菜费火，也不出息。小雪妈用高压锅煮出来，肉到了六分熟，捞出来切成块、段、片、丝，配菜用。炒尖椒干豆腐就用肉片，炒蒜薹就用肉段。倒出一锅煮肉的汤水，正好可以炒菜用。

菜花和胡萝卜早都焯水了，焯水的目的是蔬菜都是七八分熟，出锅的速度就快。民工都是急性子，吃完饭还要去上工，自然不能磨蹭。取火是四个液化气罐，四个炒勺也分工不同。不管是小雪还是小雪妈操作，都能够做到游刃有余。幸福佩服得不得了，看着小雪的手臂翻飞，香喷喷的炒菜出锅。小雪说，啥都是熟能生巧，开始也不会，有时候还烫了手，或者炒煳了菜。看到妈妈很辛苦，自己正好可以帮帮忙。

也有不忙的时候，比如晴天的午后。民工们都去上工了，小雪妈很疲惫，在一旁歇息，小雪一个人坐在椅子上出神。有时候幸福路过，小雪就点点头。幸福很多时候都不敢进来搭讪。幸福怕被三舅看见了取笑，三舅的嘴巴没有把门的，什么样的话都能说出口。

小雪的家也是乡下的，可是小雪完全没有乡下女孩子的腼腆。人家在城里读大学，什么世面都见过。听说，小雪还是学校的学生会干部呢。幸福喜欢看小雪戴眼镜读书的样子，喜欢她抿嘴笑的样子。有一次，小雪炒菜，不小心被溅出的油星烫了手指，小雪的眼泪汪汪，这些都被细心的幸福看到了。幸福就从外面的小药店里面买了创可贴，没敢直接给小雪，一直贴身带在身边。

终于一次午后，幸福干活从小雪家小吃部门口路过。幸福坐在拉着一车木料的车上，鼓起勇气跳下来，红着脸急匆匆地说："小雪，把你的手指包上吧。"小雪很惊讶，看着这个浑身褴褛的大男孩，小雪伸出手指，手指完好无损，早都好了。幸福的脸上写满了失望和尴尬，幸福想转身跑开，小雪突然说："幸福哥，给我包上吧。"幸福站住脚，说："可是……可是你的手指都好了啊。"这回轮到小雪的脸红了一下，小雪说："傻瓜，包上不就预防下一次不被烫到了嘛。"

幸福小心翼翼地把创可贴打开，拈起小雪的手指。那一刻，幸福的呼吸开始紧张，他红着脸，哆嗦几下，终于把那枚创可贴紧紧地箍住了小雪纤细的手指。那天晚上过来吃饭，幸福一直低着头不敢看小雪。但是吃起饭菜特别香，幸福自作多情地想，那都是因为自己的创可贴。

也有最忙的时候，比如连续几天的阴雨天。

民工最怕下雨，下雨就不干活了。不干活就没钱可赚了，属于白吃三顿饭。想解决这样的烦闷，民工就要去小吃部喝酒吃饭。这个时候，小雪家的小吃部生意最好，也最累。喝醉酒的民工什么状态都有，他们闲下来以后开始想女人。女人是最好的谈资，这个时候，是小雪感觉最委屈的时刻，什么都不能说，只能忍着。

小雪有一次给幸福打电话。幸福的手机买了很长一段时间，除了老爸打电话要钱，还没有其他人打过。那次送小雪创可贴以后，小雪要了幸福的手机号。有时候小雪给幸福发一条短信，都是小雪自己写的。幸福开始不会发短信，被三舅笑话过。自从认识小雪，就发奋自学，学打字。幸福的悟性很高，打字的速度惊人。小雪给幸福打电话的时候哭了，幸福就赶紧问怎么了。小雪说，妈妈给她买了件衣服，非要做生意的时候穿上。

幸福后来看到了那件衣服，小雪拗不过妈妈，只能穿着给民工们端菜。幸福脸红红的，因为小雪的衣服露出了胸前一条惊心动魄的乳沟。很多民工就是就着那条沟喝酒的，那是他们最好的下酒菜。小雪跟妈妈争执过，妈妈却不屑一顾，妈妈说："看两眼也不能丢了什么。你没看别的小吃部找了好几个小姐往里拉人吗？咱们再不这样服务，来吃饭的民工就都走没了。你别拿那样的眼神看我，这年头，钱不好挣，要脸有啥用。你要是不干也成，下学期就别去上学了。一年一万五，咱们家哪来的钱？"

晚上的雨下得更大了，三舅带着"扳倒驴"和幸福一直在喝酒。夜深了，雨还不停。小雪想回合租的宿舍去，小雪妈说："你们先喝着，我去送姑娘。"小雪却说："妈，叫幸福哥送我吧。"三舅不怀好意地笑，说："你小子，有点艳福。"说得幸福不好意思，也不敢多说什么，拿了雨伞跟着小雪出去。走到半路上，小雪发现钥匙落在小吃部里。两个人赶紧往回走，到了小吃部门口，没有注意帘子都挂上了。

幸福和小雪一走，三舅就把喝醉的"扳倒驴"踢出了帐篷，跟其他民工说："不早了，关门了，都回去睡觉。"民工们一散，三舅开始对小雪妈动手动脚。小雪妈妈开始不许，三舅就怒了，说："你这大冰柜五千多呢，是我买的。你要是不从，明天我就拉走。"

小雪妈想想也是，拉了帘子，以为会没有人进来。两个人拉扯着把折叠床打开，没有想到两人体重很重，折叠床承受不住，"扑通"一下就折断了，扭曲着倒塌下去。两个人很狼狈，地面被人走得也很泥泞，没有地方亲热。三舅还是把小雪妈的衣服扯掉，拽地上的被子铺到冰柜上，粗暴地把小雪妈扔到冰柜上面。三舅看到小雪的眼镜和钥匙都在桌子上，抓起眼镜给小雪妈戴上。三舅狞笑着说："我看看戴眼镜到底是啥滋味。"

小雪和幸福掀开帘子，正好看到冰柜上的一幕。小雪惊呆了……

回去小雪一路上都在哭，幸福不知道怎么安慰。一直把小雪送到出租房门口，没有想到小雪说："幸福哥，你从窗户爬进去，帮我打开房间门吧。"

那晚上幸福才知道，小雪根本不是跟人合租，出租房里面住着的是小雪的爸爸。

小雪妈能够在工地外面开小吃部，其实是因为小雪的爸爸。小雪的爸爸原来也是这家建筑队的民工。不小心从脚手架上掉下来摔成了下肢残疾。现在只能在床上躺着，一动不能动。建筑队的老板还算讲良心，给过赔偿。爸爸不能干活，小雪妈只能带着小雪出来。老板在工地外面帮助小雪妈开了这个小吃部，平时，都是小雪和妈妈轮流跑回去照顾爸爸。

小雪家的出租房里面，还有一架电子琴，与凌乱的房间相比显得不协调。那是小雪的电子琴，她每天早上都要给爸爸弹一首乐曲。那天早上也不例外，小雪用灵巧的双手帮爸爸翻身，又喂了早饭。然后坐下来，弹奏了一首好听的曲子。幸福叫不出来那首曲子的名字，却听得很认真。

小雪说："幸福哥，我妈的事情你别跟任何人说。"

幸福点头。

从这一天开始，幸福和小雪的关系越来越好。幸福有心事也愿意跟小雪说，但是他不能说跟三舅“做生意”的事情。

三舅的脾气变得暴躁起来，挨揍的总是“扳倒驴”。三舅阴着脸找幸福谈话，就在这几天，他们要把“生意”做了。幸福咬咬牙，点头答应了。三舅说：“工地上的活马上就收尾了，这个时候马上就要验收，老板不想出事，咱们的机会来了。干完这一票，你的幸福就该来了。”

幸福说：“我妈肚子里有个大瘤子，急等着用钱。”

三舅说：“少不了你的，就是一闭眼的事情。我都做过很多次了，你好我好的事情。你做完了，我给你介绍小雪那小妮子。实在不行，给她们娘俩下点迷药。就在她们家那大冰柜上，把她们做了……”

幸福不说话。

三舅说：“事情你得想好，要大拇指，去根，那就是六级伤残，最少赔偿十二万。你留点根，那鉴定以后就是七级伤残，只能得五万。横竖都是一个疼，价钱不一样。干这行，你得懂法律常识。”

幸福狠狠心说：“等我送走了小雪再说。”

小雪上午发来短信，说她要回去上学了，她已经耽误很长时间的学业了。学校已经通知她，再不回去就要除名了。

幸福想送小雪件礼物，可是，三舅控制着他的零花钱。小雪要走了，只能把爸爸丢给妈妈照顾。现在马上就到冬天了，工地上的工人少了很多，吃饭的人也少了很多。

幸福从小药店买了很多创可贴，亲手交给了小雪。小雪含蓄地表达了她的意思。幸福多少有点失望，幸福听出来了，小雪对自己的感情不是男女的那种。小雪其实一直觉得幸福是一个很好的哥哥。幸福听着小雪的话，一大滴眼泪落了下来。幸福没有奢望那么多，幸福想到的就是万一小雪的手指受伤了，还可以用创可贴包上。

小雪说：“幸福哥，闹心的时候就给我发短信。你在外面打工要小心，别跟着坏人干坏事。我这有自己攒的五百块钱，你拿着给你妈妈做手术吧。”

幸福没有接那五百块钱。幸福好半天才说：“小雪，我会给你发短信的。”

又下雪了，飘飘洒洒的。工地上人不多，三舅示意幸福动手。

幸福突然说：“三舅，我不干了。我不能坑人干坏事。求求你，饶了我吧。”

三舅左右瞅瞅，说：“你他妈的坏老子好事，谁喂你吃迷魂药了？今天你干也得干，不干也得干。‘扳倒驴’，你还不动手！”

幸福挣扎，还是被三舅和“扳倒驴”控制住，木工棚里没有别人，外面飘着大朵的雪花，电锯在恐怖地转着。幸福的意识开始模糊，他突然看到了雪花中走出来一个少女，是小雪。幸福本能地挣扎着，他被三舅和“扳倒驴”按倒，手臂感觉到了电锯的锋利。幸福用力一挣……三舅的眼前血光一闪，一截完整的手指鲜活地在电锯床上跳动。

三舅如释重负地笑了，对幸福安慰着：“好了，好了，没事了。没事了。”

幸福的脸色惨白，慢慢站起来，说：“三舅，别逼我！”

“扳倒驴”突然“嗷”的一声号叫起来：“啊啊，把我手指头锯下来了。”

三舅缓缓神说：“幸福，算你狠。好，十二万赔偿，咱们三个分。”

幸福举起手里的手机，开心地笑了。幸福说：“我报警了！”

三舅举起木棒，木棒打在了幸福的头上。幸福缓缓栽倒，警笛声大作，警车闪烁着警灯快速向工地靠拢。

第二天的当地晨报报道——

本报讯：近日，一犯罪团伙在建筑工地上锯掉大拇指，然后按工伤索要赔款，一些青年也被人控制，成为断指骗赔链条中的一环。作案 30 多起、骗赔 100 多万元的断指骗赔案，近日破获。据悉，一名在校的女大学生向警方报警，称自己的男友在建筑工地发出求救信号，警方根据信息将案件侦破。此案还在进一步审理中。

# 幸福的萝卜

萝卜的原名叫罗波，谐音就成了“萝卜”。开始大家叫他萝卜的时候，罗波不同意。后来写自己的名字时，又觉得其实叫“萝卜”也没有什么不好，起码，萝卜的笔画要少点。不像叫罗波时，时常把那个“波”字写得拉拉胯的，像分了家，三点水与那个“皮”分开了，“罗波”变成了“罗三皮”，太麻烦！太容易出笑话！还有，就自己这体形，叫萝卜更形象。

萝卜十二岁，体重一百四十多斤，是标准的小胖墩。萝卜的胖是那种比例失调的胖，上粗下细，正像地里新拔出来的萝卜。萝卜减肥的办法想过不少，奏效的不多。原因是萝卜的毅力不行，拒绝不了食物的诱惑。有一次，萝卜痛下狠心，吃了巴豆。嘿，这下倒好，肠子差点拉出来，可浑身的肥肉仍然“涛声依旧”。管他呢！天生我胖必有用，胖子冬天比别人要抗冻呢。

萝卜的身体不冷，可心冷。

妈妈和爸爸在一起总是吵架。爸爸是瓦匠，每年春天进城打工，直到快过年时才回来。妈妈嫌爸爸总不在家，扔下他们母子不管。后来爸爸回来得勤了，过年的时候交给妈妈的钱就没有那么多了，妈妈更生气，嫌爸爸挣的钱少，两人就离婚了。妈妈把消息小心翼翼地告诉了萝卜，怕萝卜承受不住打击。可萝卜说：“离了更好，我爸和你都幸福了。”妈妈就惊讶地瞪大了眼睛看萝卜。

萝卜说这话的时候，才七岁，刚上小学二年级。

萝卜跟了妈妈，妈妈不久就嫁给了村里开商店的王干巴。王干巴有大名，叫王得水。因为长得干巴瘦，村里人就叫他王干巴。王干巴成了萝卜的后爸，萝卜没有反对。反对有什么用呢？大人的事情有必要跟一个小孩子商量吗？只要妈妈能够开心，能够幸福，萝卜管他是王八，还是干巴呢。

萝卜后来彻底失望了，后爸挣的钱多，整天守着妈妈，可妈妈仍然偷着流眼泪。妈妈总是哭，难道妈妈不幸福吗？大人的事情真是很难懂。萝卜很小的时候就懂得了幸福的含义。幸福是什么，萝卜的肚子最清楚。肚子饿了，不满意了，就要吃东西。吃了东西，肚子饱了，就满足了，就幸福了。

对，幸福就是满足。

萝卜不是笨孩子，他愿意问一些奇怪的问题。萝卜在学校里是体育委员，会喊“向右看齐，向前看”。可后爸不喜欢他读书，要他看商店。后爸开着“130”车回来，车上装着满满的货，舍不得花钱雇人卸车，就支使萝卜干。更让萝卜伤心的是，有一次，他听见了妈妈和后爸在小声商量事情。他们说，要让萝卜再念两年就下来干活呢。

从那一刻起，萝卜就下定决心到城里找爸爸去。爸爸在城里的建筑队干活，萝卜偷偷打听好了地址，可是后爸对钱看得紧，萝卜没有进城坐客车的车票钱。萝卜就上了心，放学后看见路边有破瓶子、废塑料什么的，就捡了起来，攒着卖钱买车票。

萝卜是在十二岁的那年春天走的，他只背着自己的大书包。妈妈肚子里又有小孩了，萝卜看见妈妈吐了。电视上经常这么演，女人一吐，保准是肚子里有小孩了。小孩一出生，自己就没有人疼了，就念不成书了。萝卜虽然学习成绩不是很好，可萝卜喜欢读书。

后院的石头墙里，有一条两米长、镰刀把粗细的大蛇，蛇跟萝卜是好朋友。大蛇每年的春天、夏天和秋天都出来，萝卜跟它就熟了。每年春天，大蛇都要换件“衣服”，那条蛇皮都被萝卜捡了卖给镇上的中医诊所。今年，萝卜一直在焦急地等着大蛇换“衣服”。只要春日暖洋洋了，大蛇就会缓缓地爬出来。在阳光下晒够了太阳，在坚硬的石头上使劲磨，从嘴巴那就把“衣服”磨破了。然后就往前使劲往前爬呀爬，直到脱下一条好看的“衣服”在石头上。

萝卜卖了蛇皮，车票钱就凑够了。

萝卜开始的时候没有到学校去读书，爸爸一直在电话里跟后爸交涉。爸爸对萝卜的突然到来感到很惊讶。爸爸要把萝卜送回到妈妈那里去，可电话里后爸的态度很坚决。萝卜走时进行了几次破坏，后爸接连遭遇了不测。最惨痛的是后爸上厕所，中了萝卜临走时设下的“埋伏”。萝卜已经观察好了，后爸上厕所要使劲拽面前的一根木棍。那根木棍就栽在厕所的蹲位前面，后爸拉屎用力很夸张，像气功师在发功，嘴里还念念有词。细听没有一句是囫囵句，一个劲地瞎吭哧。厕所是旱厕，粪池很深，上面只搪了两块木板。萝卜就用锯条仔细地把那根木棍锯到三分之二深，还做了伪装，不仔细看根本发现不了。后爸来解手，习惯性地一拽木棍，结果木棍折断，后爸仰面落入粪池……

仅这一项，后爸就不想饶恕萝卜，也不想让萝卜回去了。后爸在电话里喊：“你生的好儿子，真是蔫吧萝卜辣子心。再回来，我要把你那个萝卜儿子泡到粪池子里待上十天!”

萝卜回不去了，就彻底留在了城里。爸爸说了，等几天跟老板要钱，在城里上学得了。

萝卜很长一段时间就成了无业游民。爸爸的老板一直推脱没有钱，爸爸也没有办法。通常的情况是，老板只有到了年终才给开工钱。萝卜在城里没有伙伴跟他玩耍，爸爸又不放心他一个人出去。

萝卜跟爸爸的住处是工地的工棚，一个大屋子能容得下七八十人。萝卜感叹着，这才叫大手笔。真是铺着地盖着天睡觉，晚上还能看见天上的星星呢。白天民工们都出去干活了，晚上就热闹了，臭脚丫子味道飘啊飘，多细的鼻子眼也能钻进去。萝卜睡觉时要往鼻子眼里塞团纸，可还是能闻到味道。爸爸说：“忍着吧，想闻不到味也可以，除非你的鼻子不长鼻子眼，是实心的。”工地的前边是一所医院的住院处，萝卜没事了就去那里的小花园玩，那里干净，空气里还飘着一股好闻的来苏水味。

萝卜为了早点到城里的学校上学，就到街上的垃圾箱里捡破烂。

萝卜发现，只要隔上一段距离，路边就会有一个大铁皮箱子。里面什么都有，有些可以捡出来卖钱。萝卜很高兴，第一天就捡了十多块钱的东西。没几天，萝卜的行为就惹火了很多同行。萝卜感叹，城里的破烂王比乡下还要多呢。他们欺负萝卜是乡下来的，不让萝卜捡。还说他们是有组织的，街道的垃圾箱是经过统一分配的。萝卜不听那一套，狗屁组织，难道还有丐帮不成？那些捡破烂的老的老、弱的弱，都追不上活蹦乱跳的萝卜。别看萝卜胖，可萝卜一点都不笨。

萝卜就这样成了这座城市里最小的捡破烂的人。

萝卜手巧，他用捡来的易拉罐做各种小工艺品，做什么像什么。他还给爸爸做了烟灰缸，晚上爸爸吸烟就不用总下地弹烟灰了。爸爸铺的是草垫子，很破的那种，烟灰要是落到上面肯定要起火的。爸爸在工棚的一角隔出了两个人睡觉的地方。爸爸的人缘不错，爸爸说："我们家萝卜将来还得念书呢，暂时让他在工地自学吧，大家行个方便。"萝卜是自来熟，胖乎乎的招人喜欢。民工们来自天南海北，家里大多有孩子，大家对萝卜好着呢。

萝卜的书包里是六年级的书本，早看完了。萝卜看书，就到住院处的小花园里去。

萝卜在医院里待的时间一长，认识了一个叫苗雪的女孩。

苗雪是个善良的姐姐，别的人见了萝卜，都像躲瘟疫一样离萝卜远远的，嘴里还说，哪来的小叫花子。苗雪不嫌他，她还把萝卜拉到水管前，督促萝卜把脸洗干净。苗雪还不让萝卜承认自己叫萝卜，说那个名字不好听。萝卜就嘻嘻笑，说："不叫萝卜叫啥？叫辣椒就更难听了。"苗雪被逗笑了，对萝卜就更好。她给萝卜拿好吃的，萝卜第一次吃到了巧克力，觉得不好吃，没有爆米花脆实。苗雪给萝卜泡泡糖，这下惹了祸，萝卜把泡泡糖整个咽下去了。吓得苗雪又拼命地给萝卜吃香蕉，他们都怕泡泡糖把萝卜的肠子粘住了。

苗雪十五岁，得了一种很难治的病，要化疗，头发都掉没了。她不能上学，整天都住在医院里。苗雪给萝卜看了她没得病时的照片，那时的她，头上长着浓密的黑发呢。萝卜为了哄苗雪开心，就给苗雪介绍了大蛇做朋友。萝卜开始怕苗雪害怕，苗雪却说："连死我都不怕，还怕什么呢？”

萝卜就问苗雪：“姐姐，死是什么啊？”苗雪说：“可能就是睡着了做梦，然后飘起来吧。”萝卜说：“那感觉我知道，我就做过飘起来的梦呢。那么说，我也死过呢。”苗雪对死的描述，让萝卜想起了山洼里飞舞的蒲公英。蒲公英开花了，种子就像白绒球一朵一朵地在山间飞啊飞，一直飘到很远很远的地方。原来死就是变成了一朵会飞的蒲公英，再也飞不回来了。

苗雪说：“萝卜，你不能接着做破烂王了，你还小，一定要读书啊。你看我，想去学校都去不了。”苗雪说这番话时，是阳光明媚的午后。萝卜发现她的眼睛里滚出了一大滴晶莹的光亮。萝卜低下头说：“我没有钱。”苗雪把二百块钱塞到了萝卜的手里，说：“萝卜，你就替姐去上学吧。”

萝卜晚上就跟爸爸提了上学的事，还拿出了苗雪给的二百块钱。爸爸却皱着眉头说，老板还是不给钱。萝卜想了半晚上，第二天就去工地上干活了。他给新打完的混凝土浇水养生，拽条水管子使劲呲水玩。老板从楼下走，萝卜就瞄准了往下放水。老板被浇成了落汤鸡，喊萝卜下来。看见萝卜是个孩子，老板气急败坏地说：“赶紧躲一边去，让劳动局看见，我就惨了，这不是在使用童工吗。”萝卜不走，说要钱上学的事。老板想了想，说：“叫你爸爸赶快来取钱。你，十分钟以内必须消失，劳动局的车马上就到了。”

萝卜很兴奋，他要把好消息告诉苗雪。可医生说，苗雪的病情恶化了，正在隔离病房里……萝卜就蹲在医院的门口，认真地用剪子剪一只易拉罐。萝卜看见过苗雪用彩色的纸叠的纸鹤，苗雪说，要叠够一千只，她的病就会好了，她就能上学了。萝卜不会用纸叠，就用易拉罐剪了一只飞翔的鹤。他决定要剪够一千只飞鹤，要苗雪的病彻底康复……

为了勉励自己好好学习，萝卜想了很多勤奋读书的句子。最后选的这句最好记，萝卜就写在书包里。句子很通俗易懂，是：“人要不读书，活着不如猪。”

萝卜就近上了育红小学，插班在四年级（6）班。

一进教室，萝卜就吓了一跳，想不到教室里的同学竟然有一百多名。要知道，这里一个班级的学生是萝卜乡下一个学校的学生啊。萝卜纳闷的是，爸爸在城里建了那么多的高楼大厦，学校竟然还是这么挤。萝卜的自我介绍，引来了全班同学的哄笑，这个名字实在是太滑稽。还有萝卜的长相，胖乎乎的，同学们都感觉很好玩。

萝卜是班级里唯一的乡下孩子，土里土气的，却长了一身肥肉，不遭人妒忌才怪呢。那个长得像豆芽菜的窦彬彬，第一个向萝卜表示了不满。窦彬彬说："我老爸有的是钱，可我就是不争气，干吃饭不上膘。你看，新来的那胖子，像肥猪一样肥得流油。上哪讲理去？"

窦彬彬是班级里的老大，手下有一帮哥们，都听他的。窦彬彬还有手机，嘟嘟响，老神气了。有时候上到半节课的时候，手机会很大声地叫起来，气得老师都没有办法。老师把手机没收了，窦彬彬的爸爸就会来讲情。自打萝卜来了以后，窦彬彬就把兴趣逐渐转移到萝卜这边来了。窦彬彬很生气，别人是三个人一张桌子，可他跟这个乡下的胖子两个人一张桌，还被挤得走了形。这个萝卜，简直就是一座大山，整个地覆盖了自己。这还不说，这个萝卜，还很招女生的喜爱呢。窦彬彬观察了，只要萝卜一说话，肯定有几个女生要吃吃地笑。以前可不是这样，以前这些风头都是自己的。现在呢，自己这个超级搞笑大王，彻底沉沦了。女生们总结说，萝卜要是不来，她们都不知道什么叫作幽默。窦彬彬急了："我那不叫幽默叫什么？"女生们笑："你那叫假幽默，耍贫嘴，人家萝卜的幽默才是真幽默，运用的是肢体语言，你懂不懂啊？"

窦彬彬的人气指数直线下降，看萝卜就越来越不顺眼。

这个萝卜给鼻子上脸呢，净跟窦彬彬过不去。学校的足球赛，多关键啊。最后一场跟四（1）班比赛，只要踢平了就能出线，可是，这个胖萝卜一捣乱，差点让窦彬彬吐了血。

萝卜本来是没有上场的机会的，可是赛场上风云突变，四（6）班队员好几个相继腿抽筋，最后一个换人名额就显得尤为重要。老师一看萝卜那块头，防守是最好不过的了。可谁知道萝卜在乡下学校里没有踢过球，萝卜上场就瞎踢一气，不管是谁带球，他是见球就抢。

不管是自己的前场还是对方的前场，他整个踢疯了。窦彬彬是守门员，实在看不下去了，大声喊萝卜。萝卜就扔下足球跑过来听窦彬彬说话，把窦彬彬气得鼻子都快歪了。

萝卜委屈地说："我踢得好好的，喊我干什么？"窦彬彬说："往球门里踢啊！你瞎跑啥啊？"萝卜这回听明白了，比赛还有最后三分钟，就在全班都要欢庆胜利的时候，萝卜做出了惊人的举动。萝卜在对方前场把球断了下来，然后，带着球就往回跑。双方队员都来争抢，萝卜突然拔脚怒射，球带着风声从人群中直向窦彬彬飞去！窦彬彬脱手，球进了！是乌龙球！

更加让人难以忍受的是，这个进球被评为了最佳进球，评委振振有词，说萝卜的这个进球是在二十人的围追堵截下踢进去的，具有相当的水准。萝卜的奖品是郝海东的亲笔签名足球，是窦彬彬梦寐以求的。可是，足球被萝卜拿回去后卖了，给爸爸换烟抽了。

窦彬彬决定从此退出足坛，他觉得萝卜的出现，是足球界的一大耻辱。

萝卜的生活过得很惬意，放学了就背着爸爸去捡破烂。碰到易拉罐就留下来，然后给苗雪姐姐剪成飞鹤。要不是窦彬彬暗中算计他，他的生活一直是平静的。有一天，窦彬彬突然说，他丢了五十块钱。老师根据同学提供的线索，找到了萝卜谈话。萝卜的脸红了，他的兜里正有五十块钱。那钱不是偷来的，是他半个多月偷着捡破烂挣来的。老师看着他，萝卜的心就慌了，双手紧紧地护住了口袋。

老师马上觉察到了萝卜的表情变化，最后从萝卜的口袋里真的翻出那五十块钱来。萝卜不承认，抓着钱不给老师。老师急了，吓唬萝卜要找派出所。萝卜不怕派出所，老师就找萝卜的爸爸。老师走进民工棚的时候惊呆了，这哪是人待的地方。老师把情况跟萝卜的爸爸说了，萝卜原来指望爸爸会为自己说话呢，可爸爸扬手就给了萝卜一个嘴巴。爸爸骂："你这个不争气的孩子，到处给我惹祸。把钱赶紧还给人家。"

就这样，萝卜糊里糊涂低头认罪了。那个窦彬彬，明摆着是陷害自己，自从这件事情发生后，窦彬彬要求老师调换了座位，好几天不敢正眼瞅萝卜。

窦彬彬其实也是有自己的难言之隐的，他那五十块钱，是被校外的社会青年劫去了。从上学期开始，校门口经常出现几个不三不四的坏青年，他们专门抢劫学生的财物，不给就动手打。作为学校里最出名的大款学生，窦彬彬自然成了那帮家伙的首选目标。窦彬彬不敢惹他们，每次都给钱。可是，越是这样，他们就越觉得窦彬彬身上油水足，每次都找他要钱。窦彬彬实在躲不过去了，就把爸爸给他买辅导书的五十块钱给他们了，正好那天萝卜在桌子底下鼓捣五十块钱被窦彬彬看见了……

放学后，萝卜一直暗中跟着窦彬彬，想找个机会下手。可是，还没等自己动手，窦彬彬就大难临头了。那几个小痞子截住了窦彬彬，非要他掏钱不可。窦彬彬说不行，转身就跑。结果被几个坏小子按在地上使劲踢打起来。萝卜忘记了自己是来干什么来的了，冲过去解救窦彬彬。萝卜的体格好，跟几个家伙摔在了一起。他们放开窦彬彬，一齐来对付萝卜。萝卜屁股底下压着一个，双手抱住一个，一着急放了个响屁，把屁股底下那个崩晕了。因为寡不敌众，萝卜的书包最终被那伙家伙抢了过去。好在萝卜是个大嗓门，他“嗷”的一声喊，把警察招来了。吓得那几个小痞子屁滚尿流地逃跑了。

窦彬彬一直没有跟萝卜说话，见着萝卜就低着头走过去。萝卜才不在乎呢，有大蛇做伴，有那些飞鹤做伴，萝卜感觉很开心。萝卜已经有好几个月看不到苗雪姐姐了，听护士说，苗雪在特护病房里，她很喜欢自己做的飞鹤呢。

不久，班级里又发生了一件事情：窗户玻璃不知道被谁打破了两块。老师很生气，认为这是班级里有人在故意捣乱。可是怎么查也没有线索，老师就想办法，要大家提供线索，还要全体同学投票选出谁最有可能打破玻璃。结果萝卜得到的票数最多。上次老师批评萝卜，萝卜的意见很大，至今还不承认他偷钱的事实。玻璃恰恰又在这个时候被打破了，萝卜成了最大的嫌疑人。

老师把萝卜叫到办公室里，指着桌子上的选票说：“你怎么解释？”萝卜不会解释，只是涨红了脸，一副很愤怒的样子。只有窦彬彬在班级里站出来说，不是萝卜干的。可是，窦彬彬又拿不出来不是萝卜干的证据来，只会小声嘀咕，让大家很奇怪。

老师又找了萝卜的爸爸，爸爸在工地上干活，抹灰。听老师的话后，又给了萝卜一个嘴巴。老师很尴尬，觉得萝卜的爸爸使用暴力不妥，可是对待像萝卜这样的乡下孩子，不这样能行吗？这个嘴巴扇得“啪”的一声脆响，可是萝卜一个眼泪疙瘩都没掉下来。

萝卜第二天没有去上学。爸爸抹灰需要供勺的徒弟，这个时候正是挣钱的最佳时机，爸爸抹一平方米的墙面，萝卜能从中提五毛钱呢。以前都是别人给爸爸供勺，萝卜不去上学了，正好钱不用被外人挣了。苗雪出院了，托护士给萝卜捎信，要萝卜好好在学校上学。萝卜替她高兴，转告护士说自己考试得了第三名呢。

天变冷了，工程结束了。老板却总是拖着不给钱，爸爸怎么催都没用。爸爸征求萝卜的意见，还是回家到乡下的学校接着上学，养两年身板再出来干活吧。萝卜想，到了春天，爸爸还要出来，谁和自己在一起呢，大蛇虽好，可大蛇不会说话，也不会给自己做饭吃啊。来城里的学校上学也不行，学费太贵。还有，自己是一根乡下的萝卜，城市的土壤是不欢迎自己的。

一个民工的老母亲生病了，老板不肯出钱，开始还能见到老板的面，老板只是一遍又一遍地说：“再等等，再等等。”后来，连老板的影子都看不见了。那个民工叔叔急得直哭，医院那边要钱等着做手术呢。大家都骂老板的心太狠，出去找老板家的住处。可是，城市太大，上哪里去找啊。

萝卜去查了全市电话号码登记簿，查老板的名字，然后挨家打电话。终于在打到第三十六个跟老板同名的电话时，那家的保姆说苗经理出去了。



萝卜感到很振奋，决定带着大蛇去老板家要钱。可是，门开了以后，萝卜看见坐在轮椅上的是苗雪姐姐。原来，苗雪姐姐的爸爸就是建筑公司的老板。萝卜发现了苗雪的屋子里挂满了自己用易拉罐剪的飞鹤。

苗雪很激动，问萝卜的功课还好吗。萝卜回答说好，萝卜虽然很长时间没有上学了，可是功课一直没有扔掉。“人要不读书，活着不如猪。”这句话一直在鼓舞着他。在得知爸爸拖欠工人工资的时候，苗雪叹了一口气，妈妈是去年得病去世的，爸爸很快就娶了一个后妈。公司的事情都是后妈说了算，不过，苗雪还是向萝卜做了保证，萝卜爸爸的钱和那位民工叔叔的钱是能付的。苗雪说，她的爸爸不是坏人。

老板和那个年轻的女人回来了，老板看见了萝卜，先是一愣。老板感谢萝卜帮助他的女儿度过了最危险期。他还满口答应马上解决民工的工资问题。苗雪的后妈几次打断了老板的话，老板不听，那个女人气得进了卫生间，把门摔得山响。

派出所给育红小学送来一张大红奖状，还有一件奖品，说是送给罗波同学的。老师不知道是怎么回事，派出所的民警说：“上回多亏了罗波同学给我们提供了线索，才把那群社会流氓一网打尽。这不要到年终了吗，我们要表彰见义勇为的先进个人，把你们班的罗波同学就报上了……”

老师带着四（6）班的全体同学来工地找萝卜，民工棚已经拆了一大半。没走的工人说，萝卜跟他的爸爸回家了。老师看见，萝卜住过的铺边上，斜躺着几只易拉罐剪成的飞鹤。

窦彬彬代表全班同学给萝卜写了一封信，在信里向萝卜真诚地道了歉。萝卜在第二年春天回了一封信，信里只有一句话：我想你们，我是世界上最幸福的萝卜。

# 幸福的冰柜

## 1

文化馆创研部没有什么大事情，除了下基层去辅导调研，平时很少坐班。创研部主任小苏把电话打给我，声音很急促，说："大作家，你快点来吧，再不来出人命了。"我想打听个究竟，小苏那边"咔嚓"一声挂了电话。

从我家到文化馆的距离不远，打车就是一个起步价。我一般都是骑自行车去单位。后来自行车总是丢，几次报警也无效。丢的自行车没找着，新买的自行车继续丢。气得我就想出一个不是办法的办法，路上由我来骑自行车，上楼的时候由自行车骑着我——我扛着自行车上下楼，虽然形象不是很好，但是形影不离总比老丢车强。

老远就看见文化馆大门口围了一群人。其实平时这里的闲人就不少，进文化馆不走前门，前面三楼以下出租出去了，过去是一家大酒店，娱乐、休闲一条龙。后来上级下来文件整顿，不让经营餐饮，必须跟文化有关才成。现在晚上里面的小剧场唱二人转，白天有时候搞传销，有时候搞表彰会，有时候还举办农民工唱歌比赛、泳装展览等乱七八糟的，不细听，根本分不清楚俗雅黑白。

文化馆后正对着城隍庙，往来的善男信女不少。平时蹲墙根的老头老太太也成了气候。不过今天的气氛不对，老远就看到小苏着急地喊着："你这个同志怎么不讲道理，快松手，快松手。再不松手，我就报警了!"

分开人群，我吓一跳。只见一个乡村女人浑身是土，满脸是汗，一只手抓着保安晓亮，一只手逮着收发室老黄。乡村女人以一敌二，毫无惧色，看情形战斗了很久，而且取得了阶段性的胜利。我仔细看一下，发现这乡村女人挺会打架，一只手死死抓着保安晓亮的裆下。保安晓亮脸色苍白，努力保持着矜持和优雅，目测一定是被这女人抓住了要害。收发室老黄五十八了，不知道为什么也加入了战团，而且被这个女人死死地揪住了一撮头发，嘴里一个劲地朝小苏嘟囔着，细听是叫小苏别乱动。

小苏看见我，朝着那个女人喊："来了，来了，你要找的人来了!"

找我?我没认出这个女人是谁来。想不到那女人"扑哧"一下笑了，松开了手，拍打拍打身上的尘土，朝我说："锁柱子，我可把你找到了。"

我愣了下，这乳名可有年头没人叫了。连当初给我起名的奶奶都不再叫的名字，想不到被她叫起来如此流畅。

我问："你……谁啊?"

她大大咧咧一笑，说："我是你老姑，井绳!"

## 2

我老姑的确叫井绳。或者说，我的确有个叫井绳的老姑。

我老家在辽西丘陵深处一个叫马耳朵沟的山沟沟里。有人说，我们老家住的那条山沟整体形状像一只马耳朵，故得名。还有的说，我们老家最早是有两个姓氏的人家居住，一个姓马，一个姓代，所以应该叫马代沟，叫的时间长了，大家伙也叫我们村为"麻袋沟"。叫麻袋沟的说我们村像条敞开口的麻袋，叫马耳朵沟的说像一只马的耳朵。这两个说法我都没有求证过，因为没有俯拍技术，整条沟的走向弯曲得像条猪大肠，看不出所以然来。

甭管叫什么名字吧，反正我就是在那里出生的。老姑井绳其实跟我家也不是近支儿，出了五服。因为两家是邻居，相处得好。老姑的年龄跟我同岁，属鼠的，今年四十二岁。我是三十年前跟随父母离开马耳朵沟村的，走的时候是十二岁。小时候跟老姑一起上学放学，玩得可好了。

想不到三十年后老姑井绳还能够认出我，想不到她还能够找到城里来。不过，打架斗殴的行为不好，不知道老姑是为了哪一出。我赶紧劝架，打听半天才知道事情的原委。其实也没有什么大事，老姑井绳来找我，进门跟年轻气盛的保安晓亮发生了几句口角，两人动上了手。保安晓亮是武警转业，练就了浑身的武功，不过这点功夫在老姑井绳面前没起作用，老姑井绳出其不意，一个"黑狗钻裆"，一招就把他制服了。听到保安晓亮喊救命，收发室的老黄跑出来劝架。他误判了形势，以为一个妇女手无缚鸡之力，上去拉开就算了，结果老姑误会了，以为老黄是帮着打架的，老黄稀里糊涂地就被揪住头发制服了。

好说歹说，双方才算和解。保安晓亮嘴里像含了辣椒一样一直"咝咝哈哈"地呻吟，想必是睾丸差点裂开了，疼痛未消，心有余悸。

我没有第一时间认出老姑井绳，这叫她很不爽。老姑板着脸说："锁柱子，你现在要是觉得老姑给你丢人，我抬腿就走。再不登你们家门一步！"

"别别别……"我慌了。连劝带说，总算把老姑拉到了附近的饭馆里。

在饭馆的卫生间里洗把脸，我才依稀想起那个十二岁清纯少女的形象。不过，只能是记忆了。都说女人老得快，老姑表现得尤甚，跟我一样的年龄，老姑倒像个邋遢的老太婆。要不是凭借她说话的声音，我根本不会想到她还是个女人。我瞅着狼吞虎咽吃大米饭的老姑，不明白当初那个嫩葱一样的少女是如何变成这般模样的。

老姑井绳的辈分高，虽然跟我同岁，我却要恭恭敬敬叫她老姑。在乡下，这叫“萝卜不起眼，长在了辈（背）上”。老姑那个时候特别有姑姑的样子，记得有一次邻村的大孩子欺负我，老姑护着我，跟一帮半大小子厮打在一起。似乎老姑从小就有打架的天赋，她那个时候就很能打。邻村一个孩子叫风匣，他的脸被老姑给挠花了。风匣的家长不依不饶找上门来。我五爷爷（就是老姑的亲爸）罚她在烈日下站着。老姑也倔强，不肯认错，我心疼老姑，给她头上遮片蓖麻的叶子，给老姑卷了两张煎饼——她全吃了，还喝光了我端来的一大瓢水。喝完水老姑就在墙角的沙土地上欢快地撒了泡胜利的尿，沙土地被尿出的一个深坑至今还温暖地浮现在我的眼前。

吃饱了的老姑，抹了一把嘴巴。

她抬头问我：“你现在闹好了？发达了？”

我摇头，说：“马马虎虎。”

老姑撇嘴：“马个屁虎，你看你那肚子，喝多少啤酒撑的啊？都公家钱。那什么，我不去你家里了。到这找你有个事，你得跟我回老家一趟。”

我说：“老姑，你都到这了，不去家里哪成？”

老姑叹息：“唉，老姑找你有事。你得帮帮我……”

老姑酝酿情绪，像有个喷嚏爬了半道，又溜回去了，可是不甘心，还想往上拱，拱不上来，很纠结。我一直等着老姑哭出声来，想不到老姑打个响亮的饱嗝，然后起身说：“我先去方便方便。”

不久就听卫生间里传来老姑的一声哀号，惊天动地的。饭馆里的顾客都吓了一跳，几个服务员冲进去架出了终于来了情绪的老姑。这一哭，老姑就一直沉浸在悲伤的情绪里出不来了。

老姑叫井绳这个很滑稽名字的，不过这不怪老姑。五爷爷没有文化，五奶奶更不用说。生了三个小子，一个闺女，起名字就是大问题。三个儿子，依次叫留根，留得，留代，到了老姑这，实在是起不出来叫留啥了。五爷爷不想求人，就因地制宜，生下最后一个孩子时，问五奶奶第一眼看到了啥，看到了啥，乳名就叫啥。于是，就有了井绳。老姑在家里排行最小，跟我的关系也最好。

老姑抽抽搭搭地说："嫁出去的姑娘，泼出去的水，按说不该再管娘家的事情。可是爹是自己的爹，不能看着他老人家遭罪……"

我的心也一沉，三十年了，我也很少跟老家那边联系、来往，不知道五爷爷家里到底发生了什么事情。我给老姑拿了纸巾，叫她擦干眼泪慢慢说。谁知道，老姑把纸巾蹭了一脸，眼泪还是一个劲地前赴后继地往下滚。

越劝老姑哭得越凶。手机响了，在老姑的哭声中，我接听小苏给我打的电话。小苏问我在哪。我回答说陪我老姑呢，就打人那个。小苏说："哦，有这么个事情，馆里前些日子说要下去调查非物质文化遗产，你不是说跟着下乡体验生活吗？正好车里有地方。"

我脑子迅速转一下，想起来我们要去的那个地方，其实离老家不远。我看一眼老姑说："正好带着我老姑一起去。"

老姑井绳"嘎噔"一下止住了哭声，瞅着我："你答应了？"

我说："嗯。亲不亲，打折骨头连着筋。你是我老姑，你家的事情，我咋能不管？"

## 3

车里的确够挤的。比较胖瘦以后，他们决定把我塞到副驾驶上。小苏开车，后面是馆里的三个同事，外加老姑井绳。

老姑体格粗壮，别看是搭车回去，还不搭人情。因为她认出了小苏，在跟保安晓亮和老黄厮打的过程中，小苏是站在实力强大却处于劣势那一边的。老姑哭哭啼啼了半天，大米饭吃多了，上车就有点犯困。不管挤不挤，先睡了一觉。

这一睡不打紧，呼噜如雷。偶尔还会在呼噜的中间抽搭一下，想必是哭得太过伤心和投入了。好在这几个同事跟我关系不错，都笑着看我。

老姑以为我是记者。在乡亲的眼睛里，记者这个职业可是无所不能的。有困难，记者一来就给解决了。其实事情也没有严重到老姑哭诉的那样，都是家长里短的事情，谁家过日子都有勺子碰锅碰碗的情况。

主要矛盾是五奶奶去世以后，五爷爷又找了个后老伴五后奶奶。儿女虽然开始不同意，可是架不住五爷爷的倔强。五爷爷倔强的脾气也是出了名的。我在老家的时候，有一年五爷爷上山挑柴火，结果来了脾气，就在村街上摔扁担，引得全村人看他跟一根扁担怄气。

据老姑说，前段时间五爷爷要跟后老伴结婚。这下三个儿子留根、留得、留代都不干了，闹上门来。在我们农村，一般娶后老伴都不办结婚证，就是搭伙过日子。五爷爷这么正式地要跟后老伴办理结婚证，三个儿子拼命反对是有原因的。因为老家那要开发建钢厂，要占土地。听老姑说我还不信，一条山沟沟能建什么厂子啊。后来猛然想起还真有这么一回事，年初的报纸都报道了，说是招商引资的一项壮举。这样情况就复杂了，建厂把土地占了，五爷爷就能够获得一笔赔偿金，数目不小。五爷爷要是真跟后老伴登记结婚，这财产就成了儿女们注意的焦点了。所以，五爷爷家开始鸡犬不宁起来。三个儿子发动全家老小，把五爷爷的后老伴给抬了出来，送回了娘家。结果五爷爷后老伴的儿女们也动怒了，说我妈晚节不保，再嫁给你们家，生是你们家的人，死是你们家的鬼，于是再给抬了回来。双方目前就是隔三岔五运输老太太玩。五爷爷气得不行，要喝耗子药。老姑心疼老爹的死活，这才万般无奈找当“记者”的我来调停战争。

我解释了很多遍，说自己不是记者，无效，老姑井绳认了死理。还说：“村里人都知道你当记者的事情，我家的事情你不能看热闹，这事你得回去管管。尤其我那三个哥哥，你给报道报道，吓唬一下，就不来抢老太太了。”

我的几个同事在后面苦不堪言，碍于我的面子，也不好多说什么。我只好赔不是，说到目的地请大家下饭店。为了尽可能消除老姑井绳的呼噜扰民，我们尽量谈点艺术什么的，陶冶一下情操，消解一下噪音。

小苏说："大作家的诗歌写得真好。"

我业余喜欢写诗歌，这几天写了首纪念曼德拉的。在网上贴出去以后，点击率惊人。

正说着曼德拉，老姑在后面扑棱一下惊醒了。问："哪有茅房？"

大家都被老姑给问懵了，都瞅我。我赶紧问："老姑，是不是想去厕所？"

老姑缓了缓神，摇头，小声嘀咕："我听你们说慢点拉，慢点拉，以为到了茅房。"

几个人先后反应了过来，开始都憋着，越憋越憋不住，小苏率先发出了一串压抑之下显得很绝望的笑声："哈哈……对……对不起……哈哈……"

我紧张地回头看老姑。老姑井绳的脸蛋拉得像井绳那样长，眼白翻着瞅小苏。小苏愧疚之中掺杂着快乐，不知所措，笑声就像开闸的水一样控制不住，继续哈哈哈，没完没了……这样下去可不行，小苏手里握着方向盘呢。

我赶紧打圆场说："停车，停车，方便一下。"

事情果然很糟糕，老姑井绳不是吃亏的人。她知道小苏的笑声里带着嘲讽，她不顾我的阻挡，跟小苏说："妮子，我跟你说几句话。"

小苏跟她去边上说话，叽叽咕咕地不知道说什么。开始剑拔弩张，后来变得风平浪静了。我们都长舒了一口气，不知道小苏是用什么办法化解了老姑一触即发的愤怒。

小苏其实是我的直接领导，我叫她小苏而不称呼她主任也是有原因的，我们创研部原来的主任调走了，本来我的呼声最大，大家以为我当主任是板上钉钉的事情了，谁承想领导就把文化局的小苏给调过来，而且来就当了主任，成了我们的头。小苏是个二十六岁的女孩，挺活泼的，原来在文化局开会的时候，见面小苏长小苏短的。冷不丁当了我的主任，还不好改口。小苏主任也挺大度，私下跟我说就叫她小苏，感觉挺亲的。

# 4

车到了距离马耳朵沟八里远的镇上，这是此行的目的地。他们要在这里拜访两个民间的剪纸艺人。几个同事去调研，小苏负责开车跟我一起去老家。事先跟这边的同事商量好了，要是马耳朵沟住不方便，晚上小苏开车到镇上住招待所。反正大家有手机，可以在微信上及时沟通联络。

小镇不大，镇上超市里卖的货物跟城里没啥区别。重返老家，还是要给五爷爷一家带些礼物的。去超市一路选，老姑嘴上客气，手脚却没闲着，把车的后备厢塞满了。我去买单，发现要买的货物里多了箱白酒。记得五爷爷是不喝酒的，以为是服务员错拿了白酒。刚要问询，老姑抢先说："白酒给风匣买的。"

风匣？我一下子想起了那个跟老姑打架被挠花了脸的邻村男孩来，心想我凭什么给风匣买酒喝啊。老姑说："风匣是你老姑父。"

我"扑哧"一声笑了，连说："再拿一箱好酒。"

一路上小苏跟老姑相处得很融洽，这叫我有点出乎预料。据说，小苏的仕途才刚刚开始，她能够一路冲上来做创研部主任，其实是冲着我们副馆长的位置的。我这个人平时跟小苏关系还好，她不难为我，总给我开绿灯，支持我创作，我自然也给足了她面子。

重回马耳朵沟，感慨很多。三十年时光流逝，物是人非。老姑一路指指点点，给我讲解介绍。初春的丘陵山地显得还很萧瑟，不过大田的春播已经结束。辽西十年九旱，春播是要抢墒的。尽管有时候天气还很冷，甚至有的年份这个时候还下点薄雪，苞米种子却不能耽搁，直接干埋下去。等着暖和了，苞米就该出苗了。

看我说得头头是道，小苏很佩服。说："想不到大作家还食人间烟火啊。"

我得意地炫耀："怎么样，这就是下生活的好处。你要是把种子泡了埋下去，到时候墒情不好，春天不下雨，苗可就出不齐了。哪个从乡村出来的人，不懂得一点侍弄庄稼的常识呢？”

小苏说：“种地能得多少钱？招商引资占了地，老百姓都去当工人，多好。”

老姑井绳嘴巴里啧啧几声：“没长眼的市长，他就想着自己当官的好处，给我们那点钱，我们这辈子行了，下辈子咋办？给我们挖坟圈子呢。”

小苏被抢白了几句，脸色不好看。

我问：“招商的事情靠谱吗？”

老姑伸个懒腰说：“谁知道呢，这帮当官的嘴巴不如好老娘们的产门，没把门的。”

小苏听得无可奈何，摁喇叭，驱散小路上几只不怕车的绵羊。

车进了村口，老姑眼睛尖，指着外面的山坡喊：“你五爷爷在地里呢。”

我也看清楚了，远处的山坡上佝偻着一个白发老人。我叫老姑坐着小苏的车直接回家，我下了车，朝着山坡喊五爷爷。喊了七八声，五爷爷才费力地朝我这边搭话：“是喊我吗？”

五爷爷年龄大了，眼睛不好使，耳朵也有点聋。他看清楚了是我，高兴极了，一个劲地跟我说：“大孙子，你出息了。今天早上起来眼皮就跳，门前的喜鹊也叽叽喳喳地闹。你老姑说去城里找你，我没当回事，以为她说着玩。你爸妈身体都挺好的吧？一晃多少年没见了，自打你们走了，就你爸爸隔三五年回来一趟……”

我一直听着五爷爷唠叨，插不上话。

这片山坡地，土质肥沃。粗略目量一下，也得有几十亩，不都是五爷爷一家的。五爷爷眯着眼瞅垄沟，里面除了黄色的土，再无他物。五爷爷却说：“锁柱子，你听听。”

我啥都听不见。五爷爷嘿嘿笑，说：“满垄沟都是苞米种伸懒腰的动静。走了这么多年，庄稼活都忘了吧？”

我不好意思：“我爸在阳台上弄一空地，我跟他出去买的花盆，跑公园里面偷的土。栽不少蔬菜。长得挺好的，就是吃着不行。嫩不是好嫩，吃着发柴。”

五爷爷摇头，说："不接地气，也没有日头照着，长出来没劲。唉，等夏天的时候，你带着你爸妈一块回来，我给你掰苞米棒子，烀着吃。啃苞米，就着蒜泥茄子。"

好啊，好啊，我欢快地答应着。

五爷爷神情突然黯淡下来，说："没几天好日子过了。听说没，这片地都得占了，要建钢厂，去年就有人在这量尺寸，听说都上了电视和报纸，要动真格的了。"

我一下子想起此行的目的来。是啊，明年这块苞米地可能就不见了，吃不上五爷爷家的烀苞米了。最关键的问题是，这项轰动一时的招商引资项目，不但从经济上改变这个封闭山村的现状，其他方面也受到了冲击和碰撞。

五爷爷咳嗽一阵，说："你老姑喊你到家来，我没挡着。早晚也得麻烦你一回，咱们家族出息的人家，还就你们家。你看，你爸妈都是国家干部，你也是记者。家丑不可外扬，我这么大岁数，也不爱七百年谷子八百年的糠都抖搂出来。可是，事赶到这了，不解决也没法，我也不怕磕碜了。"

我坐在山坡上静静地听着，我脚下的土壤里，千百颗苞米种子正在蠢蠢欲动，一起倾听。

五爷爷腿脚不利索，就着土坡坐着，话匣子打开，根本也不用我插嘴了。五爷爷是村子里第一个木匠，我们马耳朵沟村出的木匠特别多，据说都是五爷爷的徒子徒孙。五爷爷年轻那会，带着几个徒弟出去干木匠活，每年都能够赚回来不少活泛钱。

五爷爷娓娓道来："你五奶奶走得早，你三个叔叔都成家了，你老姑出了门子。我体格也不好，受过那回伤以后，腿脚就不行了。要不是后老伴照顾我，我活不到今天。你家是男孩还是女孩？女孩好，知道疼老的。三个儿子不如一个姑娘，你老姑对我没说的。后老伴就是她帮着张罗的。这些年陪着我，把我照顾得挺好。头年她得病了，下不来地了。我们在一起就是搭伙，也没办结婚证。现在孩子们硬把她往自己家送，人家儿女也不愿意要。跟我一场，结果还闹这么个下场。锁柱子，咱们家没出过这样阴损的事情。我就想跟她登记结婚，给她个名分，你是记者，这事你得帮我弄弄。”

听着五爷爷的讲述，我心里一阵发酸。迎着他殷切的眼神，我就赶紧表态：“五爷爷，老年人再婚不算事。还有啊，你们都在一起过了快十年了吧？整十年，那更没有问题了。已经是事实婚姻了，就差领个证。谁去乡政府民政那，这事都能够解决，”

五爷爷的眼里流淌出快活的光芒，说：“那敢情好了，回家，晚上叫你老姑父过来陪你喝顿酒。也没啥好吃的，都是农家饭菜。”

## 5

我从脸上留下的伤疤就认出了老姑父，老姑父风匣是个实在人。老家流传着这样的顺口溜：村子小，风沙大，马耳朵沟人没啥话，就听小酒刷刷下。老姑父风匣不会客套，上了酒桌就一通喝。老姑给他使眼色，他也仍然闷头喝。老姑就不再客气，一脚踹过去，老姑父红着脸掉炕下去了，起来出门，一会儿就听摩托车远去的声音。我赶紧劝老姑喊住老姑父，喝酒以后骑摩托车危险。老姑不理会，说：“没事，都是熟道。家里晚上不能没人看家。毛驴半夜要喂料，都揣了驹子了。早上还得喂猪，不然猪老拱猪圈门子。”

小苏看得目瞪口呆，老姑亲自上阵，倒酒，首先跟五爷爷说：“爸，锁柱子一来，啥事都能够解决。你就放心吧。锁柱子如今发达了，给你买的这些东西，都是好东西，可贵呢！”

小苏“咯咯”笑着瞅我，我不好意思了。

五后奶奶安静地躺在炕上，不能动。我进门问候了她几句，她只会朝着我笑，五爷爷不敢叫她说话。五后奶奶以前是不会骂人的，在乡村老家十里八村备受尊敬的五后奶奶得了这个病以后，只要一张口跟人说话，她只会说三个字——“你妈蛋”。

按照五爷爷的话说，得的是怪病。

小苏跟着老姑井绳一起进来，往家里搬东西，顺便跟五后奶奶打招呼，五后奶奶看着一炕的好东西，感激地朝小苏说：“你妈蛋！”

小苏一下子愣在那，不知道怎么办才好。老姑大大咧咧地说："没事，这是我爸后老伴，我叫姨，得病以后见谁她都这么说。"

老姑挺能喝酒，话也多："来，老姑求你们办事，你们辛苦了。今天晚上咱们就敞开了喝。"

我始终好奇老姑为什么会嫁给风匣，老姑龇牙嘿嘿一笑，在灯光下状如鬼魅，老姑说："你走以后，咱班同学老打架，哪回我都把你老姑父挠满脸蹿花。挠完他们家人就找你五爷爷闹，挠一回找一回，说破相耽误他说媳妇了。后来实在看他可怜，就嫁给他了。"

本来是计划开车回去的。从山坡地里下来的时候，同事在微信里还问询我们。我当时回了句：不晚的话就回去。想不到小苏酒量不行，被老姑几下子就给灌多了，走是走不成了。我赶紧给那边打个电话。电话里很嘈杂，想必是镇上的文化站宴请。我简单说了情况，那边怎么回答的也没听清楚。

五爷爷嘱咐我早点休息，我哪有困意？跟老姑商量明天咋解决这事："老姑，明天要不要去镇政府那边找管民政登记结婚的干部？"老姑说："不是登记的事，登记就一个本本，主要还是我那三个哥。你得跟我去挨家吓唬，镇住他们就好说。"

我笑了，说："老姑，你别一说话就动刀动枪的。有理讲理，讲不通还有法律。"

老姑说："你是不知道，要是好办事，我能找你吗？行了，今天都累了，歇着去。里屋有地方。"

老姑也进了里屋休息了，我跟五爷爷又坐一会儿，聊聊这三十年马耳朵沟的变化。里屋传来老姑的呼噜声，五爷爷把五后奶奶倚在后背的枕头放平，像哄孩子似的说："睡吧，睡吧，没有妖精，我在你枕头底下放笤帚疙瘩了，镇住了。"

五后奶奶安详地笑了笑，轻声说："你妈蛋！"

五爷爷瞅我一眼，翻译道："你奶奶说，都睡吧。"

我出去转一圈，在月亮地里走了走。回来的时候，五爷爷和五后奶奶都入睡了。我撩了帘子，进里屋，顺着老姑扑面而来的呼噜声，找到睡觉的地方，原来里屋也是一盘炕，连着外面的。老姑在炕梢呼噜不断，自娱自乐折腾得挺欢。小苏在炕的这一角，睡得很安静。

我瞅瞅屋子里，再没有什么床之类可以睡觉的。地上赫然摆着一台冰柜，闪烁着红色的灯。夜晚安静下来以后，会听到冰柜喘息一样嗡鸣着。听动静，是台老冰柜了。

看来我只能睡中间地带了。我猛地想起，我跟小苏不能离着这样近，这样睡肯定是不合适的。可是还有别的选择吗？

我轻轻脱了袜子，其他的衣服没有脱。我慢慢钻进了属于我的领地，还没睡着，就听见小苏轻声笑。我这才知道，原来小苏一直没睡。

我歉意地说："小苏，你还没睡啊？"

小苏说："你听你老姑那动静，还有那大冰柜，我能睡得着吗？"

我说："你看，都怪我，叫你见笑了，委屈了。"

我起身下地，找冰柜的开关，摸到了电源插头，给关了。重新回到炕上，小苏那边也传来均匀的呼吸声。

迷迷糊糊中，感觉小苏钻了过来。她扯开我的被子，一下子就贴近了我，我的心狂跳了起来，赶紧回头看老姑那边，好在呼噜依旧。小苏紧紧抱着我，一下子吻住了我。我有些迷乱，头脑里一片空白，做梦也没有想到小苏会对我这样。她吻我，我也没客气，也去吻她，吻着吻着就去解她的衣服，结果遭到了反抗。

我赶紧自觉起来，不去吻她了。手脚也开始规矩起来，想不到小苏却捉了我的一只手，放在她胸口。我再次被撩拨起来，以为这次有机可乘，手又开始不要脸起来，摸到了她的乳罩，想解开。结果再次遭到反抗，弄得浑身是汗。

老姑在那边又翻个身，大喊一声："风匣，给我铲子。"

黑暗中，小苏和我都吓了一跳。

我把小苏推出被子外，说："不准再来捣乱。好好睡觉。"

小苏调皮地钻了出去，不久，又试探着把手伸进来，像上次一样捉着我一只手。有了刚才的教训，我索性不动了。小苏就一直牵引着我的手，放到她的胸口，没有想到这次乳罩是开的了。小苏把我的手放到了她的乳房上。黑暗中，我看不见小苏的乳房，却能够感觉到那份坚挺和柔软。小苏的乳房不大不小，握在手里像一团云一样美好。

## 6

早上醒来的时候，里屋已经空无一人。屋子里亮了，我看着墙角的那个大冰柜，此时，它也好像累了一样，不再聒噪了。

出了里屋，炕上的五后奶奶已经重新倚坐在那里。见我出来，她礼貌地打招呼："你妈蛋!"

不用五爷爷翻译，小苏在灶间说："大作家，问你早上好呢。"

我一时尴尬起来，不知道是因为五后奶奶那句骂人的话，还是因为我跟小苏晚上的事情。

小苏表现得很冷静，好像什么事情也没有发生过一样。这叫我感觉很奇怪，瞅着她的胸部，我脑子里产生了恍惚和错觉。怎么回事？难道晚上不是真的吗？可是我手里分明还残留着她的体香。

小苏说："他们今天要调研，昨天下午啥都没干成，文化站的干部安排喝酒。可真行，也不怕抓了典型。今天他们镇上给派车，我跟着你走。"

我说："油钱算我的，我这毕竟是办私事，不能叫你为难。"

小苏："哎呀，大男人呢，这点东西也要算来算去的。赶紧吃饭，吃完饭咱就去办事。"

我红了脸，试探着问："小苏，昨天……昨天晚上睡得怎么样？"

小苏瞅我："开始不行，冰柜老响，你关了以后我就睡着了。"

我有点失望，不想五爷爷听到我的话，赶紧冲进了里屋，说："咋关了冰柜啊，东西会坏的。"

五爷爷打开电源，大冰柜又开始嗡嗡地叫了起来。

在乡间的小路上开车，小苏很狂野，感觉也过瘾。因为开得快，老姑反倒有点不适应，吓得她不住地大喊大叫。我频频走神，两个声音在打架，一个告诉我，是真的，我确实是摸着小苏的乳房入睡的；一个告诉我，怎么可能，是做了一个春梦，因为小苏那样好看的女孩就睡在不远处，产生了某种念头，于是就在梦里一厢情愿地摸了人家的乳房。但是，那乳房不是现实中小苏的乳房，是自己想象的。

我们的第一站是老姑的大哥家，也就是我的大叔留根家。

车开出了十几里地，才到了大叔留根家门前。老姑在车上酝酿情绪，下车以后，先发制人，在门口大喊大叫。

留根是没出来，放出来一只大狗，吓得小苏哇哇叫着躲避。我心里多了层疑惑和暧昧，也不知道哪来的勇气，保护欲大增，护着小苏。色胆果然很管用，不但能够包天，也震慑住大狗。老姑井绳丝毫不惯着大狗，捡起块石头把大狗打得惨叫一声，逃回院子里。

大叔和大婶迎出来，大叔还是认出了我，喊着我的名字，拉着我的手打量。看见小苏，大叔以为是我媳妇，挺友好地往家里让。小苏解释说她是我主任。小苏平时没自称过“主任”，这两字一出口，我心里不知道为什么凉了半截。

谁想到老姑先我一步进院，没出三分钟时间，已经和婶子打成了一团。婶子像老姑一样彪悍，两女人不听我们劝，揪扯着叫骂着扭打在一起，具体内容就是关于五爷爷结婚的事。大叔留根很讲究，先把我和小苏带进门，还要找烟倒水。小苏和我瞅着院子里的打斗，赶紧说：“大叔，你不用客气，你先去把她们拉开。”

大哥抱歉一笑，开门出去，大喝一声，院子里消停了。两个彪悍的女人收拾战场，婶子表现得特别得体，跑进灶间点火做饭。我赶紧出去制止，说：“婶子，千万别忙乎，我刚撂下饭碗。”老姑不进屋，但也不离开，大脑瓜子挂在窗口，一张大嘴得空就蠕动着发起挑衅。

事情因为有了老姑掺和，被弄得一波三折，谈话中间老姑和婶子又差点动起手来。好说歹说，小苏才把老姑的脑袋从窗口给摘下来，拽到车上。小苏挺绝，把车门给锁上了。尽管如此，我还是能够察觉到老姑的脸像压扁的倭瓜，贴在车窗玻璃上向外咒骂。

老姑被囚禁起来，说话就没有人再搅和了。

大叔留根叹口气，听明白我的来意了，就把事情的原委跟我说了。期间，婶子几次要插嘴，都被大叔留根大喝一声制止。看来，这个家还是他说了算。

大叔留根说，作为长子，按理说他不该掺和家里的事情。老爸含辛茹苦拉扯大四个孩子，哥三个都娶媳妇盖房子，累没少受，罪没少遭。这个，作为老大明白这个理。老婆走得早，五爷爷一直自己过，找个后老伴也无可厚非。年轻人成双成对，老人咋了，老人也有资格享受生活。

听大叔留根这番话，我的心情放松了，不再担心沟通的问题。

大叔留根还有个特殊情况，当初他结婚的时候，家里挺困难。没有办法的情况下，大叔留根只好当上门女婿，倒插门到现在的婶子家。当初走的时候，说好了是“清身出”，这一点村委会给证明，乡里乡亲也认可。“清身出”具体的意思就是娶媳妇盖房子啥的，都不用老人张罗，自力更生，自己想办法。既然是不拿家里的一根草棍，大叔留根也就没有了赡养五爷爷和五奶奶的义务。这些年大叔留根做得不差，岳父岳母养老送终了。五奶奶没的时候，大叔留根也没少掏钱，跟哥几个平均分的。那时候，老二留得刚盖新房子，老三留代老婆得病刚去世，都是困难阶段。虽然说好了老大留根没有义务再管父母，可是留根还是发扬了美德。这件事情，全镇都家喻户晓，都夸大叔留根做得好。

现在情况是五爷爷非要跟后老伴登记结婚。大叔留根一家也反对，据说抬五后奶奶出门，大叔留根也走在前面冲锋陷阵。

这点疑问大叔留根也给了我解答。

大叔留根说：“事就出在结婚证这事上，十里八村没有这样干的。正式登记结婚，就是说法律认可了。现在的乡下都懂法，明白你五爷爷的用意。你五爷爷就是想把占用土地的钱都给了老太太。在一起过日子咋都行，我们该叫妈还叫妈。可是登记这事高低不行，那土地不是我爸爸一个人的。咱们马耳朵沟的土地三十年不变，现在还有十七八年到期。我现在是农村的黑户口，我那份土地一直在你五爷爷名下种着。我清身走以后，土地不能跟着走。到了这边，也没有土地，几个孩子出生也分不着一根田垄。所以我们家除了你婶子，全是没土地的。这么多年了，那几亩地都归你五爷爷种着，粮食也归全家的，我没说啥。可是国家要占土地了，给赔偿，我就不能不要我那一份。你说是不是这个理？我年龄也不小了，也得有自己的养老本钱吧？”

我听了一会儿，觉得大叔留根说得有道理。就说：“那能不能你拿你的那一份，他们该结婚还结婚？我觉得五爷爷不是不明白事理的人。”

大叔留根拍一下大腿，说：“大侄子，你是不知道啊，这事最大的阴谋家是你老姑。你可别小看你老姑井绳，算事、算人都能够算到骨头里。”

我愣愣地，不知道怎么反应。

大叔留根越说越激动：“咱们家出的这点幺蛾子，都是你老姑怂恿的。她把你五爷爷给迷惑了，她说啥你五爷爷就信啥。要不然你五爷爷那性格脾气，没啥说道。”

我说：“不会有那样严重吧？我老姑这人刀子嘴豆腐心，心思不差。”

大叔留根不屑地瞅车里那张扁脸说：“你知道吗？你老姑做得有多绝，你现在的五奶奶的户口不在她儿女的户口本上，在你老姑他们家户口本上。你还没听明白吧，你五爷爷的老伴就是你老姑的阴谋，她把后老伴安插在你五爷爷身边，目的就是为了分财产。”

我有点不知所措，这事有点出乎我意料。我跟大叔留根表明了态度，我回来呢，虽然是老姑叫的，但是不会偏向。五爷爷要结婚，这事你们做儿女的都不能反对。有矛盾咱们解决矛盾，看五后奶奶那身体条件，不能抬来抬去的了。

大叔留根很开明，支持我做工作，他是老大，只要钢厂占地后，属于他的那一份利益得到保证。他就不会干涉老人的婚事。

这我就放心了，婶子还要做饭，我说：“不麻烦了，没有到饭点呢，我去找二叔谈谈去。”

从大叔留根家出来，我就板着脸不搭理老姑。老姑察言观色，试探着问我怎么回事。

我说：“老姑，你不能说打就打，这样咋行？事根本讲不清楚。”

老姑直劲点头，表态说她没有文化，叫我多担待，以后只说事，不动手。还辩解说她大哥家做事太过分，放大狗咬人。小妮子有我护着，她当时却没人管。当初她是怎么对我的，现在我一点情意都不讲。要不是她是我老姑，她当初嫁的人就是我。

我喝水的时候听到老姑讲这番话，一下子喝呛了，咳嗽着赶紧打岔，问她户口怎么回事，五后奶奶的户口怎么在她家户口本上？

老姑听了以后“哇”一声哭了起来。

小苏把车停在路边，叫老姑哭个够。

老姑看没有人劝，不哭了，说：“我也有难处啊，就知道我大哥和大嫂给你灌迷魂汤了，我要是在跟前，看我不撕……好，我说实话。当初我看我爸可怜，就把风匣他姨介绍给我爸，两老人觉得挺好，就在一起过日子了。这不吗，风匣那几个表弟表妹不答应，说我们给他们当儿女的丢脸了，说他们断绝关系不管老人了。我没办法，就把风匣他姨的户口迁到我们家户口上了。我一片好心，还被我大哥他们误会，真是狗咬鲁智深，不知好人心。”

一句鲁智深，叫小苏放声大笑起来。老姑骂：“笑你姐个腿。我们说正事呢。”

这么说来，老姑还真是一片好心。看来这中间还罗圈亲戚，五后奶奶其实是老姑父的姨，双方亲上加亲。不过，大叔留根他们生疑也是情理之中，户口在老姑的名下，那样将来的财产是不是要归老姑所有？

我用问询的眼神看小苏，小苏意味深长地瞅老姑，说：“潜力股啊。”

老姑听不懂潜力股的意思，斜着眼打量小苏。

我琢磨得头疼，说：“老姑，你带路，去我二叔家。”



## 7

老姑没往山沟沟里带路，而是到了镇上的公路边上。

老姑说：“你二叔家养车包线。就在这等吧。”

整十点，二叔开着车，二婶卖票，已经跑了一个来回，看来生意挺忙。车要在这里短暂逗留，半个小时以后再跑一次。陆续有乘客上车，都是附近的乡亲。车门子敞开着，我往车上走，二婶前胸吊个破包，拦住了我："去哪？买票。"

我看二叔，二叔在给车加水，抬头看见我，没敢认。老姑一手扳着车门子，朝着二婶说："哎哟，二嫂子，你是赚钱赚疯了咋的？连亲戚的钱你也收啊。"

二婶和二叔都看见了老姑，二叔就认出了我。

二叔说："锁柱吧，看着面熟呢，没敢认。胖成这样了，啥时候回来的？坐车吧，不用买票。"

还没有说明来意，老姑和二婶已经一个车上一个车下的撕扯到一起了。二婶跟大婶比，体格明显偏瘦。力量上吃亏，被老姑一个趔趄给拽车下去了。

我一看这么打下去咋成，喊小苏。小苏被老姑骂过，心情也不爽，磨蹭着过来，说："吃一百个豆都不嫌豆腥，我看你老姑天生就是打架的，见谁都动手。"

我说："你赶紧拉她回去吧，把老姑送回家去。然后你去忙工作吧。"

好说歹说，老姑薅走了二婶的一绺头发骂骂咧咧地跟小苏走了。

二叔一直没动手，唉声叹气地看两娘们纠缠。在自己老婆和妹妹之间，二叔也不知道该怎么办。二婶吃了亏，大哭小号地骂祖宗八代。不过上来乘客，二婶马上恢复原状，该收钱收钱，丝毫不会搞错。

我坐上了副驾驶，跟二叔聊天。

二叔说："你来就来呗，别跟着你老姑来。她一来就打架，总薅你二婶的头发。你看你二婶的脑袋，本来就头发稀，越稀越薅，越薅越稀，原来梳辫子，现在都扎不起来了。你也是，下车干啥，把车门关上拿臭狗屎臭着她不行啊。"

二婶开始忙碌了，不管二叔说什么，也不拿正眼看我。

我说："二叔，您别误会，我也是刚从大叔家过来。想跟你谈谈我五爷爷的事情。”

二叔熟练地检查车，抽空还跑下去，进一屋，灌一瓶子热水上来。那瓶子挺大，里面翻着一大堆劣质茶叶。二叔说：“十分钟就开车。我们家的事没辙，老的不像老的，小的不像小的。”

十分钟肯定谈不拢，我索性豁出去了，安心坐下来，跟二叔磨性子。

二叔说：“我爸要结婚登记的事，你甭说了。我们肯定不能答应。不能想一出是一出——走了，走了，上车上车。河屯子，下河首，牦牛沟，李杖子，柏木山沟……你等会再说，我去把麻袋塞进去。”

二叔麻利地下车，帮着乘客把大件东西往车下塞。这一路上谈话总是被打断，二叔一路鸣着喇叭。二婶开半扇车窗，见人就喊：“河屯子，下河首，牦牛沟，李杖子，柏木山沟……上车上车……”

二叔家养车已经很多年了，最近听说有变动。跑线也不容易，承包费增加，听说县交通局那边也有变化了，新来的局长要重新招标投标，二叔的生意受到了影响。二叔家有个儿子，学习不错，很有出息，前些年找过我爸帮着找过学校。后来听说事情办成了，现在孩子在北京都工作了，处了个女朋友，两人一直同居隐婚着，等着在北京买房子。他打电话叫二叔和二婶帮助凑钱，首付凑齐了，每月还贷款。

这些情况我其实都知道，这次断断续续听二叔又复述一遍。二叔重复讲这些是有目的，我能够明白二叔的想法。占地涉及赔偿，全家的地其实都归五爷爷种着，儿女们都嫌种地累，收成少。谁承想突然要占地建厂了，这笔赔偿对二叔一家而言是久旱逢甘霖。这个节骨眼上，五爷爷提出登记结婚，事情就蹊跷了。

二叔明确表态：“锁柱子，不是二叔不开面，老的我们养，你问问你五爷爷，吃的喝的，我哪点做得不好？跟后老伴过就过呗，非要结婚领证，明摆着是你老姑的坏道道。你老姑那人，心理阴暗着呢，趁我们不在家，把你五爷爷哄得团团转。她的土地也在家里呢，这些年，她跑回去种。我们当儿子的都没种，寻思打点苞米给你五爷爷一个人花，治病买药啥的也宽裕。她一个姑娘家跑回去种地，收秋，打粮食，风匣开着车，把苞米都拉自己家去了，以为我们都是傻子。风匣他老姨，儿女们都不管，你老姑给划拉到我们家来了。我们家是养老院还是慈善机构啊？生给撮合到一块去了。我爸都跟我们说了，不找后老伴，身体也不好，没有啥要求了。她可倒好，违背我爸的意愿，用女色诱惑。”

二婶突然喊：“趴下，趴下！”

车里的乘客很拥挤，却很听话，过道上站着的，司机边上坐着自制板凳“呼啦”一下趴下了。原来虚惊一场，以为路边有交警查超载。车里超载的确很严重。一辆小面包车，有多少人二婶就给塞进去多少人。

我说：“大叔那可答应了。只要五爷爷肯把他那份土地的赔偿给他就成。”二叔很不屑，说：“我大哥哪有发言权，他当初是清身出，按说土地都不能给他。对吧，要不咋叫清身出？带着土地还叫清身出？还有你老姑，嫁出去的姑娘，回来种地，哪有的事情啊？到哪也说不出理去。”

我说：“二叔，土地赔偿的事情，先这样，赔偿款下来的时候再说。叫我五爷爷先把结婚证领了。”

二婶分开乘客，朝着我说：“高低不行，你说出天花来都不成。”

二叔的手机响了，二叔接听。车紧急停在路边，二叔朝着二婶喊：“快！”

二婶动作很利索，蹦下车，快速拽出一条白布来，上面还有一朵大白花，几下子就挂到车前面了。二叔重新开车，二婶变戏法一样从包里掏出一把纸钱来，看到前面的交警扬手洒了出去。纸钱在车前飞舞，车也没有减速，从交警的车边驶过去。

二叔说：“叫少拉人，超载罚款。油也涨价，没几个钱。”

我看傻了，这哪是公共汽车，变成了殡仪车了。车里的乘客没有谁反对，都很冷静，有说有笑的，很是融洽。

我瞅瞅车开出这么远的路了，二叔那还是油盐不进，工作做不通。心里也急了，就说：“二叔，老人的婚姻受法律保护，你们做儿女的反对也没有用。”

二叔“咔”一下把车停下了。瞅着我说：“你老姑答应给你好处了吧？”

我急了说：“你们不能只想着自己的利益，老人一辈子也够辛苦的，反正这证领不领也事实婚姻。那土地赔偿也得有五后奶奶的份。”

车门子“呼啦”一声开了。我被二婶礼貌地请下了车，还好，二婶没叫我买票。

在路边等返回的车，手机响了，先是老姑打来的。

老姑在电话里骂，说小苏那个死妮子把她丢到半路上不管了，我说我也好不到哪里去，二叔和二婶把我丢到路上不管了。不知道在什么地方，但是知道在对面等车往回返。老姑说：“这回你算知道我那两哥啥样的人了吧？就得治治他们。”

老姑的电话刚挂，又有电话打进来。先是个女的，问我叫啥名字。说不清楚，一个男的声音又传进来。这回听明白了，是三叔留代。

留代先发制人，说：“我大嫂和二嫂都给我电话了，你要不掺和我们家的事，咱们还是好亲戚。你要是帮助你老姑办事，别怪你三叔不客气。你三叔可是蹲过大狱的人。”

我听着这个气，不想跟他理论，挂了他的电话。

三叔留代其实挺不幸的，他比我大三岁。第一个媳妇得病死了，留下个小丫头。守着孩子过日子，三叔也挺能干。跟着村子里的人出去打工，干钢筋工的活。小丫头就丢给了五爷爷和五奶奶看着。结果到河边洗澡孩子被水冲走了。

三叔回来以后发疯了一样，沿着河找了几个月，孩子的尸体也没找着。从此就埋怨五爷爷看管不周。五爷爷也一直自责，大中午的，孩子热，就去河边玩了。响晴的天，也没有雨，谁知道上边来洪水了。三叔好几年不跟五爷爷说话，在外面打工也不回来。前几年在建筑队干活，老板不给开工资。他带人爬塔吊，吓唬老板。结果动静闹得挺大，电视台都给弄来了。活该出事，那天下雨夹雪，塔吊上面湿滑。三叔体力不支一不小心出溜了下来，正砸到了老板身上，把老板砸死了。结果，工钱不但没要来，为此三叔还坐了好几年的牢。

听老姑说三叔去年过年回来了，带回来一个新媳妇。那小媳妇挺霸道，双手擀饺子皮，骂人不吐核。

## 8

我坐着一辆拉猪的农用车返回镇上。接我的小苏说我浑身上下一股猪毛味。

我跟小苏直接去了镇政府，也没跟老姑说。我们打听好民政在哪个房间办公，直接去敲门。民政这边还挺忙，好不容易轮到了我。

民政干部问我办理什么业务，我说咨询结婚的事情。民政干部上下打量我和小苏，问："你们哪个村的？"

小苏知道误会了，赶紧纠正说我们是来替别人咨询的。

我说出了五爷爷的大名，民政干部再次上下打量我们，叹息说："这事你们最好别管。"

我问："为什么？"

民政干部说："他们家的事情闹得也不是一天两天了。结婚自由是没错，但是也不能因为结婚闹出人命来。"

小苏说："哪有那样严重？就是这个老人家想给后老伴一个名分，儿女们反对，我们也做了工作，按照法律来讲，儿女们的反对是无效的。"

民政干部点头说："你说的我们也认可。问题是结婚证我们给办了，以后出事怎么办？"

我耐心地跟民政干部解释："我们会做通老人、儿女的工作。明天我就把老人领来，你们给发证就是了。"

民政干部面露难色，说："我不知道你们跟老人是啥关系，你们可能不知道以前出过事。三月前，老人来找过我们。我们也感觉没有问题，想给他办理结婚登记。可是他的三个儿子都来镇政府闹，尤其是那个小儿子，张口就骂人，还拿了一瓶农药来威胁我们。只要我们给办理结婚证，他就服毒自杀。你说这样的事情，换成你来做工作，你敢给办证吗？所以，现在这事都惊动书记和镇长了，指示我们一定要慎重对待。”

我一听慎重对待，知道办证没戏了。不知道怎么回去跟五爷爷说结果。

小苏说：“要不你别管了，我看这事也挺麻烦。”

我说：“事情已经到了这个地步，只能起诉，走法律程序了。大叔留根都说了，现在乡下也都懂法。”

小苏说：“那好吧，晚上我拉你回去。不过这次不住那了。我感觉你五爷爷家的冰柜吓人。”

说到那天晚上，我的疑惑马上又浮出水面。可是，我看不出小苏哪里有异常。

我说：“有啥吓人的，就是一台老冰柜，时间长了，噪音很大呗。”

小苏认真地说：“不是噪音的事情，你听见没有，你关了电源以后，那冰柜还扑棱扑棱响呢。好像有人踹门似的，我后半夜都没睡好。”

哦？我盯着小苏看：“我怎么没听到？你不是说你睡得还行吗？”

小苏说：“我不那么说怎么说啊？你睡得死，你老姑的呼噜都吵不醒你。我可遭罪了，不过也算是借你这个大作家的光，体验了一把乡村生活。”

我脱口说出一句：“是啊，不容易啊，还在一个炕上睡觉。”

小苏脸一红，马上说：“大作家，这事你觉得吃亏了呗？”

我慌忙改口说：“对不起，我开玩笑的。”

正说着，手机响了。是老姑井绳打来的电话，没好气地朝我喊：“锁柱子，快回来看看吧，你三叔两口子回来作呢。你给想点办法啊，这结婚证必须给我爸办了！”

# 9

文化馆临时有事，小苏没有陪我再回马耳朵沟。

我没有见到三叔留代，回去的时候只看见院子里有滩凝固了的血，据说是三叔留代喝醉酒自己用手砸玻璃划破的。三叔留代带着新媳妇，进门就先把五爷爷的后老伴往院子里抬，五爷爷气不过，拿拐杖打三叔。拐杖被三婶给夺了过去，拦腰给撅断了。

三叔留代这次回来，是因为听了他大嫂和二嫂的电话，知道老姑请我这个“记者”出面解决问题。三叔觉得这事要是曝光，是指责他这个老儿子不孝，所以情绪很激动。

老姑井绳被小苏给丢到半路，没有车，自己走着回家。赶来的时候看见了兄弟、媳妇撅断五爷爷拐杖的一幕。二话没说，老姑上去先把三婶的头发给薅住了。三叔看三婶吃亏，上来帮忙，结果被风匣扛起来摔到屋里。三叔愤怒至极，挥拳打在玻璃上，手就出了不少血，被赶来拉架的乡亲们拉到镇上医院包扎去了。三婶因为是新媳妇，从来没有跟老姑交过手，不知道深浅。结果三叔刚被抬走，被能征善战的老姑按倒一顿打，最后落荒而逃。

虽然家里战事暂时停了，但是更大的危机来了。大叔留根带着全家赶了来，不跟老姑交手，说既然你找了锁柱来解决问题，那就彻底把遗留问题解决了。老姑打给我的那个电话，正是三叔被抬出院子的时候。她把事情说得严重，目的也是叫我回去。

我赶到马耳朵沟的时候，二叔和二婶开着车也回来了。

五爷爷在屋里插了门，拿着一瓶汽油，说谁敢进门就跟谁要玩命。我看事情闹到这个地步，心里也后悔起来，觉得自己不该冒失地回来解决问题，别事情没解决，还把矛盾激化了。可是我也没有退路了，只好硬着头皮往前走。

进门我先跟五爷爷沟通，说了这一天的情况，还撒谎说镇政府那边办理结婚证已经没有问题了。五爷爷半信半疑，我当场跟五爷爷要了身份证，还把五后奶奶的也要走了。五爷爷心里的顾虑打消，才把汽油瓶子放下。我长舒一口气，生怕五爷爷想不开闹出事来。

接着开始沟通，大叔留根先发言，要大家保持克制，把事情说开，把问题解决好。反正他们家的要求很简单，要是占地，他的那份土地赔偿款必须给他，这样，五爷爷结婚的事情不牵扯到他们。大叔留根补充一点，五后奶奶必须要做一份协议，她结婚可以，但是要放弃土地赔偿金，她老了去世，五爷爷这边只能出一份丧葬费。

二叔留得接着表态。其实他们家也不是反对五爷爷和后老伴在一起，这都搭伙过了十年了，心里不支持，但是没干涉过。所以这次登记结婚，必须遵循一条，那就是哥三个达成的意见：后老伴必须签署放弃财产的保证协议。三叔还在医院里，但是他电话里跟两哥哥也沟通过了，基本同意这样做。

五爷爷浑浊的眼神里似乎看到了一丝希望，他瞅着我。我拉五爷爷在边上说话，问他这样可以不可以。

五爷爷说："你奶奶有早上没晚上的，她压根也不是看中财产跟我过日子的。"

我说："那就好办了，我们起草一个协议，你俩按个手印。这事就迎刃而解了。家里的儿女们不闹，我就去找镇政府，给你们二老办这个结婚证。"

五爷爷点头说："那中，那中。"

重新全家聚拢到一块，我问大叔留根、二叔留得，问他们能不能代表全家，能不能代表三叔留代。他们都回答能，二叔还把手机打给了三叔留代，叫三叔跟我通话。

我看天色不早，就宣布说："那就先这样，我明天写一份协议，大家没有意见的话，就都签字生效。"

老姑井绳冷笑着说："锁柱子，这就是你解决的办法？那我叫你回来，就这么解决的？"

我回头看老姑说："老姑，五后奶奶放弃了土地赔偿金，五爷爷也同意了，他们登记结婚这事解决完了。"

老姑说："你放紫花月白罗圈屁，什么玩意解决了？他们的阴谋实现了就算解决了？锁柱子，今天你不把事情给我整明白了，我叫风匣打折你狗腿！”

我看风匣，想他一定会念及我给他买酒的情谊，网开一面，没有想到风匣很能大义灭亲，“呼”一下子起来，抄起墙角一根木棒，怒视着我。

我也来气了，朝老姑说：“你还想打人啊？你怎么这么喜欢打架啊？你叫我回来不就是为了五爷爷和五后奶奶结婚证的事情吗？”

老姑唾沫星子飞溅，说：“结婚证你给解决了，那地呢？”

我说：“老姑，你别激动，咱慢慢从头捋。你看，是不是你不反对五爷爷和五后奶奶结婚，这肯定的，你找的我。你找我叫我三个叔叔家也都同意，对吧？所以，咱们一起去找他们商量，开始都不同意，矛盾焦点在土地赔偿这块。怕五后奶奶把土地赔偿款继承了，问五爷爷和五后奶奶，他们根本不在意这土地赔偿款的问题。所以就签份协议，事情就解决了。”

老姑听半天，瞅风匣，说：“你听明白没？我被他给绕进去了。”

风匣终于说了第一句话：“会说的不如会听的，你老姑那份地呢？你咋一个字没提？”

这才是矛盾的焦点所在。大叔留根、二叔留得两家都冷笑着看老姑。

我心里也明白了，故意问：“老姑，你找我回来，没说你也要土地赔偿金的事。”

老姑急眼了：“这个协议不能签，爸的结婚证高低不能领！”

大家都愣住了，最支持的是老姑，现在大家都同意了，老姑却站出来反对了。

我索性耐着性子跟老姑掰扯：“那老姑你说说为啥不同意？”

老姑憋红了脸说：“我是姑娘不假，可是我出门子以后，土地一直在爸这种着呢。南湾子那地是我的，后洼也有我的。这些年，都是我跟风匣回来照顾咱爸，我们是当儿子使唤，凭啥我的那份土地不给我赔偿款，大哥是清身出的，为什么他就能够拿？”

大婶气不过，插嘴说：“老太太没的时候，我们也出钱了，怎么就说清身出了呢？”

老姑顶一句：“他给自己妈出钱送终，应该的。他没吃奶啊？他还吃的第一口呢，尽孝应该。”

大婶回敬一句：“应该尽孝就应该睛受财产，天经地义，再说，我们也没有多要。不像你，上蹿下跳就为了自己的好处。”

老姑蹦起来薅大婶的头发，被大婶灵巧地躲过。

大家拉架，大婶骂：“别以为你能随便掐，老二媳妇的头发你给薅没了，薅我的没门！”

一看局势难以控制，我赶紧拉开冲突的双方。

二叔留得说：“井绳，你照顾咱爸受累，我们兄弟心里也清楚了。我们也考虑了这事，你的土地也在家呢，行，既然你大哥清身出都能够拿赔偿金，我跟老三留代就再让让步，行吧？我现在就给他打电话，你那份土地赔偿给你。”

老姑斜一眼，说：“那风匣那份呢？他当牛做马给咱们家干活，他就没有回报啊？”

大婶说：“风匣还往家拉苞米了呢，你咋没说呢？”

老姑说：“爸的结婚证没有我同意，谁都不好使。我们家风匣上门女婿一样，还有他老姨，给咱爸多少温暖啊，凭啥她就放弃？我们是合法的继承人……锁柱子，你回去吧，我们家的事情不用解决了，我爸的结婚证不领了。”

我没有力气跟他们辩论了，老姑的念想也不能得到大家的认可。

五爷爷把后老伴后背倚靠的枕头放平，好像没有听到这些儿女们的争论不休。五后奶奶看着大家，说一句：“你妈蛋！”

我以为五爷爷还会翻译成“都睡吧”。想不到五爷爷说：“骂得好。”

看来，这真的是一句骂人的话了。

事情僵在了这。

## 10

晚上我没有走，就住在五爷爷家。

我跟五爷爷说了，不管儿女们啥样的态度，结婚证是一定能够办成的。五爷爷点头，叹气，说："啥都不说了。"

现在，他就盼着这结婚证了。为了给五爷爷吃定心丸，我把五爷爷和五后奶奶的照片也收起来，说是办理结婚证用。五爷爷不糊涂，问我结婚照不是一起照吗。我就撒谎说，老年人走不了，那边电脑给处理。

冰柜的嗡嗡声音再次响起来，我再不敢拔掉电源了。睡不着，突然想起那天晚上跟小苏的事情来，越发感觉事情蹊跷。我在被窝里上了微信，给小苏发过去一个表情，很快那边小苏就回复了一个表情。

小苏问：在哪？

我手上飞快地按键，回复：老地方。

小苏：哈。大冰柜唱歌。

我回复：嗯。记忆深刻？

小苏：小心闹鬼。

我回复：哪有鬼？心里？

小苏：冰柜，笨笨。锅锅，你害怕吗？

"锅锅"就是"哥哥"的意思，这是小苏第一次在微信上这么叫我。

我：怕什么？有女鬼，睡了她。

小苏：不要命了。

小苏问询。

小苏：不顺利？

我：顺利得了吗？

小苏：差哪？

我：老姑那。其实她才是最难对付的，郁闷……

小苏：你老姑是奇葩。

我：幸亏我跟她不能通婚。

小苏：哈……笑死我了，都喷了。

我：对了，那天车上她要揍你，你怎么跟她说的？

小苏：嗨，情急之下，我出卖了自己呗。

我：什么？

小苏：我说是你相好的，她就放过了我。还说，她侄子花心，叫我提防。

我：你真这么说的？

小苏：哎，我不这么说，那天破相的就得是我。

我：难为你了。

小苏：没有，占了大作家的便宜。荣幸！

我：小苏，哥不明白一件事情。

小苏：说，锅锅。

我：那天晚上我做了个奇怪的梦……

小苏：哈，奇怪的梦谁都做。梦就是梦呗，做完拉倒，何必认真。怎么了锅锅？

我：没……什么。早点休息。

小苏：需要我帮忙吗？我是说你老姑家的事情。

我：结婚证，你能办吗？

小苏：没有问题。要没电了，再聊。拜拜。

我在黑暗里瞅着手机出神。

门"咣当"一声开了，老姑虎虎生风进来。我以为她跟着风匣回家去了，想不到没走。我假装睡觉，不理睬老姑。老姑瞅瞅装睡的我，脱吧脱吧在炕那头躺下了。

我心想总算蒙骗过关了。

想不到老姑说："锁柱子，你少跟我装睡，你太叫我失望了。你在城里待几年，学坏了你。你自己有媳妇孩子的，还到处拈花惹草。"

我忘了装睡的事情，辩解：“我跟小苏是同事关系。”

老姑呼地坐起来：“上坟烧报纸，你糊弄鬼呢？你当我看不出来啊？你个老爷们，专盯着人家小苏的屁股和奶子看。看啥啊，里面有色拉油还是易拉罐啊？不要脸。”

我气得翻身不理睬。

老姑继续数落我：“潘金莲遇到陈世美，纯粹一对狗男女！”

我被气笑了，纠正说：“老姑，那是潘金莲和西门庆。”

想不到老姑骂得更大声了：“就是陈世美，你有媳妇孩子，勾引人家小姑娘，你就是陈世美，西门庆不够格你。”

我说：“老姑，你骂吧，我知道你为啥骂。”

老姑被我说到了痛处，急眼了。起身下地，把屋子里的灯开了。我看见老姑裸着两条白白胖胖的肥腿，穿一条花裤衩，披散着头发瞪着我。

老姑说：“锁柱子，老姑白疼你了。反正这事你掂量着办，除了你我没挠过，我怕过谁？不是心疼你吗？今天这事我不跟你计较，反正那协议你不能给我签。我跟风匣商量了一下，这事算了，你也尽心了。我爸也不用结婚了。你不说风匣老姨和我爸是事实婚姻吗，我算计了，就叫事实说话了。只要协议不签，不办结婚证也成，反正风匣老姨那份我们也得要。”

我顺水推舟，说：“成，我明天就回去。”

老姑笑眯眯地看着我：“那啥，我跟你去镇上，再给我们买点东西，拿你的卡给我‘刷’几下。”

## 11

晚上被老姑的呼噜吵得没睡好，还偷听了老姑的梦话。内容不连贯，大呼小叫的，基本都是骂她丈夫风匣的。

一大清早，老姑起来上厕所，五爷爷给五后奶奶洗把脸以后下了地。这个时候，就听见院子里踏踏的脚步声。接着外屋传来五后奶奶

“你妈蛋”的问候。我还没反应过来，一群人已经冲到我头上。我还没起来，已经被人摁在了被窝里。挣扎无效，我不知道这伙人是从哪来的。

几个人直奔冰柜，扯了电源线，几个人一二三喊着抬冰柜。又进来一个人，那声音我听过，在电话里，是昨天晚上被老姑打跑的三婶。三婶说：“傻子啊你们，有轱辘，推出去。”

我说：“三婶，叫他们松手，我……上不来气了。”

三婶说：“你就是记者吧。不用按他，不关他的事。这个冰柜是我们老爷子的，你三叔在工程队包钢筋活，我在工地外面开个小吃部。把冰柜拉回去，用完再还回来。”

一伙人推着冰柜出去了，我也恢复了人身自由，下地，快步追出去。一伙人已经把冰柜推到了院门外，院门外是一个大陡坡，那停着一辆厢式货车，几个人正在想办法往上装冰柜。

五爷爷不在家，冰柜就这么被推走了。我不知道怎么办，情急之下想起了老姑来，赶紧往后院的厕所跑。老姑在厕所里方便，我就在外面喊：“老姑，三婶把冰柜拉走了，五爷爷知道这事吗？”

我话音没落，五姑已经提着裤子从我身边掠过。院子里溅起一声炸雷般的叫骂：“抢劫啊！”

接着就听见石头呼呼打击院外车厢的声音，夹杂着一群人的鬼哭狼嚎。

我对老姑的战斗力是放心的，果然，我跑到院子里的时候，看到很精彩的一幕。几个男人被老姑用石头打得躲在车厢后面不敢出来。厢式货车的玻璃碎了，车门也被石头砸出了坑。那台大冰柜没人管了，顺着陡坡开始缓慢移动，然后像迈开了腿一样，奔跑起来！

三婶和老姑扭打在一起，我大喝一声：“冰柜跑了！”

两个女人放弃了厮打，一起追向了那个冰柜。

冰柜顺着陡坡快速地奔跑着，在我们众目睽睽之下，飞了起来，然后一头扎到了深沟里，仰面躺在那。里面的东西也被甩了出来，杂七杂八地丢在路上。

三婶心疼这冰柜，这东西早都在小吃部的预算里面，早都有了计划。她哭着去查看，捡起丢在路上的东西。突然，她惊叫一声："死人了！死人了！"

所有人的注意力都被三婶吸引。三婶傻子一般拿着一件东西，把大家都惊呆了："三婶手里拿着一只人的大腿！"

我猛然想起五爷爷不让停了冰柜电源的原因，还有，小苏说过她听到晚上有人踹冰柜的声音。莫不是这条人腿在作怪！

## 12

镇上的派出所很快来了民警，拍照、询问、做笔录。

五爷爷家门前围拢了很多人。老姑早已经不知去向，不知道她是被冰柜里甩出了人腿吓着了，还是觉得砸坏了货车觉得应该躲躲，反正她没有了影子。

三婶哭哭啼啼地跟警察讲述经过，说她刚进门，不知道自己老公公是杀人犯。

谁都没有想到五爷爷的冰柜里隐藏着巨大的秘密。

警察封锁了现场，谁都说不清楚这人腿的来历。只有尽快找到五爷爷，找到冰柜的主人才能够弄清楚真相。

五爷爷在山上看地，苞米这几天该出苗了。五爷爷忙着在山坡上做假人。一个木头十字架插在山坡上，给修饰成人的模样，戴着草帽，穿着衣服。风一刮，假人就乱动，像真人一样。鸟就不能近身了。

警察为了不打草惊蛇，叫我去山上找五爷爷。他们在远处悄悄跟着我。

我也有些紧张，不知道怎么跟五爷爷说这事。

五爷爷老远看见我，问："醒了？你们城里人起得晚。"

我说："早起来了。五爷爷，我想问件事情，你冰柜里藏着啥东西没有？"

五爷爷看我，想想，反问我："你看到了？"

我惊恐地点头。

想不到五爷爷冷静地笑笑："吓着你了吧？"

我点头。心想，吓着的可不是我一个人。

五爷爷轻轻撩起他的裤腿，叫我看。我一惊，原来五爷爷裤腿之下，是一条假肢。

怎么回事？我满脸狐疑，知道五爷爷的腿脚不好，但是没有看出来竟然是假肢。那冰柜里的人腿难道就是他自己的？

五爷爷叹息一声："二十多年了，都不记得了。那时候我带村子里的木匠们出去打工干活。有一回我从楼上摔了下来，腿摔坏了，就截肢了。包工头心还挺好，赔偿款不少，给我装了假肢，还给了笔钱。这坏腿没地方扔，我就想死了以后别没有个全尸，到那头也是个残疾，就花钱买了冰柜，搁家里冻上了。孩子们都忙，知道我装假肢，但不知道我冻腿的事情……"

我心疼地看着五爷爷风中那瘦弱的身躯。那条大腿我看到过，粗壮，充满男人的活力。现在的五爷爷却像一株枯干的树木，那条真腿再组装到五爷爷的身上，看着也不够协调。我想一会儿警察也不会相信这是真的，他们要拿回去做 DNA 鉴定吧。

可是，五爷爷的儿女们呢，他们即使不知道五爷爷悄悄冻着自己的腿，但是他们应该知道爸爸是为了他们丢掉过一条腿的。而五爷爷的假肢，竟然都没有人发现，也没有人提起过。他们争论最多的是脚下的这块土地……

土地是肥沃的，种子在蠢蠢欲动，有的田垄已经开始拱包了。五爷爷在家里待不住，起早上山，因为这几天会有鸟飞来叼地里的嫩苗。有乌鸦，有喜鹊，也有黄鹂和金翅鸟，它们灵巧地叼住嫩苗，不咬断，往起提，牵出土层里的种子，叼走，回去给它们的孩子喂食。而五爷爷要跟一群鸟斗智斗勇，十几亩的苞米地，是五爷爷的希望……

手机响了，是小苏的微信。

小苏："大作家，拿你五爷爷和五后奶奶的照片回来。咱单位楼下的墙上好多办假证的人的联系方式。三十块钱就能够办下来，我已经联系妥了。”

我顺手回复一条：“小苏，你真好。”

然后我听到了脚下的土地，被我掉落的眼泪砸得“砰砰”作响。

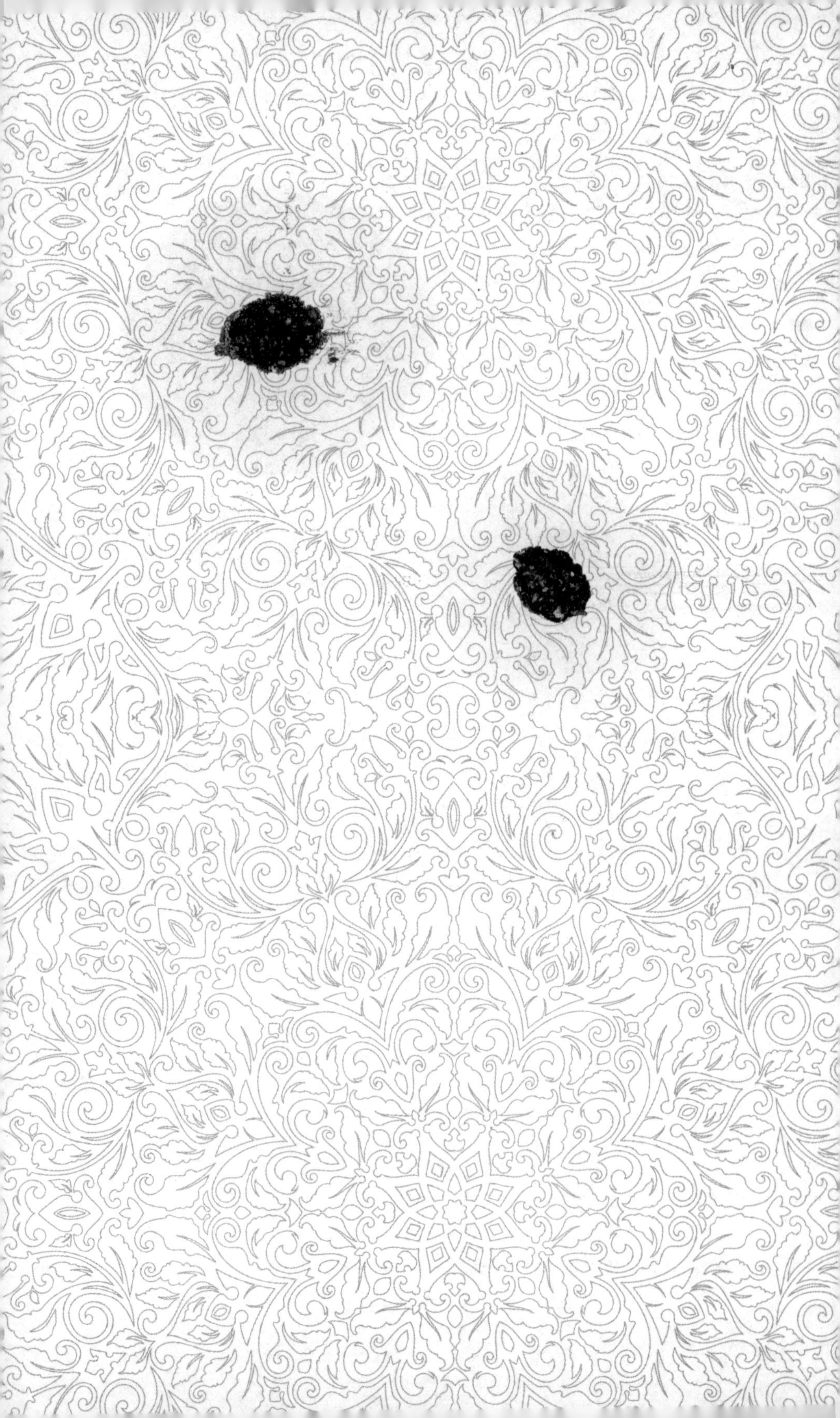